Emily Falk
Plötzlich Brautzilla

Autorin

Emily Falk wurde am Rand des Ruhrgebiets geboren. Nach einem geisteswissenschaftlichen Studium in Berlin verschlug es sie in die österreichische Hauptstadt, an die sie umgehend ihr Herz verlor. Mittlerweile lebt sie in Süddeutschland, wo sie sich gern um ihren Garten kümmert: Dort wächst nämlich Minze, aus dem sie gern Hugo zubereitet, mit dem sich Liebesromane gleich viel besser schreiben lassen.

Besuchen Sie uns auch auf
www.instagram.com/blanvalet.verlag und
www.facebook.com/blanvalet.

Emily Falk

Plötzlich Brautzilla

Roman

blanvalet

MIX
Papier aus verantwortungsvollen Quellen
FSC® C014496
FSC www.fsc.org

Penguin Random House Verlagsgruppe FSC® N001967

1. Auflage

Dieses Werk wurde vermittelt durch die Literarische Agentur Thomas Schlück GmbH, 30161 Hannover
Redaktion: René Stein
Umschlaggestaltung: Sandra Taufer, München
Umschlagmotive: Shutterstock.com (GoodStudio; MG Drachal); iStock.com/PeopleImages; Archiv Sandra Taufer, München
LH · Herstellung: sam
Satz: Vornehm Mediengestaltung GmbH, München
Druck und Bindung: GGP Media GmbH, Pößneck
Printed in Germany
ISBN 978-3-7341-1043-6

www.blanvalet.de

Die Brautzilla

Langsam lässt Friederike von Aschebeck das Tablet sinken, auf dem sie die Mail gelesen hat. In der Ferne blitzt es, Donner grollt, und ein Sturm tost. Die Gardinen flattern, und der Wind wirbelt um die Topfpflanzen auf der Fensterbank. Für den Bruchteil einer Sekunde wird die Villa der Gräfin so hell erleuchtet, dass ihr Gesicht merkwürdig verzerrt erscheint. Im Hintergrund erklingt in einem Crescendo der quietschende Soundtrack von Psycho. Es ist Friederikes Klingelton, aber sie kann jetzt mit niemandem sprechen. Sie will den Cognac auf dem Beistelltisch aus Mahagoni abstellen, doch das Glas gleitet ihr aus den zittrigen Händen, und der Alkohol spritzt auf ihr blütenweißes Etuikleid. Die Haushälterin unterdrückt einen Schrei und eilt sofort herbei. Friederike von Aschebeck legt ihre Hand an die Stirn und ruft: »Ja, ist dieses Mädchen denn völlig verrückt geworden?«

So oder so ähnlich stelle ich mir die Szene vor, die sich in der Villa Aschebeck abspielt, während ich noch voller Entsetzen auf den SENDEN-Button starre, auf den ich gerade geklickt habe.

Völlig verrückt geworden bin ich nicht, ich bin einfach nur Lotte Weinheim, Pechvogel vom Dienst.

Bei mir, die in beruflichen Rundmails jedes Mal vergisst, die Option ALLEN ANTWORTEN anzuklicken, setzt dieses eine Mal, dieses vermaledeite einzige Mal, in dem es wirklich wichtig ist, nicht den kompletten Mailverteiler zu informieren, das Hirn aus.

Jana, ich platze! Du hattest mit Friederike ja selbst schon das Vergnügen. Aber gestern hat sie nun wirklich den Vogel abgeschossen. Wir waren im Brautladen, Ansteckprobe. Schmuck wollten wir auch noch aussuchen. Die Verkäuferin kommt auf mich zu, ich brauch ja eigentlich nur Ohrringe, und sie hatte so hübsche da – wir sind uns jedenfalls einig, und in dem Moment tritt Friederike mit ihrem Piccolöchen in den Raum: Und dann verbietet mir diese hinterhältige Alte doch tatsächlich Omas Perlenkette! Dass sie die Kirschen auf der Hochzeitstorte zählt: geschenkt. Dass sie Marius herumkommandiert wie ein Oberfeldwebel, na ja, seine Sache. Aber jetzt ist das Maß voll! Diese fiese Kratzbürste mit ganzen Bettvorlegern auf den Zähnen! Ach, und ob ich nicht zwei, drei Kilo abnehmen wollte,

dann würde das Kleid gleich viel besser wirken. Als ob an ihrer Figur irgendetwas echt ist! In dem Alter solche Brüste? Die sind auch nicht mehr mit guten Genen zu erklären, sondern nur mit einem guten Chirurgen. Erinnere mich bitte noch mal daran, warum ich Marius heiraten will, denn seine Mutter ist echt eine Hexe!
Dein Lottchen

Nun ist also die Mail, die eigentlich für meine beste Freundin und Trauzeugin Jana gedacht war und in der ich ihr mein Leid über meine zukünftige Schwiegermutter klage, an die gesamte Gästeliste gegangen. Inklusive zukünftiger Schwiegermama.

Wie kann man nur so dumm sein?, frage ich mich, die Augen immer noch fest auf den Computer gerichtet, als könnte er die Mail wieder zurückholen. Mir wird heiß und kalt gleichzeitig. Das ist eine Katastrophe. Eine Apokalypse! Was wird Marius sagen? Ich hab's vermasselt, ich hab's komplett vermasselt. Ach du heilige Scheiße … Unwillkürlich halte ich die Luft an. Aus der Nummer komm ich nie wieder raus.

Ich vergrabe mein Gesicht in den Händen und wünsche mir dieses Loch herbei. Dieses Loch, das einen gnädig verschluckt, damit man seiner zukünftigen Schwiegermutter nie wieder unter die Augen treten muss. Ja, Friederike von Aschebeck schreibt mir die Faltform der Servietten an den Tischen vor, die Anzahl der Blumen pro Gesteck und die Dekoration der Stühle. Ich wusste gar nicht, dass man Stühle dekorieren muss. Wie jemand so viel freie Zeit zur Verfügung hat, dass er sich um solche Dinge Gedanken machen kann, entzieht sich meinem Vorstellungsvermögen. Aber bei den von Aschebecks muss ohnehin niemand arbeiten, die Söhne Rainer und Marius machen das bloß zum Vergnügen. Und zum Vergnügen mischt sich Friederike eben gern ein.

Die Servietten habe ich hingenommen. Die Blumen ebenfalls. Aber gestern im Brautladen, als ich mein Hochzeitskleid zum letzten Mal für etwaige Änderungen anprobieren musste und wir kombinierbaren Schmuck finden wollten, das war einfach zu viel. Ich hatte Omas Perlenkette mitgenommen, ein Erbstück, und wollte dazu passende Ohrringe finden. Friederike zuckte kurz mit den Mundwinkeln, nahm mir die Kette ab und wandte sich an die Verkäuferin. »Da brauchen wir was anderes.« Dieser Tonfall, der keine Widerrede duldet. Der so selbstverständlich davon ausgeht, dass niemand jemals auf die Idee einer Widerrede kommen würde. Meinen Protest wischte sie mit einer Handbewegung zur Seite, mein Nach-Luft-Schnappen ignorierte sie völlig und kaufte mir dann ein total überteuertes Schmuckstück, das nicht halb so elegant war und Omas Andenken einfach so über Bord warf. All die anderen Dinge waren mir egal. Hätte sie von mir verlangt, die Servietten von zehn Diakonissinnen zur Musik von *Stayin' alive* falten zu lassen, weil es die Familientradition so vorgab, hätte ich mir meinen Teil gedacht und sie mit einem Augenrollen gewähren lassen. Aber die einzig wichtige Sache, Omas Perlenkette, die würde sie mir nicht nehmen.

Ja, und da habe ich mir vorhin während der Arbeit Luft gemacht und Jana eine Mail geschrieben. Und allen anderen ebenfalls. Ich beiße in meinen Zeigefingerknöchel.

In diesem Moment klingelt mein Handy, und vor Schreck lasse ich es zunächst fallen. *Marius* zeigt das Display an.

»Oh Gott, Schatz, ich muss mit dir reden, du weißt nicht, was mir gerade passiert ist, ich …«, sprudelt es aus mir heraus, bevor er nur auch nur Piep sagen kann. »Weißt du, es ist alles so hektisch gewesen auf der Arbeit gerade, und es tut mir soooo leid!« Daran, dass Marius zunächst gar nichts sagt und dann nur ein wenig herumdruckst, merke ich, dass er die Mail bereits gelesen hat.

»Lotte, ich liebe dich, wirklich«, sagt er schließlich seufzend. »Aber unter diesen Umständen? Weißt du, wie lächerlich du uns alle gemacht hast? Mama ist gar nicht glücklich.«

»Ich war verwirrt!«, bringe ich zu meiner Verteidigung hervor. »Der ganze Hochzeitsstress, ich wusste nicht mehr …« Den Satz weiß ich dann ebenfalls nicht mehr zu beenden.

»Mama ist nicht glücklich, Lotte. Unter diesen Umständen verweigert sie unserer Liaison den Segen. Und damit bin *ich* ganz und gar nicht glücklich.«

»Was?«

»Die Hochzeit ist abgesagt.«

Ein zweites »Was?« bringe ich erst heraus, als es in der Leitung schon klick gemacht und Marius aufgelegt hat.

Ungläubig starre ich mein Handy an. Die Hochzeit abgesagt? Das kann doch nicht sein Ernst sein! Er kann doch nicht alles hinschmeißen, nur wegen eines klitzekleinen Fehlers, der zugegebenermaßen ziemlich dumme Ausmaße angenommen hat, aber dennoch im Grunde wirklich nur klitzeklein ist? Es geht um uns! Um unsere Zukunft. Da muss man doch verzeihen können!

Mein Handy klingelt erneut. Gott sei Dank, er hat es sich anders überlegt. Mit zittrigen Fingern wische ich nach rechts.

Doch statt Marius' Stimme kiekst es in weiblichen Höhen: »Himmel, Charlotte, bist du wahnsinnig?« Tante Anna.

Mein Chef steckt seinen Kopf zur Tür herein, als er mich mit vermutlich hochroten Wangen am Telefon sieht, zieht er sich schnell zurück. Emotionen sind Meyer-Sandvoss suspekt. Emotionen seiner weiblichen Mitarbeiterinnen ganz besonders.

Ich bekomme alles nur noch wie durch Watte hindurch mit.

In der Leitung klopft es an, ein weiterer Anruf.

Und dann noch einer und noch einer. Von meinen Verwandten, von denen der von Aschebecks, von Freunden und schließlich dem Pfarrer. Ich verspreche ihm, drei Vaterunser und vier Ave Maria für mein Seelenheil zu beten und lege auf.

Meine Beziehung, ach was, meine zukünftige *Ehe* ruiniert durch diesen lächerlichen ALLEN-ANTWORTEN-Button. Der Erfinder dieser verschiedenen Möglichkeiten möge in der Hölle schmoren! Ich verfluche ihn bis in die dritte Generation, immer dann aufs Klo zu müssen, wenn er gerade schön eingekuschelt im Bett liegt. Man muss für solche brandgefährlichen Buttons doch rote Warnsignale gestalten! Oder, gestehe ich mir selbst ein, man müsste speziell für mich rote Warnsignale gestalten. Der Großteil der Menschheit meistert die E-Mail-Handhabung wahrscheinlich ohne größere Unfälle.

Ich versuche, Marius zu erreichen, doch ohne Erfolg. Noch während es läutet, geht erneut ein Anruf ein. Als ich Janas Namen auf dem Display sehe, nehme ich ihn erleichtert an.

»Jana«, jammere ich.

Dieses eine Wort zur Begrüßung reicht, dass sie mitfühlend fragt: »Wie schlimm ist es?«

»Schlimmer«, ist meine Antwort, und schon klingelt es in der Leitung und klingelt wieder und auch noch ein drittes Mal.

»Ich trau mich nicht, meine Mails zu öffnen. Da stehen sechsundzwanzig neue Nachrichten, alle übertitelt mit *Re: Schwiegermutter from hell.*« Oh Gott, wenn ich wenigstens den Betreff nicht geändert hätte! Dann stünde dort jetzt nur *Re: Re: Re: Re: Blumenarrangements.* Aber nein, ich musste ja wieder übertreiben.

Für gewöhnlich kann ich mich ja gut leiden, selbst mit meiner Tollpatschigkeit und meiner Neigung, es hin und wieder – Jana würde wahrscheinlich »bei jeder sich bietenden Gelegenheit« sagen – zu übertreiben, aber heute würde ich mir am liebsten die Lizenz zum Atmen entziehen.

»Armer Schatz«, sagt Jana. »Aber Marius wird sicher …«

»Marius hat die Hochzeit abgeblasen«, unterbreche ich sie.

Ich höre, wie sie scharf die Luft einzieht, dann unterdrückt sie zur Hälfte einen Fluch. Schließlich sagt sie: »Ich bin um sieben bei dir. Mit Sekt und Schokoeis.«

Davon wird Marius zwar auch nicht zurückkommen, aber wer wäre so verrückt, zu Sekt und Schokoeis nein zu sagen? »Danke«, antworte ich also seufzend.

Jana verabschiedet sich, und mein Smartphone klingelt erneut. Entnervt stelle ich es aus. Mein Posteingang weist fünfundvierzig neue Nachrichten auf.

*

Wie ich den restlichen Arbeitstag herumbekommen habe, weiß ich nicht mehr so genau, produktiv jedenfalls nicht. Mit meinen eigenen Gefühlen komme ich heute ebenso gut klar wie Meyer-Sandvoss. Aber irgendwann ist es fünf, und ich kann endlich gehen. Aufgeregt haste ich zu meinem Auto. Üblicherweise fahre ich mit den Öffentlichen zur Arbeit, erstens, weil das innerhalb der Stuttgarter Innenstadt ohnehin schneller geht, und zweitens, weil ich zu Hause nie wieder einen Parkplatz finde, sobald ich mein Auto wegbewegt habe. Aber heute hatte ich mir vorgenommen, nach der Arbeit zum Sport zu gehen – damit ich im Brautkleid auch wirklich bestmöglich aussehe, hatte Friederike mir ans Herz gelegt –, und wollte die Sporttasche nicht durch Bus und Bahn schleppen. Jetzt bin ich froh, dass mein Polo vor der Agentur steht, denn ich muss dringend mit Marius sprechen. Persönlich. So schnell, wie er angerufen hat, kann er da überhaupt schon eine Entscheidung getroffen haben? Natürlich nicht. Er hat den Atem von diesem Drachen Friederike im Nacken gespürt und aus Schreck eine Kurzschlusshandlung begangen.

Der Feierabendverkehr ist zäh wie ein schlechter Rostbraten, und ich brauche ewig bis zum Tennisclub. Um die Uhrzeit an einem Dienstagabend spielt Marius nämlich immer Tennis. Es ist kurz vor sechs, als ich endlich vor dem Clubhaus parke. Ich sehe

Marius schon von Weitem, wie er über den Platz jagt. Ich winke.

»Marius!« Er hört mich nicht. »Marius!«

Jetzt dreht er sich weg. Will er mir etwa aus dem Weg gehen? Ich bleibe verdutzt stehen. Ein Clubkollege mit haarigen Beinen in etwas zu knappen Shorts wird auf mich aufmerksam. Als ich mich durch den Eingang des Clubhauses in Richtung der Plätze bewegen will, kommt er auf mich zu.

»Leider schlechte Nachrichten«, erklärt er. »Marius ist heute nicht da.«

»Aber da spielt er doch.« Ich zeige auf meinen in Weiß gekleideten Verlobten.

Sein Kollege sieht nicht einmal hin. »Nein, leider, ein Notfall in der Familie. Seine Mutter braucht ihn jetzt.«

Es ist mir peinlich, wie lange ich gebraucht habe, um ihn zu verstehen. »Er lässt sich verleugnen?« Echt jetzt? Die Familie von Aschebeck lebt in mancher Hinsicht noch in einem der vorigen Jahrhunderte, aber das ist doch nun wirklich wie aus einem schlechten Film!

»Wie gesagt, seine Mutter, Sie verstehen.« Der Kollege hebt die Hände, als täte es ihm wirklich leid, und ich presse die Lippen aufeinander. Kurz will ich widersprechen und es noch mal angehen, aber der Typ sieht mich mit einem derart starren Blick an, dass ich mir einen weiteren Versuch erspare. Ohne ein weiteres Wort drehe ich mich um und marschiere zurück zu meinem Auto. Kurz bevor ich es erreiche, gebe ich jedoch Gas, biege rechts ab, springe über eine kleine Absperrung und laufe um das Clubhaus herum auf die Plätze zu.

»Marius! Marius!«, rufe ich und winke hektisch.

Er nimmt immer noch keine Notiz von mir, auch wenn er mich unter Garantie hören kann. Auch sein Partner ignoriert mich vollkommen, selbst als ich hinter den beiden an dem Netz rüttle, das den gesamten Platz großflächig umspannt.

»Marius, jetzt rede doch endlich mit mir!«, rufe ich.

Er dreht sich nicht einmal um. Ich flehe ihn an, mir fünf Minuten Zeit zu geben, aber auch das entlockt ihm keine Reaktion. Stattdessen zelebriert er seinen nächsten Aufschlag.

»Marius, bitte«, versuche ich es noch einmal.

Doch es ist nur sein Gegner, der mittlerweile interessiert zu mir herüberblickt, was jetzt doch an meinem Stolz kratzt. Ein Weilchen kann ich mich ja zum Affen machen, aber übertreiben muss man es auch nicht. Als hinter mir Schritte auf dem kleinen Fußpfad vom Clubhaus her zu hören sind, klopfe ich mir meinen Rock ab und straffe die Schultern.

»Ich hab doch gesagt, Marius ist nicht da!«, brummt der Kollege, der mich vorhin schon nicht ins Clubhaus lassen wollte. »Und nehmen Sie dieses Mal den offiziellen Weg zurück, wenn ich bitten darf.«

Am liebsten würde ich ihm vors Schienbein treten, aber ich halte mich zurück. »Ist wohl sein Klon, der da auf die Bälle drischt«, antworte ich und quetsche mich an ihm vorbei.

Marius tut immer noch so, als würde er von alledem nichts mitbekommen. Als würde er in aller Seelenruhe sein Tennismatch bestreiten. Doch als ich mich ein letztes Mal umdrehe, sehe ich, wie der nächste Ball – ein sicherer Punkt – ins Aus fliegt.

Er hat mich also wirklich und wahrhaftig aus seinem Leben verbannt. Zumindest für den Moment, unter Friederikes Einfluss, denke ich auf dem Weg nach Hause. Zunächst mag ich gar nicht glauben, was da passiert ist, aber dann sickert die Erkenntnis nach und nach zu mir durch. Bis jetzt scheine ich irgendwie unter Schock gestanden zu haben, die letzten Stunden habe ich jedenfalls kaum etwas verspürt und Marius regelrecht verdrängt.

Ich setze mich aufs Sofa und schaue mir wehmütig Fotos aus glücklicheren Tagen an: Marius und ich bei der Einweihung von Rainers Galerie. Marius und ich am Strand von Santorin. Marius und ich beim Italiener, bei dem er mir den Heiratsantrag gemacht hat.

Vor einem knappen halben Jahr habe ich Marius bei einem Auftrag kennengelernt: Das Familienunternehmen der von Aschebecks sollte mal so richtig aufgepeppt werden, neues Logo, neues Corporate

Design, die Rundumerneuerung einer Familiendynastie, und das für eine ganze Menge Geld. Die Besprechungen fanden stets im Schloss der von Aschebecks statt. Schloss, Sie haben richtig gehört. Bei den von Aschebecks ist der Name Programm: Sie haben, nun ja, Asche. Die von Aschebecks nennen nicht nur den Grafentitel ihr eigen, ihnen gehört auch ein erfolgreiches Familienunternehmen, das jedes Jahr, ich kann nur vermuten, astronomische Summen umsetzt.

Mir sollte es recht sein, der Auftrag ließ die Kasse klingeln, selbst wenn Gräfin von Aschebeck nicht die pflegeleichteste Kundin war. Das hätte mir schon damals zu denken geben sollen, bevor sie sich in meine Hochzeitsplanung drängte. Jedes Komma auf der neuen Homepage wurde überprüft, jeder Vorschlag dreimal umgedreht, um ihn dann abzulehnen und sich schließlich nach vielen Diskussionen doch für Variante eins von fünfundzwanzig zu entscheiden. Trotzdem hatte ich viel Spaß dabei, mich grafisch austoben zu dürfen: Das Wappen der von Aschebecks – natürlich besitzen die von Aschebecks ein Wappen, haben Sie das Schloss schon vergessen? – gab genug Anhaltspunkte her, um daraus die perfekte Kombination aus »modern und dennoch traditionell« zu gestalten. Die perfekte Kombination wurde natürlich abgelehnt, aber auch die Version, für die sich Friederike von Aschebeck schlussendlich entschied, war ganz ansehnlich – sie hatte mich nur deutlich mehr Nerven gekostet.

Kurz bevor ich drauf und dran war, den Auftrag trotz des vielen Geldes niederzulegen und an meine Kollegin Vanessa Finke zu übergeben, lernte ich eines Nachmittags Marius kennen, den Sohn des Hauses. Er erschien unangekündigt, während ich mit der Gräfin gerade den Farbverlauf des Logos von einem dunklen Blau hin zu einem Azurblau besprach. Es war Liebe auf den ersten Blick, als er mit einem Tennisschläger über der Schulter den Raum betrat. Das passiert mir selten, aber bei Marius war es einfach so – trotz der fliederfarbenen kurzen Hose und dem Polohemd, sogar mit aufgestelltem Kragen. Ein kleines bisschen aus der Mode, aber das würde sich schon ändern lassen, ging mir noch durch den Kopf, während ich schon in seinen strahlend blauen Augen versank.

»Mein Sohn«, stellte meine zukünftige Schwiegermutter diesen Traum von einem Mann vor – und ja, ich war in dem Moment gedanklich schon so weit, von ihr als meiner zukünftigen Schwiegermutter zu denken. Ich bin zweiunddreißig, da kann man schon mal einen Gedanken ans Heiraten verschwenden!

Er deutete ein Lächeln an und zwinkerte mir zu. »Sehr erfreut.« Hatte nur ich diesen herausfordernden, flirtenden Unterton gehört?

»Ebenfalls«, stotterte ich.

Die Gräfin warf mir einen misstrauischen Blick

zu. Ich versuchte, mich auf meine Professionalität zu besinnen, zupfte meinen Blazer glatt, den ich extra für diesen Auftrag gekauft hatte, und setzte ein Lächeln auf, von dem ich hoffte, dass es strahlend wirkte, auch wenn es meine plötzliche Nervosität vermutlich nicht verbergen konnte.

Marius wiederum ging lässig an uns vorbei und fuhr sich ebenso lässig mit der Hand durch die blonden Haare, die ihm locker in die Stirn fielen. Dann verstaute er den Tennisschläger in eine Sporttasche, die er sich – genau, lässig! – wieder über die Schulter warf, und verabschiedete sich mit einem »Man sieht sich«. Der Blick, mit dem er mich dabei bedachte, besagte, dass er es nicht auf den Zufall ankommen lassen würde.

Tatsächlich klingelte schon drei Tage später mein Handy, Marius hatte die Nummer aus den Unterlagen seiner Mutter. Er selbst hat mit dem Familienunternehmen noch nichts zu tun. Solange seine Mutter fit ist, weigert sie sich, irgendeine Aufgabe aus der Hand zu geben. Und das hätte mir vor der Hochzeitsplanung ebenfalls zu denken geben sollen.

Marius lud mich zu einer Spritztour in seinem neuen Cabrio ein, um einen Abstecher in die Region zu machen. Und als wir nach einem wunderschönen Tag schließlich von der Burg Stettenfels ins Tal blickten, ein Glas Wein in der Hand, und er seinen Arm um meine Taille legte, da klopfte mein Herz so stark, dass ich mir spätestens jetzt sicher war, den Mann fürs Leben gefunden zu haben.

*

Es ist Punkt sieben, als Jana bei mir klingelt. Mein Handy ist immer noch im Flugmodus, und mein Festnetztelefon habe ich ausgesteckt.

Jana sagt nicht viel. Sie räumt die Fotos zur Seite, stellt eine Flasche Prosecco auf den Tisch und holt zwei Gläser aus dem Küchenschrank.

»Das wird wieder«, versucht sie mich zu ermutigen, als wir anstoßen – ich mit etwas weniger Elan als sie. »Dieser Waschlappen kann froh sein, dass er dich hat.«

Mit dem »Waschlappen« ist vermutlich Marius gemeint, und bei der Erwähnung seiner Person muss ich an sein Lächeln denken, die Grübchen, die blonden, vom Wind zerzausten Haare, auch die fliederfarbene Hose, die ich ihm bis heute nicht ausreden konnte. Wie auf Knopfdruck kommen mir die Tränen. Er kann doch unsere Beziehung nicht so einfach wegwerfen?

»Dabei kann ich echt niemandem einen Vorwurf machen als mir selbst«, schniefe ich in Janas Bluse. Sie hat beide Arme um mich gelegt und murmelt immer wieder aufmunternde Worte. Hauptsächlich aber denkt sie sich Schimpfworte für Marius aus, die er nicht verdient hat.

»Na ja, ich kann niemand anderem einen Vorwurf machen außer vielleicht Friederike von Aschebeck«, ergänze ich schließlich, löse mich von Jana und suche nach einem Taschentuch, in das ich mich schnäuzen kann. »Wenn sie nicht so eine furchtbare Schwiegermutter wäre, hätte ich die Mail schließlich niemals geschrieben.«

»Sie ist nicht deine Schwiegermutter, Schatz«, sagt Jana. »Und sieh's mal positiv: Sie wird's auch nicht mehr werden.«

Ich schnäuze mich noch einmal, lauter dieses Mal. Wenn Friederike von Aschenbach der Preis ist, den ich bezahlen muss, dann bin ich dazu bereit, das wusste ich schon, als ich den fliederfarbenen Tennisshorts zum ersten Mal gegenüberstand. »Vielleicht überlegt er es sich ja doch noch mal«, sage ich. Moment. Mein Handy ist im Flugmodus. Vielleicht hat er schon längst versucht, mich zu erreichen?

Jana atmet lange aus. Dann öffnet sie den Mund, um etwas zu sagen, wird aber von der Türklingel unterbrochen. Marius? Ich springe auf. Meine wahrscheinlich geschwollenen Augen und die knallrote Nase sind mir egal. Marius hat es sich anders überlegt, Marius will die Hochzeit nicht absagen, Marius will mit mir zusammen sein. Er hat seiner Mutter die Meinung gegeigt.

Ich reiße die Tür auf, bereit für eine große Versöhnungsszene.

»Oh mein Gott, Lotte, was hast du dir dabei gedacht!« Natalie fällt mir schluchzend um den Hals. Sie riecht nach Apfel und Vanille, und etwas von ihrem Parfüm bleibt an mir haften. »Und wieso bist du telefonisch nicht zu erreichen? Ich dachte schon weiß Gott was!«

Meine Enttäuschung darüber, dass Natalie nicht Marius ist, muss ich noch verwinden. Aber dass sie mein Missgeschick so sehr mitnimmt, finde ich doch äußerst rührend, und so erlaube ich, dass sie mich hinter sich her in mein Wohnzimmer zieht, wo Jana schon ein drittes Glas aus dem Schrank holt.

»Jana hat mir erzählt, dass Marius die Hochzeit einfach so abgeblasen hat.« Natalie setzt sich auf die Couch und zieht mich neben sich, um mir erneut um den Hals zu fallen. »Das tut mir alles so leid! Marius und du, das sollte doch eine Traumhochzeit werden!« Sie schnieft hörbar. »Und ich hatte schon das perfekte Kleid für mich als Brautjungfer gefunden. Wann bekomme ich denn nun Gelegenheit, das anzuziehen?« Unglücklich schaut sie mich an, ich zucke ebenso unglücklich die Schultern, während ich versuche, nicht an mein Brautkleid zu denken.

»Gib's zurück, dann ist deinem Geldbeutel und der Nachhaltigkeit geholfen«, schlägt Jana vor.

Aber Natalie hört ihr gar nicht zu. Entschlossen greift sie nach meiner Hand. »Nein, ich weiß, was wir machen. Du und Marius, ihr versöhnt euch wieder.«

Sie lächelt mir aufmunternd zu, und ich nicke brav. Genau das hoffe ich. Dass Marius vorbeikommt, vielleicht anruft – Mist, ich muss mein Handy aus dem Flugmodus holen! – und wir uns wieder vertragen. Die Tatsache, dass er mich heute spätnachmittags eiskalt ignoriert hat, schiebe ich weg und klammere mich stattdessen an den Strohhalm seiner Worte: »Lotte, ich liebe dich, wirklich.«

»Vielleicht will er erstmal ein bisschen Gras über die Sache wachsen lassen«, murmele ich in Erinnerung an das Anruf- und E-Mail-Bombardement. Wer weiß, was er gerade alles von seiner Verwandtschaft ertragen muss, kein Wunder, dass er sich da auf den Tennisplatz verkriecht und sich verleugnen lässt. Wann soll er da Zeit haben, über uns nachzudenken? Morgen sieht alles schon wieder ganz anders aus. Hoffe ich.

»Die Gemüter abkühlen lassen, das ist gut«, pflich tet Natalie mir bei und tätschelt meine Hand. »Und dann wirst du dich entschuldigen, bei seiner Mutter, bei ihm, und dann wird er …«

»Dich zurücknehmen oder nicht, je nachdem, wie Mama entscheidet«, schneidet Jana ihr das Wort ab. »Ich sag nur Ödipus-Komplex.«

»Er will seine Mutter doch nicht …« Erschrocken unterbricht Natalie das Tätscheln. Schnell ziehe ich meine Hand weg und schnappe mir mein noch volles Proseccoglas. Jana hat gehörig Vorsprung.

»Muttersöhnchen dann halt«, grummelt sie. »Es ist seine Hochzeit und nicht die seiner Mutter. Da hätte es nur ein bisschen Rückgrat gebraucht.«

»Die Mail war schon ein bisschen unglücklich«, formuliert Natalie vorsichtig.

»Ich kann jedes Wort bestätigen«, verteidigt Jana mich, die als Trauzeugin bei den meisten Treffen mit Friederike von Aschebeck dabei war.

»Die Frau ist schrecklich«, gibt Natalie zu, die genug Erzählungen von Jana und mir angehört hat, »aber sie so vor allen Leuten bloßgestellt zu …«

»Ist ja schon gut!« Dieses Gespräch müssen wir wirklich nicht weiter fortsetzen. Ich weiß um meine Fehler, ich will sie nie wieder machen. »Marius liebt mich genauso sehr wie ich ihn.« Energisch nicke ich. »Das wird er nicht so einfach wegwerfen.«

Erneut fasst Natalie nach meiner Hand. »Positiv denken, das ist schon mal ein guter Anfang.«

Richtig, negativ denken – und zwar über Friederike von Aschebeck – hat mich ja erst in diese missliche Lage gebracht.

»Ich werde nie mehr lästern«, verspreche ich hoch und heilig. »Nur noch die positiven Dinge sehen und aussprechen.«

Natalie lächelt mir zu. »Ich glaube, er kommt zurück.«

»Tsss.« Jana schnalzt mit der Zunge. Dann hebt sie ihr Glas, um mit uns anzustoßen, und sagt: »Nicht mit einem Waschlappen verheiratet zu sein, nenne ich durchaus positiv.«

Natalie und Jana sind eindeutig geteilter Meinung, was meinen Exverlobten – oh Gott, ich habe es gedacht! – angeht. Das verwundert mich nicht, sind die beiden doch meist unterschiedlicher Meinung. Jana, die gut organisierte Naturwissenschaftlerin, ist nüchtern und bringt Dinge gern auf den Punkt. Das äußert sich auch in ihrem Aussehen: Sie trägt ihre dunklen Haare kurzgeschnitten, dann muss sie morgens nur schnell durchwuscheln und verliert nicht unnötig viel Zeit. Natalie ist eine kleine, zarte Blondine und trägt fast ausschließlich Kleider, gern mit Blumenmustern oder Schleifchen. Ich liege wie üblich in der Mitte meiner beiden Freundinnen: größer als Natalie, kleiner als Jana, und meine Haarfarbe ist so ein Dunkelblond, Sie wissen schon, diese Farbe, die manchmal nicht so nette Bezeichnungen bekommt. Meine Beinahe-Schwiegermutter hat mich darauf aufmerksam gemacht, dass ich mit einer anderen Haarfarbe vielleicht schmeichelhafter aussehen würde, für die Hochzeitsfeier. »Denk doch an die Bilder, Kind.«

Dafür habe ich Locken, die ich sehr mag. Ach ja, und ich trage nüchterne Jeans *und* verspielte Kleider. Marius mochte meine Augen, er hat immer gesagt, dass er in diesen dunklen Seen versinken möchte.

Seine Romantik schrammt immer ein bisschen am Kitsch vorbei.

Marius. Natalie findet vor allem den Adelstitel und die Tatsache, dass seine Familie ein richtiges, echtes Schloss besitzt, hochromantisch. Zugegeben, es ist ein sehr kleines Schloss, das nur mit viel gutem Willen von einem Haus zu unterscheiden ist, aber in Stuttgart sind mittlerweile sogar Ein-Zimmer-Apartments unbezahlbar, geschweige denn ganze Häuser, und der Titel »Schloss« ist offiziell beurkundet.

Jana reitet währenddessen auf seinem fehlenden Durchsetzungsvermögen herum und nennt ihn Nordseekrabbe und Shrimp, wegen des fehlenden Rückgrats. Haha. Ich schlage ihr vor, eine neue Karriere als Stand-up-Comedienne anzustreben.

»Ich versuch's mal als Bauchrednerin«, antwortet sie. »Und wen könnte ich als Puppe nehmen? Weil er genauso hohl ist? Na? Na?«

»Er befindet sich in einer Ausnahmesituation«, verteidige ich Marius. »Seine Mutter beleidigen! Vor allen Leuten! Das ist ein riesiger Schlamassel.«

»Einen Fauxpas würde es die Aschebeck sicher nennen.« Jana grinst.

»Die *von* Aschebeck«, korrigiert Natalie.

Ich verberge mein Gesicht in den Händen. »Es tut mir wirklich, wirklich, wirklich leid«, sage ich durch meine Finger hindurch.

»Das glauben wir dir ja.« Schon wieder fängt Natalie an zu tätscheln.

Wie es ihr jetzt wohl geht? Friederike von Aschebeck? »Sie wollte mich ja von Anfang an nicht als Schwiegertochter«, sage ich schließlich und zupfe an den Nähten meiner Jeans herum.

»Meinst du, sie fühlt sich schlecht, weil sie so gemein zu dir war?«, fragt Natalie mit großen Augen, wofür Jana nur ein abfälliges Schnauben übrig hat.

»Oder sie ist ganz froh, dass sie nun einen handfesten Grund hat, Marius die Hochzeit zu verbieten.« Ich zucke mit den Schultern.

Jana will etwas sagen, vermutlich beinhaltet es eine Wiederholung der Wörter »Hochzeit« und »verbieten« und dann eine Lobrede auf Wirbeltiere, aber ich unterbreche sie damit, dass ich mittlerweile sehr müde bin. »Es war ein anstrengender Tag.« An der Tatsache bin ich zwar ganz allein schuld, aber Jana und Natalie nicken, drücken mir beide einen Kuss auf die Wange und verabschieden sich.

Und ich kann endlich ins Bett, um mich die nächsten Stunden schlaflos herumzuwälzen.

Soll ich mein Handy checken? Mit einer Tasse Kaffee in der Hand stehe ich am nächsten Morgen an den Kühlschrank gelehnt, das Smartphone in der Hand, und wäge die Vor- und Nachteile ab.

Pro Telefon: Seit einer Stunde müsste ich in der

Agentur sein, wenn ich mein Handy wieder einschalte, könnte ich endlich Bescheid geben, dass ich aus privaten Gründen zu Hause bleiben muss. Ich habe so gut wie gar nicht geschlafen. Natalie würde von Augenringen bis in den Keller sprechen, sehr oft die Wörter »armer Schatz« benutzen und mir mit Hinweis auf die Tränensäcke verbieten, unter die Leute zu gehen. Jana würde wahrscheinlich sagen, ich solle mich zusammenreißen, Arbeit lenkt ab.

Contra Telefon: Ich weiß nicht, ob ich bereit bin für hundertvierzehn Anrufe in Abwesenheit und meine Mutter, die vom »von« in meinem Namen träumt, seit ich ihr Marius das erste Mal vorgestellt habe. Vielleicht sollte ich ihr endlich erzählen, dass ich geplant hatte, meinen Geburtsnamen beizubehalten.

Der Gedanke, dass Marius seine Entscheidung in einer ebenfalls schlaflosen Nacht möglicherweise bereut hat, gibt den Ausschlag. Ich drücke auf den Knopf an der Seite und deaktiviere den Flugmodus.

Es sind nicht hundertvierzehn, es sind hundertsechzehn Anrufe in Abwesenheit.

Die Gästeliste umfasste hundertvierzig Personen, ich darf also noch mit vierundzwanzig weiteren Versuchen rechnen. Ich scrolle und scrolle, doch Marius' Name taucht in der Liste nicht auf. Vielleicht habe ich ihn in dem ganzen Wust unbekannter Nummern übersehen, ich suche also noch einmal von vorn, aber immer noch nichts. Dafür klingelt es in diesem

Augenblick, und wieder einmal erscheint *Tante Anna* auf dem Display. Frustriert pfeffere ich das blöde Ding auf die Anrichte und beschließe, es doch wie Jana zu halten und zur Arbeit zu gehen. Ablenkung kann ich wirklich dringend gebrauchen. Tante Anna ist die Letzte, mit der ich jetzt reden möchte. Das Smartphone vibriert noch einmal, zeigt nun *Mama* an, und ich korrigiere mich: Tante Anna ist die Zweitletzte, mit der ich jetzt reden möchte.

*

Soll ich eine Sonnenbrille aufsetzen, oder ist das zu klischeehaft? Ich werfe einen Blick in den Spiegel und entscheide: Es ist klischeehaft, aber notwendig.

Kaum ist die Haustür hinter mir zugefallen, und ich bin auf die Straße getreten, stürmen zwei Personen auf mich zu. Der Mann hebt eine Kamera, die Frau schwenkt ein Handy und ein Blatt Papier vor meiner Nase herum. »Stuttgarter Morgenpost, sind Sie die Brautzilla? Ich hätte ein paar Fragen an Sie.«

Was zur Hölle …? Ich starre die Rothaarige mit der asymmetrischen Frisur an. Für ihre Cowboystiefel aus Schlangenleder, die mich normalerweise fasziniert hätten, habe ich nur einen kurzen Blick übrig. »Die was?«

»Lotte Weinheim, die Brautzilla, die in einem gnadenlosen Rundumschlag …« Weiter kommt die

Reporterin nicht. Ich schnappe mir das Papier, mit dem sie immer noch herumwedelt. Es ist offenbar der Ausdruck einer Klatschseite im Internet, die gerne lustige Tierbilder zeigt, über Promis herzieht und brandheiße Peinlichkeiten ganz normaler Menschen veröffentlicht. Und da geht es tatsächlich um eine »Brautzilla«. Mir bleibt der Mund offen stehen. »Die nennen mich Brautzilla?« Und wer hat meine E-Mail überhaupt weitergeleitet? Das ist ja nicht zu fassen! Aber da steht es schwarz auf weiß: »Als ob an ihrer Figur irgendetwas echt ist! In dem Alter solche Brüste?« Oh Gott, das habe ich wirklich geschrieben?

Der Begleiter der Rothaarigen klickt hektisch mit seiner Kamera, was bin ich froh über meine Sonnenbrille. Ich will mich schleunigst aus dem Staub machen, das ist aber gar nicht so leicht, da die Reporterin sich mir in den Weg stellt und ich beinahe über das Schlangenleder stolpere.

»Stimmt es, dass Ihre Verlobung aufgelöst wurde?«, hakt sie nach. »Hat der Graf Ihnen den Laufpass gegeben?«

»Ich muss zur Arbeit.« Ich mache einen Schritt nach rechts, aber erneut stellt sie sich mir in den Weg.

»War Ihre E-Mail der letzte Streich einer dramabehafteten Braut, die durchdreht, wenn nicht alles nach ihrer Nase geht?«

Was für eine Unverschämtheit! Am liebsten würde ich ihr vors Schienbein treten, aber das ständige Klicken ihres Fotografen hält mich davon ab. Ich würdige die Rothaarige keines Blickes mehr, als ich mich in einem Ausweichmanöver umdrehe und in die andere Richtung die Straße hinunterhaste. Sie folgen mir noch ein paar Schritte, aber offenbar ist das Schlangenleder noch nicht eingelaufen, denn in meinen Turnschuhen bin ich deutlich schneller. Als ich um die nächste Ecke biege, sehe ich aus den Augenwinkeln, dass die beiden endlich aufgegeben haben.

Du glaubst nicht, was mir gerade passiert ist, texte ich Jana aus der U-Bahn.

Als ich am Vogelsang aussteige, warten vor dem Eingang der Agentur schon zwei Männer. Einer mit einer Kamera um den Hals, einer mit einem Mikrofon. Ich kneife die Augen zusammen. Das ist doch ein Witz, oder?

»Die Brautzilla!« Der eine knufft dem anderen in die Seite.

Ich tue so, als hätte ich sie nicht gesehen, wechsle auf die andere Straßenseite und beschleunige meine Schritte. Wer hat das an die Zeitungen gemeldet? Die Gräfin kann doch kein Interesse an solchen Schlagzeilen haben!

Als die beiden mir auf der Stelle folgen, beschleicht mich die Ahnung, dass die von Aschebecks noch deutlich wichtiger sein könnten, als mir bisher bewusst war. Was soll ich jetzt tun, wie meine Verfolger abschütteln? Ich habe mal in einer Frauenzeitschrift gelesen, dass man nachts allein auf der Straße so tun soll, als würde man telefonieren. Angeblich hält es potenzielle Verbrecher fern. Ich zücke mein Handy, Jana will sowieso informiert werden, und stelle fest, dass Telefonate auf Journalisten leider keine abschreckende Wirkung ausüben. Die beiden rücken mir nur noch näher auf die Pelle, wahrscheinlich um jedes Wort meines Gesprächs mithören zu können.

Nun renne ich beinahe, da ich aber trotz Turnschuhen nicht die beste Sportlerin bin, gerate ich recht schnell aus der Puste. Die sind echt hartnäckig! Ich versuche, mich an alle Verfolgungsjagden zu erinnern, die ich jemals in Actionfilmen gesehen habe, aber da konnten die Flüchtenden meist zehn Kilometer in zwanzig Minuten rennen – mindestens! Ich schaffe höchstens hundert Meter in gemäßigtem Tempo.

»Lotte Weinheim!«, ruft nun einer der beiden hinter mir, und es wird langsam wirklich brenzlig.

Da fällt mir ein Schild am nächsten Hauseingang ins Auge: »Frauenärztin Dr. Behrmann«. Na, wenn das kein Gottesgeschenk ist. Ich entwische durch die Tür.

Nur, was jetzt?, frage ich mich, als ich mich in einer sehr hübsch weiß-orange eingerichteten Praxis wiederfinde.

»Haben Sie einen Termin?«, fragt die Arzthelferin, als ich keine Anstalten mache, näher an ihren Tresen zu kommen. *Anmeldung* steht auf einem Schild, und ich möchte sie darauf aufmerksam machen, dass niemand, wirklich niemand mehr diese verspielte Schriftart »Comic Sans« benutzt. Aber dann schüttle ich nur den Kopf, ich habe gerade wirklich andere Sorgen. Bevor sie anfängt, im Kalender nachzusehen, ob sie mich irgendwo zwischenquetschen kann, sage ich: »Ich bin gleich wieder weg.«

Ich werfe einen Blick durch den Türspalt. Tatsächlich, die beiden Journalisten-Jungs habe ich abgeschüttelt. Draußen warten, bis ich wieder herauskomme, wollten sie wohl auch nicht. Ich sehe sie jedenfalls nicht mehr. Zeit ist Geld, und die nächste Schlagzeile könnte um die Ecke lauern.

Ich beglückwünsche mich zum gelungenen Ablenkungsmanöver, öffne die Tür und trete auf die Straße. Nach knappen zwanzig Metern auf dem Rückweg zur Agentur halte ich inne. Haben sich die beiden Journalisten etwa dorthin zurückgezogen? Oder wartet unter Umständen dort die Wachablösung?

Eine Querstraße eher biege ich rechts ab. Wenn ich von der anderen Seite unseres Blocks durch die Garage der Autowerkstatt gehe, komme ich in unseren Hof.

Dort klopfe ich ans ebenerdige Fenster der Teeküche, in der sich Herr Meyer-Sandvoss gerade eine Tasse Kaffee holt. Er sieht mich erstaunt an und öffnet mir. Dann wechselt sein Gesichtsausdruck zu völliger Verwirrung, als ich zunächst meine Handtasche durchs Fenster werfe und mich anschließend am Fensterbrett hochziehe.

»Etwas Frühsport ist gesund«, begrüße ich ihn, als ich es keuchend in die Teeküche geschafft habe.

Er kneift die Augen zusammen und sagt zögerlich: »Ah ja.«

Ich zucke mit den Schultern und gehe in mein Büro. Die Kraft, ihm alles zu erklären, habe ich im Augenblick nicht.

Bis zur Mittagspause ist es nur noch eine gute Stunde. Als ich um halb eins einen zögerlichen Ausflug nach draußen wage, droht mir ein Spießrutenlauf zwischen Reportern hindurch. Also gebe ich auf, ziehe mich wieder in die Agentur zurück und frage die Müller, ob sie mir vom Edeka einen Snack und was Süßes mitbringt. »Schokolade oder Gummibärchen«, spezifiziere ich das Süße. Ich erinnere mich noch gut an den Vortrag der Müller zum Thema »Frisches Obst ist eine gesunde Alternative zu Schokolade«. Nicht, dass ich etwas gegen gesunde Ernährung habe. Aber manchmal muss es eben doch Fett und Zucker sein.

Ich versuche, mich auf die Arbeit zu konzentrieren, Ablenkung und so. Mein Telefon klingelt. »Hier die Cindy vom *Stuttgart-Tratsch.* Ich erstelle eine Liste der schlimmsten Hochzeits-Pannen und wollte fragen, ob …«

Ich lege den Hörer auf. Manchmal muss es *viel* Fett und *viel* Zucker sein.

Die Müller klopft an meine Tür und legt mir eine

Packung Babymöhren und einen Müsliriegel auf den Schreibtisch. *Vegane Schokolade* steht quer drüber geschrieben, und dann noch: *gesünder als ein kleines Steak.*

Ich lasse meinen Kopf auf die Tischplatte sinken und beschließe, früh Feierabend zu machen.

Durchs Dorf die Sau

Das haben die morgen schon wieder vergessen«, beruhigt Jana mich, als ich abends bei ihr auf dem Sofa sitze. Zu mir nach Hause konnte ich nicht, vor meiner Haustür trieben sich verdächtig nach Klatschjournalisten aussehende Subjekte herum. Mein erster Impuls war, Marius anzurufen. Ich frage mich, wann die Realität, dass wir getrennt sind, endgültig zu mir durchsickert. Andererseits, versuche ich mir selbst Mut zuzusprechen, vielleicht überlegt er es sich doch so schnell wieder anders, dass wir bis dahin wieder zusammen sind und ich die Realität gar nicht anerkennen muss.

»Mach dir keine Sorgen«, fährt Jana fort. »Die Klatschjournaille treibt jeden Tag eine neue Sau durchs Dorf.«

»Und in einer Großstadt wie Stuttgart sollte es doch täglich mindestens zwei Säue geben«, sage ich.

»Ganz genau! Morgen haben die Klatschblätter schon das nächste Thema: Kind verletzt sich an Stuttgart-21-Bauzaun oder so, dann geht sich die halbe Stadt wieder an die Gurgel.«

»Oder irgendwas zum Dieselverbot«, mutmaße ich.

»Hier gibt's wirklich genug Aufreger.«

Für den Moment geht es mir besser, doch dann fällt mir etwas Furchtbares ein: »Was meinst du, belagern die Marius etwa auch so?« Oh Gott, nicht nur vor seiner Mutter habe ich ihn in eine unverzeihliche Situation gebracht, sondern auch noch vor allen Klatschreportern der Region!

»Oh.« Jana, die gerade aufgestanden ist, hält inne. »Die von Aschebecks als lokale Windsors könnten durchaus interessant sein für die Klatschpresse. Also, vielleicht?«

Was soll ich tun? Ihn anrufen? Während Jana in der Küche werkelt, überlege ich. Vielleicht geht er ans Telefon, wahrscheinlich eher nicht. In der Mittagspause hatte ich es noch einmal bei ihm probiert und keine Reaktion erhalten. Ich kaue auf meiner Unterlippe. Eine Nachricht schreiben wäre vielleicht eine Alternative. Ich tippe also: *Es tut mir alles so leid! So wahnsinnig leid!* Wenn er darauf reagiert, kann ich ihn nach den Reportern fragen.

Noch während ich aufs Smartphone starre, um mir eine Antwort herbeizuhexen, drückt Jana mir ein Prosecco-Glas in die Hand. »Hab extra auf Vorrat gekauft. Ich dachte mir schon, dass wir da noch ein paar Flaschen brauchen.«

Am nächsten Morgen wache ich mit Kopfschmerzen auf. Marius hat nicht mehr geantwortet, er ist auch nicht aufgetaucht.

»Besser Kopf- als Herzschmerzen«, sagt Jana.

»Na toll, ich hab beides«, antworte ich. Wenigstens ihr Kaffee ist besser als meiner. Sie hat so eine schicke Maschine mit Pads – Filterpads, die man im Biomüll entsorgen kann, dagegen hätte nicht mal die Müller was.

»Willst du noch duschen?«, fragt Jana.

Ich schüttle den Kopf. »Dann muss ich wieder in die Klamotten von gestern steigen. Ich geh schnell bei mir zu Hause vorbei, ich hoffe, die Journalisten und Möchtegern-Reporter haben mittlerweile aufgegeben.«

Haben sie nicht, stelle ich zwanzig Minuten später fest. Wenn, dann sind es eher noch mehr geworden. Jana und ich haben vergessen, dass Stuttgart nicht Hamburg oder Berlin ist und man sich über jede dahergelaufene Sau freut, die dann so lange durchs Dorf getrieben wird, bis wirklich keiner sie mehr sehen will.

»Lotte Weinheim, die Brautzilla«, spricht eine junge Blondine in ihr Handy. »Waren es die Schwangerschaftshormone, die Sie zum Monster machten?«

Die Schwanger… was? Wie kommen die denn jetzt auf diesen Mist? Hat Marius ihnen irgendetwas erzählt? Wie käme er dazu? Der wollte doch nie etwas von Frauenthemen wis… Oooooh! Oh nein. Ich weiß, wie sie auf diese dämliche Idee kommen.

So viel also zum gelungenen Ablenkungsmanöver am gestrigen Morgen.

»Man kann sich bei einer Frauenärztin auch nur ein Rezept holen«, fauche ich die Blondine an, bevor ich mich schleunigst vom Acker mache. Zum Glück hält genau in diesem Augenblick der 42er an der Haltestelle gegenüber. Das ist zwar überhaupt nicht meine Richtung, aber bezüglich Verfolgungsjagden werde ich besser. Ich springe in den Bus, die Tür schließt sich, die Blondine bleibt draußen. Hervorragend. Meine Begeisterung wird leicht getrübt durch die Tatsache, dass ich nun ungeduscht und in der Kleidung von gestern ins Büro muss. Ganz zu schweigen vom zweimaligen Umsteigen. Durch die Erfahrung vor meiner Wohnung schlauer geworden, klettere ich bei der Agentur gleich im Hinterhof durchs Fenster der Teeküche.

Die Müller zieht die Augenbrauen hoch. »Gleiche Hose, gleiche Bluse wie gestern?«

Dass ich einen spektakulären Stunt über die auf der Fensterbank platzierten Kakteen hingelegt habe, interessiert sie nicht?

»Energie und Wasser sparen«, murmele ich. »Alles für die Umwelt.«

Die Müller nickt in einer Mischung aus Skepsis und Anerkennung, und ich kann es ihr nicht verdenken. Im letzten Jahr war ich auf zwei Flugreisen, eine davon nach Südostasien. Meine Umweltsünden kann ich wahrscheinlich mit ein bisschen Schmuddeligkeit nicht mehr aufwiegen.

*

Am frühen Nachmittag – ich schlucke gerade den letzten Bissen meines Quinoa-Rote-Bete-Salats herunter, den die Müller mir aus dem Edeka mitgebracht hat – klopft Meyer-Sandvoss an meine Bürotür.

»Wie weit sind Sie mit dem Langerer-Projekt?«, fragt er.

»So gut wie fertig!« Ich öffne das Dokument, das glücklicherweise schon letzten Freitag »so gut wie fertig« war. Heute und gestern habe ich auf der Arbeit quasi gar nichts geschafft. Eine Krankmeldung aus Liebeskummer wäre sicher legitim gewesen, denke ich, aber ich wollte das Risiko nicht eingehen, dass eine übereifrige Reporterin in meine Wohnung einbricht, während ich mit Schokoflecken auf der Jogginghose und verheulten Augen auf der Couch herumgammle.

Ablenkung ist alles, denke ich, und mit den Manövern, die wiederum die Journalisten ablenken sollen, habe ich mich bisher tatsächlich ganz gut abgelenkt.

Erst als Meyer-Sandvoss mich irritiert ansieht, fällt mir auf, dass er mir schon seit einiger Zeit etwas erzählt. Es geht um … ein neues Projekt?

»Mmhhh … Äh, ja natürlich«, murmele ich zustimmend.

»Ich hätte Sie ja geschickt.« Er guckt mich treuherzig an. »Sie sind eine meiner besten Grafikerinnen« – Vanessa Finke und ich sind seine beiden einzigen Grafikerinnen –, »und ich glaube, das Projekt liegt total auf Ihrer Wellenlänge. Im Client-Management-Dings sind Sie einfach unschlagbar. Aber mit Ihrer Hochzeit, dann steht ja noch der Umzug an, und ich darf das als Arbeitgeber ja gar nicht fragen, aber ich nehme an, die Familienplanung wird dann auch bald beginnen.« Er zuckt mit den Schultern. »Ich werde also morgen mit Frau Finke sprechen.«

Mein Handy leuchtet auf, ein eingehender Anruf – immerhin habe ich den Ton ausgestellt –, das Telefon auf meinem Schreibtisch klingelt, und mein Computer vermeldet mit einem »Ping« drei neue Nachrichten. Alle drei *Re: Schwiegermutter from hell.*

»Sie haben keine Ahnung, was in meinem Leben gerade los ist.« Ich seufze laut. Bevor er nachhaken kann, füge ich schnell hinzu: »Das ist auch besser so.« Ich straffe die Schultern und denke an Ablenkung: »Sie brauchen nicht mit Vanessa zu sprechen, Sie haben Ihre Frau für das neue Projekt gefunden – sie sitzt vor Ihnen!«

»Wirklich?« Er sieht mich erfreut an. »Sie fahren also nach Wien?«

Wien? Jetzt habe ich aber etwas nicht mitbekommen.

»Österreich?«, hake ich nach.

»Ja. Der Ableger unserer Agentur in der Josefstadt.«

Ach, richtig. Da hatte sich uns vor knapp anderthalb Jahren so eine kleine Agentur angeschlossen, eine Art Kooperation, so genau hab ich das nie verstanden. Wien ist sicher eine tolle Stadt. Ohne Frage. Aber schon ein bisschen weit weg, ich meine … Mein Telefon klingelt erneut. Ich drücke den Anruf weg, und automatisch springt der Anrufbeantworter an.

»BILD-Zeitung Süddeutschland. Frau Weinheim, wir haben da einen tollen Aufmacher für morgen und würden …«

Ich hebe den Hörer ab und knalle ihn lautstark zurück aufs Telefon. Wie war das mit dem Abstecher nach Wien? Ich sehe Meyer-Sandvoss an. »Wien, Wien, nur du allein«, zitiere ich. »Kann ich morgen schon los?«

*

»Du kannst doch jetzt nicht einfach abhauen!« Natalie sieht mich entsetzt an. Sie sitzt völlig verwirrt auf meinem Bett, auf dem sich außer ihr noch mein Koffer befindet, der schon zur Hälfte gefüllt ist. Jana packt fleißig, während Natalie jammert.

Meyer-Sandvoss war etwas überfordert, aber wenn

ich so schnell aufbrechen wollte, dann, stotterte er, dann hätte er natürlich nichts dagegen zu sagen.

»Was ist mit Marius?«, fragt Natalie.

Der Gedanke an ihn versetzt mir tatsächlich einen Stich. Bisher habe ich nichts von ihm gehört, und auch wenn ich immer noch darauf hoffe, dass er mit einem Strauß Rosen vor der Tür steht, bin ich ganz und gar nicht mehr zuversichtlich.

Ich versuche, so überzeugend wie möglich zu klingen, als ich ihr erkläre, dass ein bisschen Abstand uns guttun würde. »Um wieder einen klaren Kopf zu bekommen. Um zu sehen, was wir aneinander haben.« So in der Art hatte sie es schließlich selbst gesagt.

Genau diesen Augenblick sucht mein Smartphone sich aus, um zu klingeln. Entnervt will ich den Aus-Knopf drücken, da sehe ich die Anzeige auf dem Display: *Schatz.*

»Oh mein Gott, Marius!« Er hat es sich überlegt! Er will mich zurück! Beinahe rutscht mir das Telefon aus der Hand, weil meine Hände vor Aufregung zittern. Aber dann wische ich den Anruf endlich nach rechts. »Marius!«

»Lotte, stimmt das?«, fragt er. »Mama sagt nämlich, es stimmt nicht, aber ich weiß überhaupt nicht … Lotte, du würdest dir sowas doch nicht ausdenken?«

»Was?« Worum geht es hier?

»Und wer weiß, vielleicht ist es ja nicht mal von mir!« Seine Stimme klingt anklagend.

Keine Ahnung, wovon er redet. »Marius, ich freu mich so, dass du anrufst.«

Aber das will er offenbar nicht hören. »Bist du schwanger?«, schreit er beinahe ins Telefon.

Was? Er weiß doch genau, dass wir immer verhütet haben. »Natürlich nicht«, sage ich also und will ihn fragen, wie er darauf kommt.

»Das hätte ich dir nie zugetraut!«, zischt er wütend, noch bevor ich fragen kann; da dämmert mir langsam, wie er darauf kommt. Der Frauenarztbesuch …

»Marius«, beginne ich, um ihm die Sache zu erklären.

Doch ein Klicken in der Leitung macht deutlich, dass er die Verbindung unterbrochen hat. Ich stöhne auf. »Verdammt, ich hätte Ja sagen sollen.«

Natalie sieht mich entsetzt an, sie hat prinzipiell etwas gegen Lügen. Aber … in diesem Fall wäre es höchstens eine Notlüge gewesen. »Ich muss ihm erklären, was los war!« Hektisch tippe ich eine Nachricht. Ungefähr dreimal lösche ich mein Geschreibsel wieder, bis ich die richtigen Worte gefunden habe. Dann schicke ich sie ab und starre aufs Handy.

Die Nachricht geht nicht durch. Und ich sehe sein Profilbild auch nicht mehr.

»Jup, der hat dich blockiert.« Jana kneift fachmännisch ein Auge zusammen. »Abstand ist wunderbar«, nimmt sie dann unseren vorherigen Gesprächsfaden wieder auf. »So für drei, vier Jahre. Oder auch vierzig, fünfzig.«

Ich höre ihr nicht zu. »Der kann mich doch nicht einfach so blockieren!« Verzweifelt schaue ich zu Natalie, die ähnlich verzweifelt zurückblickt.

»Und alles nur wegen eines dummen Missverständnisses«, murmelt sie.

So könnte man einige Kapitel meines Lebens zusammenfassen.

Natalie schürzt ihre Lippen. »Abstand habt ihr jetzt«, sagt sie nachdenklich. »Vielleicht ist das gar nicht die schlechteste Idee. So kannst du seine Sehnsucht wecken.«

Ich ziehe skeptisch die Augenbrauen hoch. »Er glaubt, ich habe mir eine Schwangerschaft ausgedacht.«

Aber da ist Natalie schon wieder obenauf. »Er soll dich vermissen!«, ruft sie. »Da kommt Wien jetzt gerade recht! Die ersten Tage ist er vielleicht noch genervt von dir, aber dann verblassen die schlechten Erinnerungen ganz schnell. Spätestens in zwei Wochen hat er alles wieder vergessen – die angeblich ausgedachte Schwangerschaft, die Mail an Friederike …«

Wunderbar, mein Plan von oben abgesegnet sozusagen. Ich muss schlucken. So ganz habe ich unser Gespräch noch nicht verdaut. Janas missmutigem Gesichtsausdruck nach zu urteilen, hätte sie auch noch einiges dazu zu sagen.

Plötzlich hält Natalie inne. »Herrje. Aber was, wenn er jemanden kennenlernt, während du fort bist?«

Das auch noch!? Daran habe ich nicht gedacht, als ich Meyer-Sandvoss meine Zusage gegeben habe. Um ehrlich zu sein, ich glaube, ich habe überhaupt nichts gedacht heute Nachmittag im Büro. Auf leeren Magen – Quinoa-Rote-Bete zählt nicht – kann ich nicht so gut mit meinem Gehirn. Aber ja, was wenn Marius mich vergisst, während ich in Wien bin? »Lotte, ich liebe dich, wirklich«, und dann: aus den Augen, aus dem Sinn. Und zack, ist er in drei Wochen mit einer Neuen verlobt. Ich muss zugeben, dass ich tatsächlich nicht die erste Frau bin, die Marius heiraten wollte, eher die dritte. Nur kam es bei keiner der beiden anderen überhaupt zu Hochzeitsvorbereitungen, die Verlobungen wurden jeweils noch in einem früheren Verlobungsstadium gelöst, weshalb ich nicht dachte, dass das von Bedeutung ist. Marius verschenkt eben gern Schmuck. Und manchmal ist er überschwänglich, dann wird etwas falsch interpretiert, und er kann nicht mehr zurückrudern. Aber bei mir war es ein echter Heiratsantrag mit echtem Ring und echtem Auf-ein-Knie-Heruntergehen und … Ich muss ziemlich unglücklich aussehen, denn jetzt gibt Jana sich einen Ruck. »Marius wird keine andere kennenlernen«, sagt sie, während sie mich in den Arm nimmt. An Natalie gewandt fügt sie hinzu: »Als ob unser kleiner Lord jemals eine Bessere als Lotte kennenlernt!«

»Im Moment ist er jedenfalls stocksauer.« Der

Anruf und die Blockierung beweisen das. Ganz zu schweigen von der Tatsache, dass er weder auf mich persönlich noch auf meine Anrufe reagiert hat.

»Jetzt genieß erstmal Wien.« Jana legt mir einen Spitzen-BH in den Koffer, den ich wieder auspacke. Für hübsche Unterwäsche ist dieser Aufenthalt nicht gedacht.

»Und für den Fall der Fälle hast du ja immer noch uns.« Auch Natalie strahlt wieder. »Wir behalten Marius im Auge. Ich richte uns eine WhatsApp-Gruppe ein.« Emsig tippt sie auf ihrem Handy herum. »Dann kannst du uns Fotos aus Wien schicken, und wir informieren dich über Marius.«

Janas Mimik entnehme ich, dass sie mich unter keinen Umständen über Marius informieren will. »Wehe, du amüsierst dich nicht«, sagt sie. »Du warst im letzten halben Jahr auf keiner richtigen Party mehr!«

»Ich war sehr wohl auf Partys«, widerspreche ich. »Ungefähr jede Woche war Marius auf einer Feier eingeladen.«

»Deshalb hab ich ja auch ›richtige‹ Party gesagt«, erwidert Jana ungerührt. »Hätte ich steife Empfänge gemeint, auf denen du dich anstandshalber zwei Stunden zu Tode langweilen musstest, bis du dich endlich verabschieden konntest, hätte ich das auch so gesagt.«

Da hat sie vielleicht recht. Marius' Freunde und Verwandte halten nicht viel von Tanzen. Oder von

Spaß. Oder auch anregenden Unterhaltungen. Warum solch ein spritziger Kerl wie Marius gern auf diese Veranstaltungen geht, ist mir ein Rätsel.

»Wir kommen dich ein Wochenende besuchen!« Natalie hat schon wieder eine neue Idee. »Und dann machen wir zu dritt Wien unsicher.«

»Oh ja, und bei den Wiener Männern vergisst du Marius ganz schnell!« Jana war noch nie Marius' größter Fan. Aber ich finde sie aktuell doch ein bisschen sehr feindselig mir und meinem verflossenen Liebesglück gegenüber eingestellt.

»Wie lange bist du jetzt eigentlich in Wien?«, fragt Natalie. »Vier Wochen? Fünf?«

»Sechs«, antworte ich. Ich hätte Meyer-Sandvoss besser zuhören sollen. In seiner mündlichen Projektbeschreibung hatte er zu Anfang, als ich mit den Gedanken noch ganz woanders war, einige wesentliche Informationen präsentiert. »Sechs Monate«, ergänze ich also.

Neue Stadt, neues Glück

Wien. Ich bin immer noch nicht ganz sicher, ob ich stolz auf meinen Mut oder wütend über meine Dummheit sein soll. Jetzt sitze ich im Zug und denke an den Abschied von Natalie und Jana. Auf Natalies Seite sind Tränen geflossen, Jana hat mir eingeschärft, das Leben zu genießen. »Kaffeehäuser, Mehlspeisen und natürlich die Männer!«, hat sie geschwärmt, und ich habe ihr halbherzig versprochen, mich zu amüsieren.

»Wir werden das bei unserem Besuch überprüfen.« Mit diesen Worten ist sie von der Zugtur zuruckgetreten, beide haben noch einmal gewinkt, und dann ging's los. Jetzt bin ich wirklich weg, für die nächsten sechs Monate. Was ist mit Marius? Wenn er es sich doch noch anders überlegt … Ich hole mein Handy heraus und öffne WhatsApp. Sein Profilbild ist immer noch verschwunden, es sieht also nicht so aus, als hätte er das in nächster Zeit vor. Ich beiße meine Zähne zusammen und frage mich, ob Friederike ihm jetzt jeglichen Kontakt zu mir verboten hat. Mann, Marius, wir waren doch ein Traumpaar, das hast du selbst gesagt!

Ich stecke mein Handy weg und überlege. Wie sagt Meyer-Sandvoss immer? »Proaktiv« an Probleme herangehen. Einen proaktiven Ansatz wählen, statt darauf zu warten, dass sich die Schwierigkeit in Luft auflöst. Proaktiv, so wie die Flucht nach Wien, ätzt eine leise Stimme in meinem Inneren. Aber hatte Natalie nicht gesagt, dass Marius mich erst vermissen, die schlechten Erinnerungen loswerden muss? Das kann er jetzt ja, denke ich bitter. Und dann … und dann gehe ich neu auf ihn zu. Genau. Ich setze mich etwas gerader hin. Genauso werde ich es machen. Das ist ein guter Plan! Ich hole mir Marius zurück. Ich gehe nach Wien und komme als neue Lotte zurück, in die er sich neu verliebt – ganz ohne Altlasten, Mails und Streitereien.

Schon fühle ich mich leichter, und als der Schaffner über Bordlautsprecher München ankündigt, bin ich wieder voller Hoffnung: Die erste Begegnung wird zufällig verlaufen, freitags geht er gern zum Italiener, und wenn ich dort perfekt aufgestylt mit Natalie auftauche … *Ach, du auch hier, das wusste ich ja gar nicht! Schön, dich zu sehen.*

Zur Not muss ich es drei Freitage hintereinander probieren, aber Natalie wird wohl kaum etwas dagegen haben, mir zu der Gelegenheit zu verhelfen, bei der sie ihr schönes Kleid tragen kann. Ha!

Beruhigt verbringe ich die restliche Zugfahrt damit, in den Reiseführern zu lesen, die mir Jana und die Müller last minute besorgt haben, und von Marius und unserer Begegnung zu träumen, die natürlich damit enden wird, dass er mich in seine starken Arme nimmt. »Lotte, ich liebe dich wirklich«, wird er sagen, und dieses Mal wird es kein »Aber« und kein Komma hinter dem Personalpronomen geben. Seufzend ergebe ich mich meinen Tagträumen, die nahtlos in richtige Träume übergehen, denn das Nächste, an das ich mich erinnere, ist ein Ruckeln des Zuges und dann hektische Betriebsamkeit, als alles um mich herum aussteigt. Himmel, wir sind schon in Wien! Schnell hieve ich meinen Rucksack aus dem oberen Fach, schnappe mir meinen Koffer und die Reisetasche, dann geht es nach draußen, in die große weite Welt sozusagen.

Ich habe schon Rom gesehen, London, Berlin sowieso und München außerdem. Und dennoch: Auf der Straßenbahnfahrt vom Westbahnhof zu meinem neuen Zuhause bleibt mir der Mund offen stehen. Was für eine wunderschöne Stadt! Ich hätte auch mit der U-Bahn fahren können, das wäre wohl schneller gewesen, aber ich bin froh, die Straßenbahn genommen zu haben. Die Linie 5 führt durch den 8. Bezirk – in dem auch die Agentur sein soll –, und ich klebe geradezu am Fenster. Beinahe überlege ich, mit Sack und Pack in eine der Ringlinien umzusteigen, um die

Oper, das Burgtheater und den Karlsplatz zu sehen. Aber dann entscheide ich, die Stadt doch lieber zu Fuß zu erkunden. Es ist August, das Wetter ist wunderbar und keine Wolke am Himmel zu sehen.

Ursprünglich hatte ich vorgehabt, den Abend damit zu verbringen, meine Sachen auszupacken und vielleicht die kleine Dienstwohnung ein bisschen zu verschönern. So wie ich Meyer-Sandvoss kenne, sieht die ganz sicher leer und trostlos aus.

Aber an diesen Plan denke ich längst nicht mehr, als ich mit Koffer, Rucksack und Reisetasche aus der Tram steige. Mit großen Augen gehe ich die Straße hinunter und fühle mich beinahe wieder wie ein Kind: Das Staunen, das mich beim Anblick der hohen Gebäude und dem geschäftigen Treiben auf der Straße erfasst, hält eine ganze Zeit lang an. Hier ein Blumenladen, dort eine Trafik und da eine knallig rosafarbene Drogerie. Ich wohne im 9. Bezirk, dem Alsergrund, der noch innerhalb des Gürtels liegt, also relativ zentral. Von der Haltestelle bis zu meiner Unterkunft ist es nicht weit, und zweimal fährt eine weitere Tram – *Bim* hat gerade jemand in der Bahn gesagt, und der Begriff gefällt mir unheimlich gut –, es fährt also eine weitere Bim an mir vorbei. Für das nächste halbe Jahr befindet sich meine Heimstatt in einem sechsstöckigen Gebäude. Gründerzeitarchitektur, schwärme ich mit großen Augen und träume von hohen Stuckdecken und Wiener Kastenfenstern.

Ja, Grafik-Design wurde mein Schwerpunkt, aber ich habe lange mit der Kunstgeschichte geliebäugelt. Das Haus mit der reich verzierten Fassade verfügt sogar über Balkons. Ich bin von nun an Balkonbesitzerin! Das macht beinahe die Tatsache wieder wett, dass das Haus direkt an einer Straßenbahnhaltestelle steht. Nachdem die nächste gehalten hat, verstehe ich auch, wieso der Mann vorher »Bim« gesagt hat: Bim von bimmeln, denn das tut sie beim Ein- und Aussteigen unentwegt. Ich fahre mit dem klapprigen Aufzug in den fünften Stock und gönne mir gerade eben die Zeit, Koffer und Tasche fallen zu lassen und den Balkon zu begutachten, bevor ich mich wieder auf den Weg die Treppe hinunter mache – die Sonne scheint, und das Leben dort draußen ist viel zu aufregend, um jetzt auch nur eine Minute zu verpassen. Die Wohnung, ach so, ja, die ist tatsächlich leer und trostlos, ein Plakat über Gemüse und den jeweiligen Vitamingehalt ist das einzige dekorative Element. Es hängt in der Küche und zeugt davon, dass die Müller mit Sicherheit ihre Finger im Spiel hatte. Die Müller. Ein bisschen vermisse ich sie ja jetzt schon. Wer ist nun für die nächsten sechs Monate mein Umweltgewissen? Denn auch wenn ich mich manchmal ein bisschen über sie lustig mache, bin ich schon ganz froh, dass es Menschen wie sie gibt – immerhin bin ich ihretwegen nicht von Stuttgart nach Wien geflogen, wie ich es mir aus Bequemlichkeit zunächst ausgemalt hatte. Na gut, ihretwegen und aufgrund der Tatsache, dass Meyer-Sandvoss mir beim Anblick des Last-Minute-Flugpreises einen Vogel gezeigt hat.

Draußen erwartet mich eine erneut bimmelnde Bim, und ich muss unbedingt daran denken, mir morgen eine Monatskarte zu kaufen. Es geht schon auf den Abend zu, und trotz der Temperaturen um die fünfundzwanzig Grad ist es nicht so drückend wie im Stuttgarter Kessel. Die untergehende Sonne taucht die Dächer in warmes Licht. Es sieht zauberhaft aus. Alles wirkt irgendwie größer, aber dennoch dichter als in Stuttgart, als hätte jemand sich eine Stadt gemalt – jemand, der sein Handwerk versteht, vielleicht ein Bernardo Bellotto. Jedenfalls hat Wien eine Magie an sich, die mich für den Moment meine Sorgen vergessen lässt. Gedanken an Marius und meinen Liebeskummer kommen bestimmt bald wieder, für den Moment genieße ich die Sonnenstrahlen, die Menschen, die Atmosphäre.

Als ich an einem Café vorbeikomme, muss ich an die Zeilen aus dem Reiseführer denken, den Jana mir am Bahnhof in die Hand gedrückt hat. Immer, aber auch wirklich immer wieder wurde darin auf die berühmte Wiener Kaffeehaustradition verwiesen. Na, wenn es Tradition ist! Ich setze mich an einen freien Tisch und bestelle einen Cappuccino, woraufhin der Kellner fragt, ob ich aus Deutschland sei. Mist! Eine Stunde in Wien und schon als »Piefke« entlarvt.

»Ups. Was hab ich falsch gemacht?«

»Abgesehen vom Dialekt?« Er zieht die Augenbrauen hoch, lächelt aber dabei. »Eine Melange, sagt man hier«, erklärt er, und ach richtig, das stand doch im Reiseführer der Müller! Sie hatte ein Post-it mit »Sojamilch« über die Kaffeespezialitäten geklebt. Als der Kellner mir kurz darauf den Kaffee bringt, legt er die Getränkekarte dazu. »Damit Sie sich schnell eingewöhnen.« Er zwinkert mir zu.

Na, zumindest die Unfreundlichkeit der Wiener Kellner scheint nur ein Mythos zu sein.

Die Melange schmeckt lecker, die Häuserfronten vor mir sind in gleißendes Orangegelb getaucht, und für den Moment geht es mir eigentlich ziemlich gut. Ich stelle ein Foto in die neue WhatsApp-Gruppe. *Sechs Monate Einsamkeit* hat Natalie die Gruppe genannt, und ich weiß nicht genau, wen sie damit meint, sich selbst oder mich. Unter Umständen sogar Marius.

Abends im Bett berichte ich den beiden noch etwas ausführlicher von meinem Tag.

Wie sind die Wiener Männer?, fragt Jana.

Als ob sie für irgendwen außer Marius Augen hätte, schreibt Natalie an meiner Stelle.

Sollte sie vielleicht. Da gibt es möglicherweise einen humorvollen Mann ohne Mutterkomplexe.

SIE liest hier mit, kontere ich grummelig und

ergänze: *Und SIE sucht keinen humorvollen Mann ohne Mutterkomplexe.* Das klingt nun auch etwas schräg, und ich schreibe: *Ihr wisst, was ich meine.*

Natalie schickt mir verständnisvolle Worte, Jana beschränkt sich auf das Shrimp-Emoji.

Da ich den Tag hauptsächlich im Zug verbracht habe, kann ich über die Wiener Männer noch keine verbindliche Aussage treffen, schreibe ich dann. *Habe nur einen Kellner kennengelernt. Und bevor du fragst, Jana: Zwanzig Jahre älter und nicht mein Typ.*

Jana will die Hoffnung nicht aufgeben, dass mich bald ein gutaussehender Wiener umhaut, aber da es schon spät ist, beenden wir recht bald unseren Chat.

Die erste Nacht in einer neuen Wohnung ist immer seltsam. Die ungewohnte Umgebung lässt mich schwer einschlafen, und die Mischung aus Liebeskummer, Aufregung und Abenteuer tut ihr Übriges. Ob das alles so eine gute Idee war? Ich bin mir nicht mehr sicher, ganz und gar nicht, auch wenn ich mir tapfer die Worte »Abstand« und »Vermissen« vorsage und mir zufällige Treffen in der Pizzeria zurechtfantasiere. Der letzte Gedanke, bevor ich dann doch irgendwann einschlafe, dreht sich um Marius und die Frage, ob uns meine Flucht nach Wien nicht doch nur weiter auseinandertreibt.

*

Am nächsten Morgen versuche ich, mein Spiegelbild freundlich anzuschauen. Es klappt nur bedingt, mein fröhliches Lachen wirkt eher wie eine Grimasse. Immerhin habe ich die Ringe unter den Augen überschminkt. Wenn man mich nicht kennt, hält man mich hoffentlich für ganz normal. Vielleicht kann ich auch die lange Reise als Ausrede vorschützen.

Mit dem festgefrorenen Grimassen-Lächeln im Gesicht öffne ich meine Wohnungstür und trete in den Flur. Ich komme genau einen Schritt weit, dann blockiert irgendetwas meinen Weg, ich stolpere und falle der Länge nach hin. Autsch.

»Siehst?! Alles dei Schuld!«, kreischt eine Frauenstimme von rechts in mein Ohr.

»Ja, bist du deppert! Du hast deinen Hund doch nicht im Griff!«, schreit eine Männerstimme von links.

»Hey!«, rufe ich und reibe mir die schmerzenden Knie. Doch weder die eine noch der andere beachten mich, sie beschimpfen sich lieber gegenseitig, wer nun daran schuld ist, dass »das arme Ding« gestolpert ist. Ich klaube den Inhalt meiner Handtasche zusammen, der sich auf dem Treppenabsatz verstreut hat, was gar nicht so einfach ist, da mir zwei nasse Hundenasen dabei im Weg sind. Nach und nach erfasse ich die Lage: Die Hunde der Nachbarn, die beide um die siebzig sein müssen – die Nachbarn nicht die Hunde – und sich derzeit gegenseitig in Grund und Boden schreien, mögen sich im Gegensatz zu ihren Besitzern offenbar sehr. Der Zufall wollte es, dass beide Nachbarn gleichzeitig Gassi gehen wollten. So kam es, dass der angeleinte Retriever-Welpe der Frau zu meiner Rechten auf die ebenfalls angeleinte Pudel-Dame der Wohnung zu meiner Linken zustürmte. Und die Leinen waren mir, die gerade aus der mittleren Wohnung trat, ein Fallstrick.

»Es ist unverantwortlich, wie du dich verhältst, unverantwortlich!«, zischt die alte Frau von rechts.

»Und du bist a oide Keifn«, krächzt der alte Mann, der den Vorwand meines Unfalls nun ganz und gar vergessen hat und sich lieber darauf beschränkt, seine Nachbarin zu beleidigen.

»Nein, mir ist nichts passiert. Nur leicht den rechten Fuß verstaucht, aber sonst geht's mir gut, danke der Nachfrage«, sage ich laut.

»Halten Sie sich doch da heraus!«, erschallt es im Chor, bevor beide Wohnungstüren zugeknallt werden.

»Herzlich willkommen in der Nachbarschaft«, murmele ich, während ich vorsichtig die Treppe hinuntersteige. Zumindest ist es eine Wohltat, auf die Straße zu treten und keinen einzigen Journalisten zu sehen.

Mein Handy piepst, eine Nachricht von Jana: *Nicht die BILD-Zeitung lesen!*

Nicht an einen rosa Elefanten denken, schreibe ich mit zusammengekniffenen Augen zurück und schiebe eine Minute später nach: *Und? Klappt's*? Ich jedenfalls bin schon zur nächsten Trafik gehumpelt, die deutsche Zeitungen anbietet. Zu meinem Glück gibt es dort auch Kaffee, zu meinem Unglück ebenfalls die BILD mit dem Stuttgarter Regionalteil.

Der Journalist hatte mir gestern noch einmal aufs Band gesprochen. Wie zum Geier auch immer dieses überregionale Blatt auf meine Wenigkeit aufmerksam geworden ist, aber der Reporter fand: »Die Menschen brauchen wieder mehr zum Lachen.« Nicht immer nur Mord und Totschlag auf den Titelseiten, nein, mal was Lustiges. Er sei durch Buzzfeed auf mich aufmerksam geworden, wo die Top Ten der Hochzeits-Pannen … Weiter weiß ich nicht, weil ich an diesem Punkt die Nachricht gelöscht habe.

Das ist wohl Stufe zwei meiner Berühmtheit.

Ich bestelle einen Latte Macchiato bei dem missmutigen Trafikanten mit Schiebermütze, drehe mich zum Zeitungsständer um und starre mir selbst in die Augen bzw. in den schwarzen Balken, der darüber montiert ist. Das Bild ist ein Schnappschuss von mir auf der Flucht vor den Paparazzi. Du lieber Himmel, ich locke Paparazzi an. Wenn das mein dreizehnjähriges Ich geahnt hätte …

Ich suche etwas Kleingeld aus meinem Portemonnaie und nehme mir meinen Kaffee, der mittlerweile fertig ist – der Müller begegne ich heute ja nicht, um eine Brandrede gegen Wegwerfbecher zu provozieren. Dann balanciere ich den Becher zwischen Ellenbogen und Rippen, während ich immer noch versuche, meinen rechten Fuß zu schonen und gleichzeitig in der Zeitung zu blättern. Da mir jedoch als Erstes der Kaffee über die Finger läuft und ich im Anschluss an der Kreuzung fast überfahren werde, klemme ich mir stattdessen die BILD unter den Arm und verschiebe das Lesen auf später. Ich darf an meinem ersten Tag keinesfalls zu spät kommen.

Umständlich klettere ich in die Straßenbahn und ergattere einen Sitzplatz. Misstrauisch blicke ich mich um. Ich fühle mich beobachtet. Weiß die Frau gegenüber, dass ich die Brautzilla bin? Kann sie doch gar nicht! Wir sind in Wien, da interessiert sich keine Sau für Tratsch aus Stuttgart! Aber irgendwie guckt sie mich trotzdem komisch an. Vielleicht liest sie Buzzfeed? Ich überlege mir kurz, zur Tarnung die Zeitung vors Gesicht zu halten, aber erstens kann so jeder meinen Schnappschuss sehen und zweitens denken dann alle, ich lese BILD.

Jana schreibt im Gruppenchat: *Ich gebe bei den Kollegen damit an, dass ich eine Celebrity kenne.*

Bei manchen Freundinnen braucht man keine Feindinnen mehr, denke ich seufzend. Nicht, dass ich Jana nicht dennoch aus ganzem Herzen lieben würde, aber etwas mehr Unterstützung in Sachen »Wie bekomme ich Marius zurück?« hätte ich mir von ihr gewünscht. So wie Natalie es macht, die jetzt gerade schreibt, vermutlich etwas Liebes, Aufmunterndes. Dann jedoch erscheint: *Meinst du, du kannst ins Fernsehen kommen? Und was ziehst du dann an?* im Chat, und ich schließe WhatsApp.

Gerade rechtzeitig, denn plötzlich sind wir an der Station, die ich mir gestern auf den Handrücken geschrieben hatte, damit ich sie nicht verpasse: Lederergasse. Die Agentur befindet sich in der Fuhrmannsgasse, nicht einmal zwei Gehminuten von der Haltestelle entfernt. Die Gasse besteht aus lauter hell gestrichenen Häusern mit viel Stuck an den Fassaden und Blumenkästen vor den Fenstern. Es wirkt alles wunderbar elegant, und innen habe ich das Gefühl, die Geschichte des Hauses regelrecht einzuatmen. Die Agentur befindet sich rechts vom Eingang im Erdgeschoss sowie auf der ersten Etage. Unten ist das Büro des Chefs, Herrn Werner. Oben sind die Büros der Kollegen, wo ich ebenfalls meinen Arbeitsplatz haben werde, erklärt mir die Assistentin des Chefs. Sie ist ungefähr im selben Alter wie die Müller, also etwa um die vierzig, allerdings nicht in ganz so viele Naturstoffe gekleidet, und hat sich mir als Claire Német vorgestellt. Claire trägt ihre rötlich-blonden Haare hinter die Ohren gekämmt, in die sie kleine Perlen gesteckt hat. Sie sieht sehr fleißig, vielleicht ein kleines bisschen eingeschüchtert aus, wie sie ihre Hände an ihrem Rock abstreift. Ich bin als Elternzeitvertretung des Kollegen Fritz eingestellt – oder ausgeliehen? – worden, der seit nun drei Wochen nicht mehr da ist. »Wir freuen uns alle sehr, dass Sie bei uns sind«, versichert Claire mir immer wieder. Auch wenn Herr Werner – leider, leider – gerade gar keine Zeit für mich habe.

Meine neue Bürokollegin Silke Maurer scheint ebenfalls gerade keine Zeit für mich zu haben. Nachdem Claire mich nach oben gebracht und die Bürotür geöffnet hat, hat Silke einmal kurz aufgeblickt und sich dann sofort wieder intensiv damit beschäftigt, ihre Nägel in knalligem Pink zu lackieren. Soweit ich das, was ich hinter dem dichten Vorhang dunkler Haare erkenne, beurteilen kann, ist Silke noch keine fünfundzwanzig. Claire scheint ihr Verhalten gewohnt zu sein, sie ignoriert meine Kollegin und zeigt mir stattdessen meinen Schreibtisch, erklärt mir die Telefonanlage und beteuert noch einmal, wie sehr sich alle freuen, dass ich bei ihnen bin.

Silke pustet auf die frisch lackierten Nägel. Der Mund, mit dem sie das tut, ist in ähnlich intensivem Rosa gefärbt.

»Sind die Farben ökologisch abbaubar?«, frage ich.

Sie sieht mich irritiert an, und ja, allerhöchstens dreiundzwanzig, das Mädchen. Ich zucke mit den Schultern. »Unser Stuttgarter Büro ist sehr umweltbewusst.«

Silke schnaubt und zieht dann aus ihrer Handtasche ein Smartphone in bunter Hülle, mit dem sie sich die nächste halbe Stunde beschäftigt.

Ich logge mich derweil in meinen Computer ein und versuche, in Outlook die beruflichen Mails von *Re: Schwiegermutter from hell* sowie allen neugierigen Journalisten, Bloggern und anderen Reportern zu trennen. Am Ende steht es sieben zu sechsundachtzig.

»Dieses Großprojekt, für das ich hier bin«, frage ich Silke, als sie für einen winzigen Moment die Augen vom Smartphone hebt, »gibt es da demnächst eine Teambesprechung?«

»Keine Ahnung.« Sie ploppt mir eine Kaugummiblase entgegen.

»Wie kriegt man den Lidstrich auf *beiden* Seiten so perfekt hin?«, platzt es aus mir heraus.

Silke zieht zuerst die Augenbrauen hoch, dann lächelt sie breit. »Make-up-Queen Diana«, sagt sie.

»Ah.« Noch nie gehört, die Marke.

»Beauty-Bloggerin«, ergänzt Silke. »Ich habe jedes einzelne Video gesehen.«

»Ah.« Das Wort »Bloggerin« weckt ungute Assoziationen an meine Brautzilla-Story, und ich wechsle schnell das Thema. »Wie ist denn der Chef so?«

Offenbar ein totaler Langweiler, der als Leiter einer Werbeagentur nicht mal fähig ist, Karten für die wirklich guten Events zu besorgen, und wenn nicht er, wer dann? So hatte Silke sich das mit diesem Job echt nicht vorgestellt. Mitarbeitermotivation geht anders, behauptet sie.

»Ah.« Das erklärt die Nägel und das Smartphone.

Ich selbst werde im Anschluss wohl auch recht schnell als totale Langweilerin eingeordnet. Der Blick, den sie mir zuwirft, als ich mich an die Arbeit mache, spricht Bände. Mein Schicksal ist besiegelt, als Silke mich gegen Mittag zögerlich fragt, ob ich auch was vom »Mäcces« will. Die Müller würde mich umbringen, denke ich.

»Ich hol mir lieber einen Snack im Supermarkt«, antworte ich. »Vielleicht einen Rote-Bete-Quinoa-Salat.«

Silke zieht ihre Augenbrauen hoch, und ich sehe das knallrote Schild *absolut uncool,* das sie mir gerade gedanklich auf die Stirn geklebt hat, förmlich aufleuchten. Na gut, denke ich, man muss ja nicht mit jeder Kollegin BFF werden.

Silke macht »heute mal früh Feierabend«. Bevor sie das Büro verlässt und ich allein bin, frage ich sie, ob die Agentur – über zwei Stockwerke! – schon immer nur drei Mitarbeiter hatte.

»Naa.« Silke schüttelt den Kopf. »Aber der Matteo ist gekündigt worden, und die Isabella hat was Besseres gefunden.« Sie zuckt mit den Schultern.

»Werden die Stellen nachbesetzt?«

Erneut schüttelt sie den Kopf. »Waren eh Deppen, sagt der Werner, ohne die wir besser dran sind.«

Hm. Ich blicke ihr nach, als sie die Tür hinter sich

schließt. Eine macht nun die Arbeit von ehemals drei Mitarbeitern? Da kann was nicht stimmen. Der Chef hat leider immer noch keine Zeit für mich, Großprojekt und so viel zu tun, aber Claire versichert mir noch ein paarmal, wie froh alle sind, dass ich bei ihnen bin. Ich lächle und nehme mir zwei Kekse, die sie in die Teeküche gestellt hat. Die Unterlagen, die ich zum Großprojekt bekommen habe, sind völlig wirr und ungeordnet, außerdem fehlt die Hälfte, wie es mir scheint. Ich ahne, wessen Aufgabe es war, sie zusammenzustellen, und schiele auf den jetzt leeren Platz am Schreibtisch mir gegenüber. Nichtsdestoweniger hört sich das Projekt ganz interessant an: Es geht um die Firma »Rathow & Söhne«, ein Unternehmen, das Produkte im Bereich der Haushaltselektronik entwickelt und vertreibt und besonders bekannt für seine Alternative zum Thermomix geworden ist. Seit der Firmengründung durch einen Vorfahren der aktuellen Rathows ist das Logo nicht mehr geändert worden, weshalb sich Rathow senior sowie »Söhne« nun eine Rundum-Erneuerung ihrer Corporate Identity wünschen.

Mein Verantwortungsbereich ist – natürlich – die grafische Gestaltung. Zunächst betrifft das die Gestaltung des Logos, aber im Weiteren auch den Webauftritt der Firma, dessen Design frisch aus den 1980er-Jahren zu stammen scheint, als das Internet noch nicht einmal existierte …

Ich versuche mich an einem Brainstorming per Skizze, aber so ganz allein im Büro und nur mit meinem Kopf als Ideengeber wandern meine Gedanken ziemlich schnell wieder zu Marius. Was er gerade wohl macht?

Da fällt mir die BILD-Zeitung wieder ein, die ich heute früh gekauft und dann nicht mehr angesehen habe. Das war zwar vermutlich auch besser so, aber meine Neugier ist einfach zu groß.

Nachdem ich das Blatt hervorgekramt habe, fällt mein Blick wieder auf den Schnappschuss von mir, auf meinen neuen Titel als »Brautzilla« und dann … und dann auf eine kleine Ankündigung rechts unten, ein Teaser zur Online-Ausgabe: *Jetzt spricht der Bräutigam.* Oh Gott, Marius?! Er gibt denen ein Interview? In meiner Aufregung fällt es mir schwer, mich zu konzentrieren, aber schließlich sickert der Artikel zu mir durch. Tatsächlich. Vollmundig kündigen sie an, die Gefühlswelt des »verletzten Verlobten« – schöne Alliteration, denke ich bitter – zu schildern. Das Video, und oh Gott, auch noch ein Video, soll ab morgen auf der Homepage verfügbar sein.

Marius. Ein Interview. Über mich, die Brautzilla. Ich hatte mich trotz seines wütenden Anrufs und der Blockierung immer noch an »Lotte, ich liebe dich, wirklich« geklammert, und jetzt will er mit diesem Klatschblatt darüber sprechen, dass ich … dass ich … ja, was wird er denn eigentlich sagen? Und *warum* will er es sagen? Hasst er mich mittlerweile so sehr?

Für einige Augenblicke versinke ich in Selbstmitleid.

Claire klopft freundlich an, um mir zu sagen, dass sie nun Feierabend macht, sich aber sehr freut, dass ich nun bei ihnen bin. Ich winke ihr etwas kraftlos zu und beschließe dann, ebenfalls Feierabend zu machen. Wie soll ich die Zeit bis morgen rumkriegen, wenn das Video online geht? Auch wenn ich mich jetzt am liebsten ins Bett legen würde, um mir die Decke über den Kopf zu ziehen und die Realität mit Marius und der BILD-Zeitung auszublenden, muss ich dringend einkaufen gehen und mir ein paar Vorräte für meine neue Wohnung zulegen.

Zumindest hat mein Fuß sich mittlerweile erholt, und so muss ich auf dem Weg zur Bank, um Geld abzuheben, immerhin nicht humpeln. Ich komme an einem Laden mit bunter Kleidung vorbei, die nach Räucherstäbchen riecht. Dann an einem Restaurant, in dem gerade Schnitzel gebraten werden. Die Straßenbahn bimmelt laut, und plötzlich wird der Fußgängerweg noch enger. An der nächsten Ecke leuchtet das Schild der Ersten Bank, und ich bin erneut fasziniert davon, wie aus Deutschland bekannte Logos hier einfach unter anderem Namen laufen. An den Supermärkten ist mir das auch schon aufgefallen.

Ich tippe »hundert Euro« ins Zahlenfeld des Geldautomaten und öffne mein Portemonnaie. Der Automat rattert, spuckt meine Karte aus, das Geld nicht. Stattdessen steht dort *Aktion abgebrochen* auf dem Display. Ich versuche es noch einmal, mit demselben Ergebnis. Mistding.

Ich kneife die Augen zusammen und sehe mich nach einem anderen Automaten um.

»Wenn man kein Geld hat, kriegt man auch keins.« Der ältere Mann, der hinter mir wartet, sieht mich durchaus mitfühlend an.

»Oh, nein, das ist es nicht«, beginne ich eine Erklärung, zucke dann jedoch zusammen. Himmelherrje, ist es das etwa doch? »Entschuldigung«, sage ich in seine Richtung, als ich die Karte ein drittes Mal in den Automaten schiebe. Diesmal lasse ich mir den Kontostand anzeigen und rufe laut »Ach du Scheiße« aus.

Das Brautkleid. Das wunderschöne und sündhaft teure Brautkleid. Ursprünglich hatte ich ein günstiges für nicht einmal sechshundert Euro ausgesucht, das noch gerade eben so in meinem Budget lag. Aber dann hatte Friederike sich eingemischt, ein Modell vom Vorjahr war bei einer von Aschebeck'schen Hochzeit ein No-go.

»Sei nicht albern, Charlotte, natürlich bezahle ich das Kleid«, hatte Marius dann eingeworfen. »Als ob ich meine Zukünftige in Sack und Asche herumlaufen lassen würde.«

Sack und Asche hätte ich den Traum in Creme zwar nicht unbedingt genannt, der vom Stil her so wunderbar zu Omas Perlenkette gepasst hat. Aber nachdem Marius hinzugefügt hatte: »Lass mich dich doch ein bisschen verwöhnen, mein Herz«, war ich dahingeschmolzen.

Da Marius das Kleid aber natürlich nicht vor der Hochzeit sehen durfte – »So konservativ darf man ja wohl noch sein«, Zitat Friederike von Aschebeck –, musste ich erst einmal vorstrecken, er wollte mir das Geld dann überweisen. Ich nehme an, das Angebot ist mit meiner E-Mail hinfällig geworden.

Ich schlucke. Die Zahl, die dort mit einem fetten Minus steht, ist höher als mein Monatsgehalt. Was jetzt?

Bring das Kleid zurück, ist Janas Vorschlag, der ich per WhatsApp ein Foto meines Kontostands schicke.

Nix da! Mit Marius und mir, die Sache ist noch nicht gegessen. Das Kleid kommt noch zu seinem Einsatz. Ich habe schließlich eine grobe Idee, wie ich ihn zurückbekomme, ich brauche nur etwas Geduld, Glück und Natalie dafür.

Deshalb muss ich mein Brautkleid noch behalten und brauche jetzt also einen Plan, wie ich mich fürs Erste finanziell über Wasser halte. Und einen Kaffee brauche ich auch.

*

Der Kellner meines offenbar neuen Stammcafés – Kaffeehauses, Entschuldigung, ich bin in Wien – muss mir meine schlechte Laune angesehen haben. »Na, wo drückt der Schuh?«, fragt er, als er mir mein Getränk bringt. »Das ist ein Fiaker«, erklärt er, um dann hinzuzufügen: »Du siehst aus, als könntest du etwas Alkohol gebrauchen.«

Ein Fiaker ist offenbar ein Kaffee mit Rum, stelle ich fest, als ich nippe und husten muss. Mit sehr viel Rum. Zumindest, wenn Thomas, mein neuer Stammkellner, ihn macht. Ich gehe davon aus, dass er Thomas heißt, so nennt ihn nämlich die Gruppe älterer Herren an einem Tisch hinter mir.

Thomas wirkt ein bisschen steif, er trägt eine schwarze Hose und ein weißes Hemd, seine Haare sind akkurat gescheitelt, seine Bewegungen eckig wie die Brille in seinem Gesicht. Kurz überlege ich, ihn darauf hinzuweisen, dass ich eigentlich einen Verlängerten bestellt habe, aber dann denke ich an Jana und zucke mit den Schultern. Alkohol ist bei Geldsorgen eigentlich eine gute Wahl, und bei Liebeskummer sowieso. Und Mist, jetzt muss ich auch wieder an Marius denken. Ich seufze. »Liebeskummer, Geldsorgen, aber hey, dein Kaffee ist lecker«, sage ich und zucke mit den Schultern.

»Lecker.« Er schnaubt.

»Was hab ich jetzt schon wieder falsch gemacht?«

»Dich schon wieder als Deutsche entlarvt.«

»Das tue ich mit meinem Hochdeutsch ja eh ständig.« Ich zucke mit den Schultern. »Und was ist bei ›lecker‹ das Problem? Weil Österreicher grundsätzlich nichts lecker finden?« Die Logik erschließt sich mir nicht.

Er grinst. »Weil Österreicher ›gut‹ sagen. Das Wort ›lecker‹ gibt es nicht.«

»Ach.«

»Und es gibt wenige Probleme, die ein guter Fiaker nicht lösen kann.« Er hebt den Zeigefinger. »Inklusive Liebeskummer und Geldsorgen.« Er überlegt einen Augenblick. »Für die hätte ich eh eine Lösung. Also für die Geldsorgen, von Liebeskummer halte ich mich lieber fern. Wir brauchen immer geschickte Aushilfen.«

»Das Schlüsselwort ist in dem Fall ›geschickt‹«, antworte ich. »Ihr wollt mich nicht als Kellnerin haben. Das garantiere ich. Außerdem habe ich einen Job.«

»Ja gut, die Arbeitslosen gehen auch meist vormittags ins Kaffeehaus«, gibt Thomas zu. »Was machst du denn?«

Da ich ja auch weiß, was er arbeitet, ist es nur fair, ihm das mitzuteilen. »Grafikerin. Und ich hatte in letzter Zeit viel zu viele Ausgaben.« Und da wären wir bei dem zweiten Problem, dem Liebeskummer.

Er besieht sich den Schriftzug *Café Alsergrund,* der in gelb-orangefarbener Kursivschrift über dem Eingang hängt. »Wir könnten auch ein neues Logo gebrauchen.«

Ich schwanke zwischen »Aber ganz dringend!« und »Retro ist doch wieder in«.

»Wird wahrscheinlich schwierig«, sage ich schließlich. »Ziemlich sicher brauch ich da nämlich die Erlaubnis des Chefs. Konkurrierender Nebenjob und so.«

»Wenn du wüsstest, was hier im Laden alles schwarz läuft …« Thomas zuckt die Schultern.

Ich muss lachen und erwidere: »Ich überleg's mir.«

Der Fiaker hebt tatsächlich meine Laune, und als ich die Treppenstufen zu meiner Wohnung hochgehe, überlege ich schon, was ich von meiner Kleidung auf eBay versteigern könnte.

Ich bin beinahe an meinem Treppenabsatz im dritten Stock angekommen, da fegt eine alte Dame an mir vorbei. Ist das nicht die mit dem Welpen von heute Morgen?

»Sie!« Plötzlich bleibt sie stehen und dreht sich zu mir um. »Sagen Sie Ihrem Nachbarn mal, dass er die Mittagsruhe einhalten und die Musik leiser stellen soll!«

Ich starre sie an. Es ist definitiv meine Nachbarin von heute früh. Aber erst jetzt habe ich Zeit, sie mir in Ruhe anzuschauen. Sie ist ziemlich klein, hat silberne Löckchen, trägt einen wadenlangen karierten Rock, den ich ziemlich schick finde, und rote Absatzschuhe. Sie ist dezent geschminkt, wirkt elegant und zierlich. So ein Gekeife passt überhaupt nicht ins Bild.

»Sie beide wohnen schon ziemlich lange hier, hm?«, frage ich.

»Seit unserer Hochzeit.« Sie schnaubt, stapft weiter die Treppen hinunter und dreht sich dann doch noch einmal zu mir um. »Die im Übrigen ein riesiger Fehler war!«

Das hätte ich mir denken können. Ich sehe ihr noch einen Augenblick nach, bevor ich die restlichen Stufen zum dritten Stock hinaufgehe. Kaum habe ich meine eigene Wohnungstür aufgeschlossen, öffnet sich diejenige links von mir.

»Ihre Frau bittet Sie, die Musik während der Mittagsruhe leiser zu stellen«, informiere ich meinen Nachbarn.

»Meine *Ex*frau!«, herrscht der alte Mann mich an. Auch er ist recht elegant gekleidet. Im Gegensatz zu meinem Großvater zieht er seine Hose nicht bis unter die Achseln hoch, er ist glatt rasiert und besitzt noch volles Haar, wenn auch schlohweiß. Vor zwanzig Jahren hat sich wahrscheinlich jeder nach diesem Paar umgedreht, denke ich.

»Es ist so schön, wie man auch nach der Scheidung friedlich Tür an Tür leben kann«, spöttele ich, während seine Pudeldame schwanzwedelnd an meinen Beinen schnuppert. Ich kraule sie am Hals, den Vorfall von heute früh nehme ich ihr ganz sicher nicht übel. »Also, Ihre *Ex*frau bittet Sie, die Musik während der Mittagsruhe leiser zu stellen«, wiederhole ich dann.

»Richten Sie ihr aus: Nur, wenn sie nicht zu Hause ist.« Er pfeift nach seinem Hund, dann fliegt die Wohnungstür mit einem Rumms wieder zu.

Kopfschüttelnd betrete ich meine Wohnung und stelle die Einkaufstasche mit den Lebensmitteln auf dem Küchentisch ab. Ich habe im Adeg, der österreichischen Variante unseres Edekas, mit Kreditkarte bezahlt. Das Geld wird erst ein paar Wochen später abgebucht, und bisher ist meine VISA noch nicht gesperrt. Wer weiß, wie lange das noch so bleibt. Ein Blick in die karge Küche mit dem Vitaminposter zeigt mir, dass ich außerdem noch sehr gern Vorhänge hätte, und vielleicht ein, zwei Blumen ... Ich rede noch nicht einmal von Dingen, die eine Wohnung wohnlich machen. Ich rede von Dingen, die eine Wohnung von der Klause eines Franziskaner-Mönches unterscheiden.

Für den Augenblick muss ich wohl erst einmal den Minimalismus leben. Marie Kondo und Co. wird's freuen.

Ich räume die Schränke ein und überlege. Ebay, meine erste Idee, stellt mich doch vor ein paar Schwierigkeiten: Erstens befindet sich alles, was ich verkaufen könnte, in Stuttgart, also über sechshundert Kilometer weit entfernt, und zweitens ist das meiste davon höchstens ein paar Euro wert.

Wie komme ich möglichst schnell an möglichst viel Geld?, schreibe ich in unsere WhatsApp-Gruppe.

Auf legalem Weg?, fragt Jana zurück.

Illegale Wege besprechen wir lieber über eine sichere Telefonverbindung, antworte ich.

Wie wär's mit einem Nebenjob?, schlägt Natalie vor.

Vergiss es, antwortet Jana augenblicklich. *Das Mädel muss sich Wien ansehen und das Leben genießen.*

Ich könnte ja Stadtführerin werden. Keine Ahnung, ob ich die Sehenswürdigkeiten finden würde, aber dann käme ich zumindest mal rum.

Vielleicht kannst du irgendwo sparen? Natalie ist, von ihrer Vorliebe für Romantik abgesehen, ein echter Ordnungsfreak. Sie legt für alles Listen an und kann, ohne nachzuschauen, jeden einzelnen Posten auf ihrem Konto seit Februar aufzählen.

Am Brautkleid ..., kommentiert Jana, was ich ignoriere.

Stattdessen überlege ich. Seit mir die Müller eine Studie über verschiedene Mineralwässer im Vergleich zum Leitungswasser auf den Schreibtisch gelegt hat, schleppe ich keine Kisten mehr und spare mir das Geld. Nicht auswärts essen, das wäre vielleicht eine Idee. Wenn ich mir für die Mittagspause immer etwas mitnehme, spare ich Geld und Ressourcen – die Müller bereitet sich ihren Salat jeden Tag zu Hause vor. Ich rechne ein bisschen hin, ein bisschen her und muss dann niedergeschlagen zugeben, dass ich das Geld in elf Jahren zusammengespart hätte. So reicht es niemals bis zum nächsten Monat.

Ich könnte mein Auto verkaufen, schlage ich schließlich vor. *Ich finde doch eh nie einen Parkplatz, und jetzt steht's die nächsten Monate nur blöd rum.*

Nicht das Auto!, schreiben Jana und Natalie beinahe gleichzeitig. Ja klar, ich hatte ihnen einen Schlüssel gegeben, sie dürfen es in meiner Abwesenheit benutzen.

Also doch das Brautkleid, gebe ich mich seufzend geschlagen. Es tut weh, ernsthaft weh, aber ich sehe keinen anderen Ausweg.

Natalie ist entsetzt und schickt mehrere Emojis, die genau das zum Ausdruck bringen. *Gibst du Marius etwa kampflos auf? Ist eure Liebe dir denn gar nichts mehr wert?*

Wie viel ist sie ihm denn wert?, entgegne ich wütend in Erinnerung an die BILD-Zeitung. *Wenn dir was anderes einfällt, wäre ich wirklich froh*, ergänze ich dann. *Aber bei den horrenden Mieten, die man in Stuttgart ja noch für ein Mauseloch zahlt, wobei ich dieses Mauseloch aktuell nicht mal bewohne, dafür aber für die Firmenwohnung noch einen Zuschlag zahlen muss, was bleibt mir übrig?*

Ich starre einen Moment auf die Worte, die ich gerade geschrieben habe. Irgendetwas zupft und zerrt an meinen Gedanken, und dann schreiben wir plötzlich alle drei gleichzeitig: *Die Wohnung!*

Der derzeitige Wohnungsmarkt ist heiß umkämpft, und meine niedliche Zwei-Zimmer-Wohnung im Stuttgarter Süden ein echter Glücksgriff. Nur, will ich das wirklich? Einem völlig Fremden meine Wohnung überlassen? Mit all meinen Sachen, Erinnerungen, mit meinem Leben? Und dem Inhalt meiner Nachttischschubladen, die einen völlig Fremden nun wirklich gar nichts angehen?

Wir kümmern uns darum!, verspricht Natalie enthusiastisch. *Jana und ich veranstalten eine Aufräumparty!*

Ob mich das beruhigt oder noch nervöser werden lässt, weiß ich nicht genau. Ich rechne mit viel Prosecco und wahrscheinlich Fotos, wie Natalie in meinen Kleidern posiert.

Stell dich nicht so an, schreibt Jana. *Wenn der Untermieter was kaputt macht, muss er's zahlen. Win-win.*

Ich glaube kaum, dass das für ihn ein Win ist.

Ein doppeltes für dich: Du bist eine schäbige Tasse los und bekommst noch Geld dafür.

Hey!, protestiere ich.

Doch letztendlich habe ich keine Wahl: Wenn ich meine Wohnung nicht untervermiete, kann ich mich demnächst von Leitungswasser und Keksen aus der Teeküche im Büro ernähren. Falls Silke mir die nicht vorher alle wegisst. Dafür, dass sie superschlank ist, kann die ganz schön was an Fast Food und Süßigkeiten verdrücken.

Seufzend ergebe ich mich meinem Schicksal und verspreche Jana und Natalie als Dank fürs Aufräumen eine Pizza-Einladung, selbst wenn mich das wieder Geld kostet.

Jana hat einen Schlüssel für meine Wohnung, mit

dem will sie erst das Aufräum-Manöver starten, zu dem ich ebenfalls den Prosecco spendiere. Anschließend will sie die Schlüsselübergabe mit meinem neuen Untermieter koordinieren. Die organisatorische Seite vor Ort wäre also geklärt. Ich koche mir einen Tee und hole eine Tafel Schokolade aus dem Schrank, bevor ich mich an meinen Laptop setze und bei der Mitwohnzentrale eine Annonce aufgebe.

*

Als ich aufwache, kribbeln meine Beine. Normalerweise schlafe ich, bis der Wecker klingelt, aber heute hält mich nichts im Bett. Denn heute geht das Video online. Das Video, in dem »der verletzte Verlobte« spricht. Wieso nicht »die schwierige Schwiegermutter«, denke ich missmutig, das wäre doch auch eine schöne Alliteration. Gut, die »bissige Braut« wollte ja nicht mit ihnen sprechen.

Auf der Arbeit – nein, der Chef hat leider immer noch keine Zeit für mich, ja, Claire freut sich immer noch sehr, dass ich bei ihnen bin, und nein, Silke hat mich bisher noch keines Blickes gewürdigt – rufe ich den Blog der BILD auf. Vormittags hieß es, sollte das Video online gehen. Bis zum Abend kann ich nie und nimmer warten, die nächsten zehn Minuten verlangen mir schon einiges ab. Ich überlege, meine Mittagspause zu verkürzen, wenn ich den Arbeitscomputer schon für private Zwecke nutze, aber dann sehe ich zu Silke hinüber, die gerade verschiedene Farbschattierungen auf ihren Augenlidern ausprobiert. Vielleicht kann ich doch meine ganze Mittagspause nehmen.

Ich stöpsle Kopfhörer in den Mac und schaue mir das Interview an. Mir bleibt ein paarmal der Mund offen stehen vor lauter Dreistigkeit. Der »verletzte Verlobte« tritt allerdings stark in den Hintergrund und fungiert hauptsächlich als Statist für die »schwierige Schwiegermutter«. Wie der Dreh abgelaufen ist, kann ich mir vorstellen …

»Die BILD-Zeitung?« Angeekelt stellt Friederike von Aschebeck ihre Tasse zurück auf die Untertasse. Es ist Frühstückszeit bei den von Aschebecks, und während Rainer und Marius sich über frisch aufgebackene Croissants freuen, trinkt Friederike nur schwarzen Kaffee und einen grünen Smoothie, aus selbstangebautem Spinat, den der Gärtner in einem Hochbeet angelegt hat. Von irgendwoher muss ihre Figur ja kommen.

»Der Reporter hat gesagt, ich soll dich fragen.« Marius zuckt mit den Schultern und schaut ebenfalls etwas angeekelt. Das gilt aber eher dem grünen Smoothie als dem Boulevardblatt. »Er meinte, unsere Seite darzustellen wäre vielleicht nicht schlecht. Sonst würde es wieder heißen: Der arrogante Adel.«

»Der arrogante Adel – AA. Alliterationen kann die BILD«, gibt Friederike zu. Für einen Moment presst sie die Lippen aufeinander. »Mir gefällt das nicht«, sinniert sie. »Das klingt wie eine Drohung.« Sie legt einen Finger an den Mund und sieht ihren anderen Sohn an, Rainer. Trotz der Hitze trägt er einen schwarzen Rollkragenpullover. *Künstler.* Beinahe hätte Friederike die Augen verdreht. Das rosa Poloshirt ihres anderen Sohns entlockt ihr allerdings auch keine Freudenschreie. Weshalb nur ist sie selbst die einzig stilsichere Person in dieser Familie?

»Ich hab da keine Meinung zu«, antwortet Rainer auf ihre nicht gestellte Frage. Er hat heute einen ruhigen Tag in seiner Galerie geplant. Er möchte mit einem guten Rotwein vor den Bildern der neuesten Ausstellung stehen, in den Farben versinken und dann ein ausgiebiges Mittagsschläfchen halten. Das ist sein Traum von Arbeit, und den lebt er auch.

Schwungvoll steht Friederike auf. Kaffee und Smoothie haben ihre Schuldigkeit getan, sie strotzt nur so vor Energie: »Ruf die BILD an, Marius. Sie bekommen ihr Interview.«

Ihr pastellfarben gekleideter Sohn nickt folgsam.

Sein Schwarz tragender Bruder will sich unauffällig aus dem Esszimmer schleichen, doch Friederike stoppt ihn mit einer Handbewegung. »Rainer, sag deine Termine ab, wir brauchen dich heute.«

»Ist das ... was träufelt die sich da in die Augen?«, fragt der BILD-Reporter seinen Kollegen. »Ist das ... ist das etwa Zwiebelsaft?«

Der Kameramann brummt zustimmend. »Sieht ganz so aus.« Er schnuppert. »Riecht zumindest so.«

Friederike von Aschebeck, die Mutter ihres heutigen Interviewpartners, schnieft lautstark und tupft sich mit einem gestickten Taschentuch die Wimpern ab. »Sind die fest genug geklebt?«, fragt sie ihre Haushälterin und blinzelt ein paarmal. Dann ruft sie ihre Söhne herbei, setzt sich in die Mitte des Biedermeier-Sofas und platziert jeweils einen der männlichen Nachkommen auf jede Seite.

»Wir können beginnen.« Sie zieht noch einmal den Kragen ihres schlichten Kleides zurecht. Wahrscheinlich soll ihr Aussehen bescheiden wirken. Die Klunker, die sie an den Fingern trägt, machen den Eindruck allerdings zunichte.

»Was zum ...« Der Reporter schüttelt den Kopf. Dann schnappt er sich sein Mikro. »Halt einfach immer drauf«, instruiert er seinen Kollegen, der nun seinerseits den Kopf schüttelt. Er macht den Job nicht erst seit heute.

»Marius von Aschebeck, Sie waren bis vor ein paar Tagen noch verlobt.« Der Reporter schafft es nicht ganz, seine Sensationslüsternheit in Mitgefühl zu tauchen. Er sitzt auf einem zum Sofa passenden Stühlchen, das für seine große Gestalt deutlich zu klein ist.

»Unglücklicherweise haben wir den wahren Charakter der Verlobten meines Sohnes erst kürzlich entdeckt.« Friederike von Aschebeck antwortet statt Marius und blickt traurig an der Kamera vorbei. Sie fasst nach Marius' Hand, um sie fest zu drücken. Ihr Sohn sieht leidend zu ihr auf.

»Richtig, die E-Mail«, hakt der Reporter ein, ein wenig irritiert davon, dass sein eigentlicher Interviewpartner den Mund nicht aufmacht. »Marius von Aschebeck, was dachten Sie, als Sie diesen Ausbruch an Vorwürfen gelesen haben?«, versucht er es noch einmal.

Erneut ist es die Gräfin, die das Wort ergreift. »Entsetzt waren wir. Und konnten es kaum glauben. Wissen Sie, ich habe das Mädchen ja zu allen Terminen begleitet, habe mich gekümmert, sie unter meine Fittiche genommen.« Sie blickt nun direkt in die Kamera. »Ich wollte ja, dass sie sich in dieser Familie wohl und geborgen fühlt. Und dann wird einem sein Mitgefühl, seine Besorgnis auf diese hinterhältige Weise heimgezahlt.« Nun tupft sich Friederike dezent die Augen. Als sie fortfährt, klingt ihre Stimme erstickt. »Sie hätte doch etwas sagen können. Warum hat sie nie etwas gesagt?«

»Du weißt, warum, Mama«, wirft Rainer finster von ihrer linken Seite ein. »Sie hat dich einfach nicht wertgeschätzt.« Es klingt ein bisschen wie auswendig gelernt.

»Ach, Rainer.« Friederike seufzt. »Aber man glaubt doch erst einmal immer an das Gute im Gegenüber, nicht wahr?«

»Ich hätte nicht gedacht, dass ich mich so täuschen kann.« Mit hängenden Schultern leiert Marius seinen Satz herunter. Der Kameramann fragt sich, ob der Zettel, den er da im Ärmel des Adelssprosses verschwinden sieht, eine Texthilfe war.

Friederike legt einen Arm um ihren Sohn.

»Mein armer Junge, es ist nicht deine Schuld. Und sei froh, dass du es noch rechtzeitig herausbekommen hast, bevor sie dich nur deines Geldes wegen geheiratet hätte.«

»Des Geldes wegen?« Es ist die erste Lücke, die die Familie Aschebeck dem Reporter lässt, um eine weitere Frage zu stellen. Und diese Lücke ist strategisch. »Aber nun gibt es ja keine Hochzeit mehr, ergo kein Geld.« Investigativ kann er sein, denkt der Kameramann, der sich dennoch sicher ist, dass Friederike diese Frage zu ihrem Vorteil deuten wird.

»Weil sie ihren Willen nicht bekommen hat.« Mit einer Hand, die ganz leicht zittert, eben so, dass es echt wirken könnte, fährt sie sich über die Stirn. »Neben dem sündhaft teuren Brautkleid, das wir ihr bezahlt haben, bestand sie auf Schmuck, der ...« Sie schließt für einen Augenblick die Augen. Als sie sie wieder öffnet, klingt ihre Stimme härter als vorher. »Sie bestand auf Schmuck, der so protzig wie unbezahlbar war. Als ich ihr zu einem hübschen, dezenten Perlenschmuck riet, den ich ihr in meiner Großzügigkeit schenken wollte, da … ja, da wurde sie wütend und zeigte ihr wahres Gesicht.«

Der Reporter kann kombinieren, er ist ein kluger Mann. »Weil sie bei Ihnen nicht abkassieren konnte«, pflichtet er ihr bei.

Friederike greift sich, das zusammengeknüllte Taschentuch in der Faust, ans Herz. Und bei ihrem letzten Satz blickt sie dann direkt in die Kamera: »Ihre Maske fiel, weil ich ihre Geldgier zurückwies. Es war reiner Trotz, der diese entsetzliche E-Mail produzierte.«

Spiel, Satz und Sieg, denkt der Kameramann, der das Interview mit einem Close-up von Friederike von Aschebecks leidendem Gesicht beschließt.

Friederike! Ich möchte jemandem vors Schienbein treten. Jemandem, der es so richtig verdient hat. Aber mangels geeigneter Kandidaten muss ich mich nach der Arbeit mit einem Kaffee begnügen. Immer noch wutschnaubend stapfe ich den gesamten Weg von der Agentur in mein Stammcafé zu Fuß, statt die Bahn zu nehmen. Ich brauche die Bewegung. Im Café Alsergrund habe ich mich dann so weit beruhigt, dass ich bei einem Verlängerten mit Milch – die Bezeichnungen habe ich mittlerweile drauf wie eine echte Wienerin – die Anfragen auf mein Angebot zur Untermiete checken kann.

Dass der Stuttgarter Wohnungsmarkt heiß umkämpft ist, kommt ganz offensichtlich einer starken Untertreibung gleich. Es sind gerade einmal zwanzig Stunden und siebenundsechzig Anfragen. Eine Karin bietet mir an, in der Zeit der Untermiete die Fenster für mich zu putzen und den Keller auszumisten. Frank, gelernter Elektromeister, will alle anfallenden Reparaturen gratis übernehmen. Sabine würde einen Massagesessel mitbringen, den sie nach ihrem Auszug gerne dalassen kann. Fehlt nur noch ein unmoralisches Angebot … Kopfschüttelnd klicke ich auf die nächste E-Mail. Die angehängte Datei von Roland zählt vermutlich als genau das, denke ich und lösche das sogenannte Dick Pic. Du liebe Zeit, wie soll ich da jemals eine Person auswählen, die in meiner Wohnung wohnen darf?

Hey, hier ist Alexander aus Wien. Ich bin gerade beruflich nach Stuttgart gezogen und über deine Annonce gestolpert … Wien. Die erste Mail, die ich komplett lese. Alexander hat mir seinen Lebenslauf angehängt: Unter den relevanten beruflichen Tätigkeiten finde ich eine Auflistung der Zeiten, zu denen er bei seinen verreisten Nachbarn die Blumen gegossen hat. Ich muss lachen.

Hallo Alexander. Rate mal, wo ich gerade sitze und einen Verlängerten trinke?, schreibe ich ihm. Und weil es sowieso nur Zufall ist, wer nun die Wohnung bekommt, beglückwünsche ich ihn zu seinem neuen Heim für die nächsten Monate. Augenblicklich bekomme ich eine Antwort: Alexander freut sich sehr und verspricht, mein Geschirr wie seinen Augapfel zu hüten.

Richtige Wahl des Untermieters, denke ich, und hoffe, Alexander besitzt noch beide Augen.

Suche Untermieter, biete Dinkelmehl

Richtige Wahl des Untermieters, denke ich auch zwei Tage später. Ich sitze im Büro und bin damit beschäftigt, aus den Unterlagen zum Großprojekt schlau zu werden. Immer wenn ich Silke frage, die gerade Videos ihrer Beauty-Bloggerin auf YouTube ansieht und versucht, den Schimmer auf dem Lidschatten genauso hinzubekommen wie Make-up-Queen Diana, verzieht sie nur den Mund oder schnaubt. Das soll vermutlich heißen: »Keine Ahnung, Oida!« Das sagt sie nämlich sonst gern zu jeder Gelegenheit.

Na gut. Dann kann ich genauso gut Alexander antworten. Wir haben unsere Telefonnummern ausgetauscht, damit er mich schnell erreichen kann, falls die Wohnung brennt oder ähnliche Katastrophen anstehen. Heute ist er offiziell eingezogen, und nachdem er sich noch einmal bedankt hat, bekomme ich über WhatsApp ein Foto von meinem Geschirr: Alexander hat kleine Post-its mit *Vorsicht, Erbstück* auf die Teller geklebt. *Tolle Wohnung, wirklich,* schreibt er dann. *Aber wer sind die Wegelagerer da draußen vor der Tür?*

Bitte was? *Das ist nicht dein Ernst!,* schicke ich zurück. Die Reporter und Blogger stehen da immer noch? Diese vermaledeite BILD-Zeitung.

Sag nicht, du bist eine entflohene Verbrecherin, schreibt er.

Doch klar, Stuttgart hat kein Auslieferungsabkommen mit Wien, deshalb kann ich hier ganz ungeniert meinen Drogengeschäften nachgehen, antworte ich.

Nein, ernsthaft, bist du berühmt oder so?

Ich überlege noch, was ich darauf schreiben soll, als er ein Foto eines riesigen Stapels Briefe auf meinem Küchentisch schickt. *Fanpost?*

Ich tippe *Das ist nur eine Verwechslung* und lasse meinen Kopf auf die Schreibtischplatte sinken.

Als sich jemand lautstark räuspert, hebe ich ihn wieder. Der Chef, der sich genau den richtigen Augenblick ausgesucht hat, um Zeit für mich zu haben, steht im Raum. Herr Werner sieht genau so aus, wie ich ihn mir vorgestellt hatte: gut genährt und noch besser gekleidet. Seine Haare sind ziemlich sicher gefärbt, die dichten schwarzen Locken machen ihn allerdings auch zehn Jahre jünger, als er ist (er ist vor vier Wochen sechzig geworden, das stand dick umkringelt in Claires Tischkalender.)

Während ich mich gerade hinsetze und hektisch meine Bluse richte, guckt Silke seelenruhig weiter ihr Video. »Zielgruppen-Recherche«, informiert sie mich, als ich ihr mit meinen Augenbrauen versuche, ein Zeichen zu geben.

Der Chef, dessen Augenbrauen durchaus von Make-up-Queen Dianas Zupf-Methode profitieren könnten, ignoriert Silke und wendet sich stattdessen interessiert meinem Computer-Bildschirm zu.

»Oh.« Ich setze mich noch etwas aufrechter hin. »Soweit ich den Informationen zum Rathow-Projekt entnehmen konnte, wünscht der Kunde sich ein klassisches, traditionelles Design, das aber durchaus verspielt aufgelockert werden kann. Derzeit probiere ich …«

»Sie haben schon am Rathow-Projekt gearbeitet?« Ungläubig starrt der Chef mich an.

»Oh.« Hätte ich nicht sollen? »Ich dachte … ich meine, deshalb bin ich ja hier. Wenn das … wenn ich …«

»Nein, nein, wunderbar.« Er strahlt mich an. »Günther, also, Herr Meyer-Sandvoss hatte mir schon gesagt, dass er mir eine seiner besten und engagiertesten Grafikerinnen schickt.«

Wie schon einmal erwähnt, sind Vanessa Finke und ich seine einzigen Grafikerinnen. »Äh danke«, sage ich.

Silke verzieht angewidert das Gesicht und formt

mit ihrem Mund ein Wort, wahrscheinlich so etwas wie »Streberin«. Kann ich was dafür, wenn alles, was es in diesem Verein braucht, um Klassenbeste zu werden, Anwesenheit ist?

»Dann ist ja alles geklärt.« Der Chef nickt in die Runde und reibt sich die Hände.

»Beinahe«, sage ich. »Wann beraumen wir denn eine Teambesprechung fürs Rathow-Projekt ein?«

»Team?«, wiederholt Silke entsetzt.

»Besprechung?«, fragt der Chef. Dann fügt er hinzu: »Das klappt doch alles ganz wunderbar. Wunderbar klappt das bisher. Da würde ich einfach sagen ... weitermachen.«

»Ja, aber ...«, will ich einwenden.

Doch er gestikuliert unbestimmt in unsere Richtung. »Wenn eine Besprechung nötig sein sollte, können wir sicher noch ein Meeting einberufen. Aber ...« Er zuckt mit den Schultern.

Ich finde, eine Besprechung *ist* nötig, aber bevor ich das sagen kann, verschwindet er durch die Tür. Kurz darauf steckt er noch einmal seinen Kopf herein: »Frau Weinheim, wir freuen uns alle sehr, dass Sie bei uns sind.«

»Was war denn das für eine Arschkriecher-Performance?« Silke sieht mich kopfschüttelnd an.

»Entschuldige bitte, dass ich zur Arbeit gehe, um zu arbeiten«, sage ich überdeutlich. Oh, oh, ich bin im Zicken-Modus. So nennt Jana es, und immer, wenn ich zickig werde, passieren schlimme Dinge wie Mails an Friederike von Aschebeck. Ich presse die Lippen zusammen und versuche, mich auf meine Arbeit zu konzentrieren.

*

Deine Landsleute sind teilweise echt nervig, schreibe ich Alexander, als er sich abends meldet, um mir ein Foto meiner Orchidee zu schicken, der er einen Papierhut gebastelt hat. *Und du hast eindeutig zu viel Zeit,* kommentiere ich das Bild.

Ich verschönere deine Wohnung!

Besser als leere Bierdosen und Pizzakartons, gebe ich zu, und er ist entrüstet, dass ich ihm so etwas zutraue.

Ich trinke Bier nur aus Flaschen, der Umwelt zuliebe!, protestiert er.

Und die Pizza transportierst du im Mehrwegbehälter?

Nein, aber die bringe ich regelmäßig ins Altpapier.

Dann will er wissen, was ich mit seinen nervigen Landsleuten meine. Ich erzähle ihm von meiner muffeligen Bürokollegin.

Oder ist das vielleicht ein Generationenproblem? Mit meinen zweiunddreißig Jahren verstehe ich die heutige Jugend einfach nicht mehr. Ich bin auch gar nicht mehr auf dem Laufenden, was Mode und Musik angeht.

Alexander scheint sich zu amüsieren und steigt mit ein: *Die Jugend von heute! Keinen Respekt mehr vor den Altvorderen!* Er selbst ist fünfunddreißig, erzählt er, bevor er sich beklagt, dass es nun auch gesundheitlich bergab geht. *Und erst die senile Bettflucht!*, schreibt er.

Die kenn ich von meinen Nachbarn. Heute sind sie schon in der Früh um sieben aneinandergeraten.

Wir tauschen uns aus, bis er irgendwann ein Bild von Statler und Waldorf aus der Muppet-Show schickt. *Wir sollten auf Tournee gehen.*

Lotte und Alex: Wir schimpfen für Sie über die Jugend.

Irgendwann kommt er wieder auf Silke zurück: *Mal im Ernst, dem jungen Hüpfer kannst du doch die Meinung geigen. Oder lass deine Vergangenheit als berühmt-berüchtigte Verbrecherin durchblitzen, dann bekommt sie Angst.*

Die Patin von Stuttgart. Klingt gar nicht schlecht.

Wir blödeln noch ein bisschen herum, und ich merke gar nicht, wie die Zeit verfliegt. Als wir uns verabschieden, reicht es mir gerade noch, um Jana und Natalie schnell ein Update zu geben, dann muss ich auch schon ins Bett.

*

Die Stimmung zwischen Silke und mir wird nicht besser. Frage ich bei Claire nach, ist Silkes Kommentar dazu: »Du bist so lahm, ey.«

Ich werfe ihr daraufhin einen bösen Blick zu, der

scheint aber nicht besonders einschüchternd zu sein. Sie schnippt mir ein Gummiband herüber.

Entnervt überlege ich schon, in Herrn Werners Büro zu ziehen, der ist doch eh nie da. Das würde Silke wahrscheinlich als Affront auffassen, aber vielleicht ist eine offene Konfrontation nicht das Schlechteste.

Ich bin hier die Erwachsene, denke ich. Ich bin zehn Jahre älter als Silke und habe mindestens drei Bücher zum Thema »Richtig kommunizieren« gelesen. Ich sollte das Problem lösen können. Auf erwachsene Art und Weise.

Es ist noch nicht ganz Mittag, mein bisheriger Plan bestand darin, Silke einfach zu ignorieren. Mein Handy vibriert. Natalie hat mir den Link zu einem Blogartikel geschickt: *Tröstet er sich schon mit einer Neuen? Brautzilla ersetzt!* Auf dem Bild zum Beitrag ist Marius in seinem Cabrio zu sehen, eindeutig in weiblicher Begleitung. Ich schnappe nach Luft.

Das ist sicher nur eine seiner Cousinen!, versucht Natalie mich zu besänftigen. Sie schickt mir ein paar niedliche Tiervideos, aber mein Blutdruck geht immer noch durch die Decke.

Das Ganze ist nicht einmal zwei Wochen her! Da hat Marius auch nicht mit einer Cousine im Cabrio herumzucruisen! Er sollte traurig zu Hause sitzen und mich vermissen!

Mach dir keine Sorgen, Lotte, wir gehen der Sache auf den Grund!, schreibt Natalie mir.

Was soll das denn jetzt heißen? Ich beginne, mir Sorgen um Marius *und* Natalie zu machen. Aber sie will mir nicht mehr verraten, auch Janas Fragezeichen ignoriert sie und geht einfach offline.

Marius mit einer Brünetten auf einer Cabriofahrt, und das gerade einmal eine gute Woche nach unserer Trennung. Das muss ich erst einmal verdauen. Ich balle meine Hand zur Faust und versuche, tief und flach zu atmen, da klingelt das Telefon auf meinem Schreibtisch. Ablenkung, denke ich, Ablenkung. Ich melde mich vorbildlich, aber vielleicht etwas atemlos mit dem Namen der Agentur, meinem Namen und einem freundlichen »Wie kann ich Ihnen helfen?«

Silke fällt vor Lachen fast vom Stuhl. »Du bist so peinlich«, sagt sie, als ich aufgelegt habe.

Und das ist der Tropfen, der das Fass zum Überlaufen bringt.

»Wenn dein einziger Lebensinhalt in Queen Dianas Make-up-Tutorials besteht, dann ist das dein Ding«, platzt es aus mir heraus. »Aber mein einziger Lebensinhalt besteht derzeit tatsächlich aus diesem Job. Mein Verlobter hat mich verlassen, weil ich versehentlich eine Mail über seine Mutter an die gesamte Gästeliste geschickt habe, mein Liebesglück segelt also gerade über den Rand der Welt. Irgendjemand hat das der Zeitung gesteckt, sodass ich von denen verfolgt werde und in eine fremde Stadt geflohen bin. Okay, in eine echt coole Stadt, aber meine besten

Freundinnen sind sechshundert Kilometer entfernt!« Nach dieser Rede muss ich erst einmal verschnaufen.

Silke sieht mich mit offenem Mund an. »Du bist die Brautzilla?«

Man weiß in Österreich von mir? Oh mein Gott. Erneut lasse ich meinen Kopf auf die Schreibtischplatte sinken.

»Oida, das ist so cool.« Jetzt kommt auf einmal Leben in Silke.

»Wie bitte?«

»Hammergeile Mail.« Silke tippt auf ihrem Smartphone herum und zitiert Stellen aus dem Text, den ich sehr gut auswendig kenne: »Dann hat diese hinterhältige Alte mir tatsächlich Omas Perlenkette verboten! Oder hier: Diese fiese Kratzbürste mit ganzen Bettvorlegern auf den Zähnen!« Sie blickt hoch. »Ey, wenn meine zukünftige Schwiegermutter sich so einmischen würde, echt, so eine Mail wär das Minimum. Das absolute Minimum.« Sie nickt langsam und sehr ernst.

»Sogar die Wiener kennen die Brautzilla«, jammere ich. »Muss ich mich morgen nach Tokio versetzen lassen?«

»Ey, nur ich«, beruhigt Silke mich. »Hab Buzzfeed gelesen wegen den zehn besten Tricks gegen Augenringe.«

Das klingt logisch.

»Was machst du jetzt mit deinem Verlobten?«, fragt sie dann.

Die Frage ist ja mein ganzes Problem! »Ihn irgendwie zurückgewinnen. Hoffentlich«, sage ich unglücklich.

Silke schiebt ihr Tablet mit der YouTube-App und die Nagellackfläschchen inklusive Feile zur Seite, um sich auf ihrem Schreibtisch aufstützen zu können. »Zeig mal dein Kleid.«

Silke würde sich gut mit Natalie verstehen, denke ich geistesabwesend, während ich auf meinem Handy nach einem Foto von mir bei der Anprobe suche.

»Hammer, ey.« Silke sieht mich entschlossen an. »Du brauchst einen Plan.«

»Um Marius zurückzubekommen?«

»Um Marius zurückzubekommen«, bestätigt sie.

Ich erzähle ihr von meiner Idee mit dem zufälligen Treffen bei der Pizzeria, bei dem Marius wieder daran erinnert wird, wie sehr er mich eigentlich liebt.

»Pffff«, ist Silkes Kommentar. »Reicht nicht«, fügt sie hinzu und schüttelt den Kopf.

»Reicht nicht?« Offenbar bin ich derzeit einzig als Silkes Stichwortgeberin da.

»Oida, du hast deine Schwiegermutter vor allen Leuten krass gedisst! No offense, war ein krass geiles Mail« – sie streckt entschuldigend die Hände aus –, »aber war eben auch ein krasser Diss.«

Ja, so ähnlich hatte Natalie sich auch ausgedrückt. Etwas weniger »krass« vielleicht.

»Meine Freundin Jana findet, Marius ist ein Waschlappen, und ich sollte mir lieber jemand anderen suchen.« Ich weiß nicht mal, warum mir das gerade einfällt. Es ist ja nicht so, als würde ich Janas Meinung teilen, und es ist erst recht nicht so, als bräuchte Silke Janas Meinung zu wissen.

»Ja, okay«, sagt Silke. »Ist jetzt nicht wirklich ein Ritter, dein Marius, das Interview mit der BILD hätte er sich sparen können.« Davon weiß sie auch? »Aber du willst ihn zurück, oder?«

Das ist gar keine Frage, auf jeden Fall. Also nicke ich.

»Gut. Dann brauchst du mehr als eine zufällige Begegnung.«

»Okay, und was?«

»Eine richtig große Geste. Eine richtig krasse Mail braucht eine richtig krasse Aktion als Entschuldigung.«

Ich zupfe an meinem Ohrläppchen. Vielleicht hat Silke recht. Marius ist verletzt, sonst hätte er der BILD kein Interview gegeben, sonst hätte er meine Nummer nicht blockiert.

Ich muss mich bei Marius entschuldigen, schreibe ich in unsere WhatsApp-Gruppe. *So richtig romantisch. Und am besten öffentlich.* Geld spielt keine Rolle, ich bekomme ja jetzt Untermiete, und ein paar hundert Euro Schulden muss einem die Liebe doch wohl wert sein.

»Geil, Oida, die Brautzilla«, höre ich Silke murmeln.

Und bevor ich eingreifen kann, folgt: »Das muss ich auf YouTube posten.«

*

Natalie ist begeistert von der großen Entschuldigungsgeste, Jana findet immer noch unsere ursprüngliche Idee mit dem Abstand am besten. Es folgt ein Regenwurm-Emoji.

Du warst eben noch nie so richtig verliebt, schreibt Natalie, ignoriert jeden weiteren Einwand und plant meinen großen Auftritt. *Wir brauchen unbedingt Blumen, viele Blumen. Für die romantische Szenerie.*

Ich hätte Marius ja zu mir eingeladen und die Wohnung mit Blumen ausgestreut, aber ich befürchte, dass er dann nicht kommen würde.

Er hat eigentlich ziemlich deutlich gemacht, dass er nicht mit mir reden will.

Dann müssen wir ihn eben entführen! Natalie lässt nichts und niemanden zwischen mich und meine große Liebe kommen. Beinahe muss ich lachen. Wann ich aufgegeben habe, an ein Happy End in den nächsten Tagen zu glauben, weiß ich gar nicht. Es war schon vor heute Vormittag, als ich die Brünette in seinem Cabrio gesehen habe. Vielleicht, als ich das Interview der BILD gesehen habe. Irgendwann jedenfalls, zwischen unserer Begegnung auf dem Tennisplatz und dem Video, da ist mir klar geworden, dass das kein einfacher Beziehungsstreit ist, dass Marius wirklich und wahrhaftig weg ist. Dass Friederike ihre Krallen in ihn geschlagen hat und nie wieder loslassen wird.

Jetzt fragt Jana: *Was wurde denn aus der ursprünglichen Pizza-Idee?* Ich kann sie förmlich stöhnen hören.

Eigentlich hat sie da aber gar nicht so unrecht. *Ich weiß, was wir machen! Wir locken ihn in die Pizzeria, da wird er dann ins Nebenzimmer geführt, das ich nur für uns reserviert und mit Blumen dekoriert habe.*

Du könntest Musiker engagieren!, schlägt Natalie vor.

Woher bekomme ich Musiker? Georg, der mit seinem Hut und dem Akkordeon oft auf dem Marienplatz steht, zählt wohl nicht.

Und dann ist im Dessert eine Entschuldigung versteckt. Weißt du, wie bei seinem Heiratsantrag.

Der war tatsächlich so kitschig. Unseren Enkeln hätte ich eine etwas weniger klischeehafte Variante erzählt.

Das ist ein super Plan! Ich bin hingerissen. Marius steht auf Kitsch, Marius bekommt Kitsch. Und ich bekomme Marius.

*

»Hast du schon mal Musiker gebraucht?«, frage ich Thomas, als ich bei einem gespritzten Apfelsaft an einem Tisch im Halbschatten sitze. Der August kann in dieser Stadt ganz schön heiß werden. Wenn ich abends, nachdem die Sonne untergegangen ist, nach Hause schlendere, strahlen die Gebäude noch spürbar Wärme ab.

»Für meine Hochzeit«, beantwortet Thomas meine Frage.

»Du bist verheiratet?«

»Geschieden«

»Oh, tut mir leid.«

»Nein, nein, herzlichen Glückwunsch«, korrigiert er mich.

Ich lache. »Nimm mir nicht all meine Illusionen!«

»Wieso, hast du etwa vor zu heiraten?«

Offenbar sieht er mir an, dass das Thema etwas komplexer ist.

»Uuuuuh, ich wittere ein mittleres Drama. Das musst du mir unbedingt erzählen.« Er schaut auf die Uhr. »Ich mach mal meine Raucherpause.«

»Du rauchst doch gar nicht.«

»Ich tu so, als ob, und bei diesen neumodischen Tabakerhitzern weiß doch eh keiner, ob die an sind oder nicht.« Er zieht tatsächlich eine E-Zigarette aus der Hosentasche, zündet sie aber nicht an und setzt sich mir gegenüber. »Jetzt erzähl.«

Eigentlich will ich ihm die Brautzilla-Story wirklich, wirklich nicht erzählen.

»Komm schon, ich brauch extra meine Pause für dich auf«, versucht er mich zu überreden.

Ich verziehe den Mund, muss aber lachen. Und weil Silke es ja ohnehin schon weiß, erzähle ich also auch Thomas die traurige Geschichte der Brautzilla. Die ganze Sache erheitert ihn zutiefst, was ich mir auch hätte denken können.

»Etwas mehr Mitgefühl«, grummele ich.

»Kriegst gleich einen Kosakenkaffee, der ist mit Rotwein *und* Wodka«, besänftigt er mich. »Wozu brauchst du denn jetzt Musik? Die Hochzeit fällt ja dann wohl aus.«

»Ich brauch die Musik, damit die Hochzeit doch stattfindet.« Ich kläre ihn über Silkes Plan auf.

Er runzelt die Stirn. »Maderl, Männer sind nicht so kitschig.«

»Du kennst Marius nicht.«

Er legt seinen Kopf schräg. »Bist du dir sicher, dass dein Angebeteter nicht schwul ist?«

»Immer diese Vorurteile. Wir leben im Zeitalter der Gleichberechtigung.«

Er zuckt mit den Schultern. »Ich kann dir ja mal die Adressen geben. Steirische Volksmusiker.«

Ähm.

»Wir haben ansonsten da vorn an der Straßenecke immer mal wieder einen mit einer Querflöte.«

Da kann ich auch gleich Georg fragen.

*

Zu Hause angekommen höre ich aus dem dritten Stock Türenschlagen und Hundegebell. Du lieber Himmel, diese beiden. Und richtig, kaum komme ich auf dem ersten Treppenabsatz an, stürmt mir schon der alte Mann entgegen, seine Exfrau steht mit in die Hüften gestemmten Armen oben. Nowak heißen sie übrigens beide, ich habe an den Klingelschildern nachgesehen. Einem von beiden täte eine Pizza-Entschuldigung mit Musik wahrscheinlich auch ganz gut.

»Sie können Ihrem Nachbarn ausrichten …«, beginnt Frau Nowak. Noch während sie redet, schließe ich die Tür hinter mir. Das kann sie ihm schön selbst sagen.

Alexander schickt mir eine Nachricht, ob er mein Mehl benutzen darf.

Du willst backen?, frage ich zurück. *Wow.*

Palatschinken machen. Das Grinsen kann ich hören.

Benutz alles, was du willst, aber füll's wieder auf, wenn du ausziehst, schreibe ich darauf.

Fünf Minuten später schreibt Alexander: *Biodinkelmehl. Ich glaube, ich mach mir doch Kartoffelpuffer.*

Ich habe da so eine Kollegin …, fange ich an, weiß aber nicht wirklich, warum ich ihm von der Müller erzählen sollte. Stattdessen schreibe ich: *Das ungesunde leckere Zeug ist im Schrank oben rechts hinter dem Biomüsli.*

Als Dankeschön bekomme ich später ein Foto von den Palatschinken – Pfannkuchen offenbar – mit

Schokosoße und Banane. Ich bin sehr, sehr neidisch. Das teile ich ihm dann auch mit, und er schreibt, wenn ich mal in Stuttgart bin, soll ich auf einen Palatschinken vorbeikommen.

Ich will doch wissen, wer diese mysteriöse Frau mit dem dunklen Geheimnis ist, schreibt er. Dann fügt er hinzu: *Deine Tante Anna war heute übrigens da. Sie macht sich Sorgen.*

Es ist Vollmond und gleichzeitig Ostern und ihr Geburtstag, wenn Tante Anna sich mal keine Sorgen macht, schreibe ich zurück. *Und dann läuft ihr eine schwarze Katze über den Weg, und die sorglose halbe Stunde ist vorbei.* Ich zögere. *Was hast du ihr denn gesagt?*

Dass du mit Carlos, deinem zehn Jahre jüngeren Tanzlehrer, in die Karibik gezogen bist.

Ich habe keine Ahnung, ob das sein Ernst ist oder nicht. Aber um ehrlich zu sein, ist das so oder so völlig in Ordnung. *Wie hat sie … reagiert?,* versuche ich vorsichtig herauszubekommen, ob er etwas von der Brautzilla weiß.

Eigentlich gar nicht. Sie hat mich sorgenvoll angeschaut und gehofft, dass ich Gedanken lesen kann. Den Sarkasmus höre ich sogar schriftlich heraus.

Außer der Sache mit den Sorgen, meine ich, du Doofi!

WhatsApp zeigt ihn weiterhin als online an. Und »Alexander schreibt« plus die drei Punkte. Hört auf zu schreiben. Schreibt erneut.

Ups. Bin ich da zu weit gegangen? War der »Doofi« zu viel? Nervös verschränke ich meine Finger. Ich meine, ich kenne Alexander ja überhaupt nicht, vielleicht habe ich ihn ja total beleidigt?

Jetzt geht eine Sprachnachricht ein. Zuerst lacht er laut und wiederholt »Doofi? Du Doofi? Das ist das, was du an Beleidigungen draufhast? Doofi?« Er flachst noch ein Weilchen weiter herum und schlägt mir österreichische Schimpfwörter wie »Wappla« oder den Klassiker »bist du deppert« vor. Ich kontere mit dem schwäbischen Halbdackel.

»Mein Gott, ist das süß«, kommentiert er meine Sprachnachricht.

Mir wird ein bisschen heiß, und nachdem wir uns den Rest des Abends Sprachnachrichten geschickt haben – Alexander scheint im Augenblick genauso wenig zu tun zu haben wie ich –, fällt mir auf, dass ich den Wiener Dialekt wirklich, wirklich mag.

*

Mit der Arbeit, dem Kaffeehaus, denn irgendwie hat es sich so eingebürgert, dass ich nach der Arbeit auf einen Kaffee bei Thomas vorbeischaue, und den Chats mit Jana, Natalie und Alexander sind meine Tage in Wien ganz schön ausgefüllt, und schwupps sind drei Wochen vergangen, ohne dass ich es gemerkt habe. Marius fehlt mir, aber das ist eher so ein unterbewusstes Ziehen, wenn ich an die leere Stelle an meinem Ringfinger schaue.

Und ja, Sie haben richtig gelesen, ich nenne das Kaffeehaus mittlerweile schon »bei Thomas«. Aber irgendwie ist es tröstlich, Sozialkontakte zu haben, die meinen Namen kennen, auch wenn es ein Kellner-Kundin-Verhältnis ist. Wobei die Grenzen da verwischen, vor allem, seitdem Thomas die Sache mit der Brautzilla erfahren hat.

»Ich kann dir sagen, dieser neue Job ist kein Zuckerschlecken«, jammere ich ihm heute vor.

»Erst drei Wochen da und schon ein Burn-out?«

»Bei dir sieht's ja mehr nach Bore-out aus«, erwidere ich, als er sich erneut eine E-Zigarette nicht ansteckt.

»Mein Job ist auch ein Zuckerschlecken«, sagt er und kippt eine großzügige Menge braunen Zucker in seinen Espresso. Mokka, Entschuldigung.

»Wobei es bei mir auch eher in Richtung Langweile geht«, gebe ich zu. »Ich bekomme keine Informationen und versuche mich im völligen Blindflug an Logo-Entwürfen.«

Er blickt bedeutungsvoll zum Emblem des Kaffeehauses.

»Wenn ihr echt wollt, mach ich euch das«, sage ich. »Aber legal!« Soweit ich das überblicken kann, arbeiten wir derzeit einzig und allein am Rathow-Projekt (und das tue derzeit auch einzig und allein ich). Ein weiterer Auftrag, auch wenn er für einen Freundschaftspreis ist, wird die Agentur wohl freuen. »Hauptsache, irgendwer sagt mir, wie dein Chef es haben will.« Endlich mal wieder vernünftig arbeiten!

Der Chef sitzt wie üblich am »Stammtisch« neben dem Tresen, einen leeren Aschenbecher neben sich – Rauchverbot – und eine aufgeschlagene Zeitung vor sich. Die graue Weste, die er trägt, wirkt leicht speckig, seinen Körperumfang könnte man ebenso beschreiben. Mit einer Hand blättert er gelangweilt die Zeitung um, mit der anderen kratzt er sich am Kopf.

Es stellt sich heraus, dass ihm das Logo recht egal ist. »Macht's, was ihr wollt«, ist sein Kommentar.

»Das ist aber mutig«, murmle ich.

»Ich hätt gern eine Kaffeetasse vor dem Schriftzug«, erklärt mir Thomas. »So etwas schick zu designen kann ja kein Hexenwerk sein.«

»Aber welche Farbe! Und jetzt sag nicht, irgendwas mit Blau«, stoppe ich ihn, bevor er nur den Mund aufmachen kann. »Hellblau, Mittelblau, Dunkelblau, Azurblau, Cyanblau, Lichtblau, Violettblau, ich kann den ganzen Tag so weitermachen.«

»Okay, ich hab's verstanden.« Dann grinst er. »Überrasch mich einfach.«

Ich seufze. »In ein paar Tagen bring ich dir mal zwei, drei Entwürfe vorbei. Dann sehen wir weiter.«

Wien für Anfänger

Alexander schickt mir beinahe täglich Fotos. Die Stapel mit Briefen, die kommen, werden zum Glück weniger.

Es lungert auch schon länger niemand mehr vor deinem Haus herum, informiert er mich. *Nicht einmal mehr Tante Anna.*

Das erleichtert mich etwas, auch wenn es deutlich länger gedauert hat, die neue Sau zu finden, die durchs Dorf getrieben wird, als mir lieb war. Aber das BILD-Interview mit Friederike hat die regionalen Zeitungen wohl ziemlich angestachelt.

Ich bekomme Fotos von meiner Wohnung, Schnappschüsse aus Stuttgart und hin und wieder auch eins aus Alexanders Büro. Sprachnachrichten sind an der Tagesordnung, und gestern haben wir sogar kurz telefonieren wollen, wegen der Biomüllabholung. Daraus ist dann ein ziemlich langes Telefonat geworden, weil ich ihm Schwäbisch-Unterricht geben sollte. Zum Ausgleich hat er die Einladung auf die besten Palatschinken der Welt eindrücklich wiederholt, wenn ich mal wieder in Stuttgart sei. Das Angebot klang extrem verlockend, und mein Magen hat einen kleinen Hüpfer gemacht. Mein Magen liebt Palatschinken. Aber ich habe weder ein Selfie noch ein Foto, das jemand anders von Alexander gemacht hat, bekommen. Sein Profilbild bei WhatsApp ist der Kopf aus Edvard Munchs berühmtem Gemälde *Der Schrei*. Ich habe nicht die leiseste Ahnung, wie mein Untermieter aussieht.

Dafür hat er die Kehrwoche entdeckt: Nachdem er sich zunächst darüber lustig macht, bekomme ich schließlich eine Vorher-nachher-Bilderstrecke meines Stuttgarter Hausflurs. Die nächsten Wochen will er akribisch dessen Zustand dokumentieren, um herauszubekommen, ob überhaupt jemand im Haus die Kehrwoche macht, und wenn ja, wer. *Dann kann ich denen die Kehrwochen-Polizei auf den Hals jagen. Ich hoffe doch sehr, die gibt es!*

Wohnt im fünften Stock, sehr klein, sehr alt, mit hoher Stimme.

Ah ja, die hat mich darauf hingewiesen, dass Glas nicht in den Biomüll gehört, schreibt Alexander.

Du hast GLAS in den Biomüll geworfen?, frage ich entsetzt.

Natürlich nicht. Ich verteidige die Ehre meiner Biodinkelmehl besitzenden Vermieterin. Die freundliche Dame hat mich nur vorsorglich darauf hingewiesen. Weil ich eine leere Flasche in der Hand hielt.

Ach, Frau Beyerle. Ich schwelge in Erinnerungen. *Aber jetzt mal ehrlich, die meisten verstehen unter Kehrwoche, samstags laut und deutlich am Geländer zu klappern.*

Und das soll die deutsche Gründlichkeit sein? Traurig, traurig, kommentiert er.

Ist eben schwäbische Gründlichkeit. Du könntest ja Sternchen zur Motivation verteilen, wenn es dich stört, schlage ich vor. *Oder: Derjenige, der die Kehrwoche am besten macht, wird Mieter des Monats.*

Mir fällt auf, dass der Chat Sechs Monate Einsamkeit schon einundzwanzig neue Nachrichten anzeigt, und ich unterbreche schweren Herzens unsere Kehrwochen-Unterhaltung. Natalie hat Entwarnung gegeben, was die mit Marius gesichtete Brünette angeht. *Um die musst du dir keine Sorgen machen, das war eine Künstlerin von seinem Bruder Rainer!* Angeblich hat Marius keinen weiteren persönlichen Kontakt mit ihr gehabt. *Aber sie geht in Rainers Galerie ein und aus. Also: Wer soll sie sonst sein?*

Vielleicht seine neue Assistentin, denke ich. Rainer hat junge, hübsche, dunkelhaarige und sehr schnell wechselnde Frauen als Assistentinnen. *Woher weißt du das denn?,* frage ich Natalie. Nicht, dass ich nicht froh bin über diese Info.

Das willst du lieber nicht wissen, antwortet Jana an ihrer Stelle. *Ich wüsste es auch lieber nicht.*

So viel zum Thema Sorgen machen, tippe ich.

Das solltest du, antwortet Jana. *Das sollten wir beide. Und zwar um Natalie.*

Natalie entgegnet gar nichts, sie wechselt das Thema. *Wie geht's dir denn so in Wien?*

Darauf falle ich nicht herein!

Hast du mit Marius gesprochen?, frage ich weiter.

Nein.

Mit Rainer?

Und was macht die Arbeit? Jetzt wechselt auch Jana das Thema, und ich gebe mich geschlagen.

Ich erzähle von Silke, Claire, Thomas und der Arbeit. Dann frage ich Jana: *Sag mal, du hast Alexander beim Einzug ja kennengelernt. Wie sieht der denn eigentlich aus?*

Gut, antwortet sie.

Was heißt gut?, hake ich nach. *Also so richtig gut im Sinne von: mit dem würde ich flirten? Oder mehr so ein gut im Sinne von na ja?*

Wieso interessiert dich das?, fragt Natalie.

Unwillkürlich habe ich das Gefühl, mich verteidigen zu müssen. *Das interessiert mich ja überhaupt nicht,* schreibe ich zurück.

Da ich selbst merke, wie albern das klingt, korrigiere ich mich gleich hinterher: *Also nicht so sehr. Nur eben ein bisschen, und ich dachte, ich frag mal nach. Hätt ja sein können, dass irgendwas Besonderes mit ihm ist.*

Nein, eigentlich nicht, antwortet Jana.

Frustriert schnalze ich mit der Zunge. Aber eigentlich ist es ja wirklich egal.

*

Silke fragt mich am nächsten Mittag wieder, ob ich mit ihr zum McDonald's gehe. Ich schreibe der Müller, dass ich sie und ihren Quinoa-Salat vermisse.

»Sag mal, was genau ist jetzt deine Aufgabe beim Rathow-Projekt?«, frage ich Silke, während wir uns über die Cheeseburger mit Pommes hermachen.

Sie zuckt die Schultern.

»Ich könnte nämlich schon Hilfe gebrauchen.« Bisher arbeite ich völlig allein mit halbgaren Informationen am neuen Corporate Design. Ein bisschen Rückendeckung wäre nicht schlecht.

»Dafür bin ich nicht zuständig«, weigert sich Silke.

»Ja okay, aber wofür bist du zuständig?« Sie kann ja schlecht fürs Nägellackieren und YouTube-Schauen eingestellt worden sein.

»Keine Ahnung, Oida.« Sie rümpft die Nase.

»Wie hast du denn diesen Job bekommen?«, frage ich ungläubig.

»Meine Mutter kennt den Chef.« Die Art, wie sie die Augen verdreht …

»Nee, oder? Das ist jetzt nicht dein Ernst? Deshalb hat der Typ nie Zeit?«, rutscht es mir heraus. Im Treppenhaus riecht es auffällig oft nach Rasierwasser, wenn Herr Werner »einen wichtigen Termin« hat.

Silke macht Würgegeräusche, offenbar ist es ihr Ernst. »Was ist denn jetzt mit deinem Verlobten?«, fällt ihr dann umgekehrt ein.

»Keine Ahnung«, wiederhole ich nun ihre Worte, nur etwas niedergeschlagener. Auch wenn Natalie in Bezug auf die Brünette Entwarnung gegeben hat: Wir sind uns keinen Schritt nähergekommen – wie auch, ohne jeglichen Kontakt? So viel zum Thema »Abstand«. Der Abstand ist deutlich größer, als mir lieb ist. Schnapsidee! Ich hoffe wohl entweder darauf, dass ein Wunder geschieht und er es sich doch noch einmal anders überlegt. Oder auf meinen nächsten Heimaturlaub.

»Mitte Oktober habe ich mir ein langes Wochenende genommen«, erkläre ich. »Da wollte ich nach Stuttgart fahren.«

»Da kommt die große Entschuldigung?«

Ich kratze einen Sesamsamen vom Brötchen. Die Sache macht mir Angst. Dieses Datum ist meine Hoffnung, Marius zurückzugewinnen. Wenn das schiefgeht, habe ich keine Alternative. Ich versuche es mit Optimismus. »Mit dem tollen Plan, den ich habe, kann ja gar nichts schiefgehen.«

*

Am Nachmittag sitzen wir gemütlich im Büro, ich versuche gerade einen Schwung in den Schriftzug »Rathow« zu bekommen, Silke liest Testergebnisse verschiedener Lippenstiftmarken nach. Plötzlich geht die Tür auf, und Herr Werner kommt herein. Seine schlechte Laune ist spürbar.

»Wie weit sind Sie mit den Rathow-Entwürfen? Und wie sehen die aus? Es sind noch zwei andere Agenturen im Rennen, ich hoffe, Sie haben sich Mühe gegeben«, sagt er schmallippig.

»Wie jetzt?« Moment mal! Ich hatte gedacht, das Projekt sei schon fest angenommen. Meyer-Sandvoss hatte sich ebenfalls so angehört, er hatte gesagt, er schickt mich für ein Projekt nach Wien – und nicht um eines an Land zu ziehen! Und jetzt hängt es an meinen Entwürfen, ob wir den Zuschlag bekommen? »Ich dachte, ich bin zur Projekt-*Umsetzung* hier!«

»Lotte kriegt das schon hin«, sagt Silke, ohne aufzublicken.

Ich weiß nicht genau, was das Problem ist, aber Werner war ohnehin schon unübersehbar angepisst. »Frau Weinheim kriegt das hin«, äfft er Silke nach. »Und was ist mit dir? Haben wir dich zum Faulenzen eingestellt?« Er schielt auf ihren Bildschirm. »Lippenstifte? Ist das dein Ernst?«

Ich weiß nicht genau, was mit ihm los ist, bei unserer ersten Begegnung hat er sich keine Sekunde an Silkes YouTube-Videos gestört. Abgesehen davon hätte ich immer noch gern eine Erklärung zu Rathow. »Das Rathow-Projekt steckt erst in der Akquirierungsphase?«, hake ich also nach.

Doch Werner überhört meine Frage und schimpft weiter auf Silke ein. Offenbar hat er einen richtigen Lauf. »Das gibt eine Abmahnung«, meckert er jetzt. »Wenn du dich nicht langsam mal am Riemen reißt, fliegst du raus! Wie viele Abmahnungen hast du schon?«

»Keine!«

»Verwunderlich bei deiner Arbeitsmoral.«

Langsam wird mir die Situation unangenehm. Natürlich arbeitet Silke zu wenig, aber das ist doch nichts Neues! Und unter Umständen liegt das auch am Führungsstil – oder dessen Mangel. Ich sage nur: Rathow-Projekt! Meyer-Sandvoss hat Personal-Probleme immer völlig anders gehandelt.

»Bist du eigentlich auch nur ein einziges Mal pünktlich gekommen, seit ich dich eingestellt habe? Aber jeden Nachmittag früher gehen! Wenn du wenigstens ein Ass im Marketing wärst. Aber außer Fernsehen kannst du ja nichts!«

Silke sieht mittlerweile aus, als kämen ihr jeden Moment die Tränen, während Werner immer noch mit Worten auf sie einprügelt.

»Was machst du eigentlich den ganzen Tag? Morgens rote Fingernägel, abends gelbe, lackieren sich die Dinger von allein? Ich habe Claire, und wenn ich 'ne neue Tippse gebraucht hätte, dann bestimmt nicht eine wie dich, die in drei Sätzen zehn Rechtschreibfehler macht ... Du bist ein faules Stück!«

»Silke recherchiert Farben«, unterbreche ich den Chef. »Damit wir das Rathow-Projekt, das ich sicher glaubte, auch wirklich kriegen.« Ich funkele ihn an.

Er unterbricht sich, schaut mich an, und für einen Augenblick denke ich, jetzt bekomme *ich* eine Abmahnung. Dann zieht er die Augenbrauen zusammen, schiebt den Kiefer vor und fragt: »Was?«

»Für das Logo.« Ich deute auf meinen Bildschirm, auf dem Rathow & Söhne mittlerweile in Rot-Gold schimmert. »Ich habe sie gebeten, mal zu recherchieren, welche Farben aktuell im Trend sind.« Ein bisschen rot werde ich gerade, aber ich kreuze meine Finger unterm Schreibtisch und hoffe, ihm fällt nichts auf. Außerdem: Wer ist hier der größere Lügner? Meyer-Sandvoss ging fest davon aus, dass wir das Projekt längst an Land gezogen hatten.

»Stimmt das?«, wendet Werner sich an Silke.

Sie nickt heftig, und er schaut zu mir, zu ihr, dann wieder zu mir. So ganz scheint er uns die Erklärung nicht abzunehmen. Er schnauft und schnaubt. »Dann beschäftigen Sie sich jetzt wieder mit Ihrer Arbeit, sonst erhalten Sie beide eine Abmahnung!« Beim Hinausgehen knallt er die Tür hinter sich zu.

Ich atme erleichtert auf. Das ist ja grade noch mal gut gegangen, aber ich bekomme richtig Heimweh nach der Stuttgarter Agentur. Cholerische Anfälle hat unser konfliktscheuer Meyer-Sandvoss nie gehabt.

»Mama hat ihm den Laufpass gegeben«, flüstert Silke mir zu.

Ach, deshalb. Mir war schon aufgefallen, dass Claire einige seiner »Termine« gestrichen hat. »Übermorgen nimmt sie ihn wieder zurück, dann hätte er die Abmahnung sowieso zerrissen.« Silke versucht, gleichgültig mit den Schultern zu zucken. Trotzdem sieht sie etwas mitgenommen aus.

»Wusstest du, dass wir das Rathow-Projekt noch nicht einmal an Land gezogen haben?«, frage ich sie.

Silke zuckt mit den Schultern.

»Ich dachte, deshalb wäre ich hier!«

Erneutes Schulterzucken, bevor Silke meint: »Ich glaub, Fritz hat dem Chef mal zwei, drei Entwürfe geschickt.«

Entwürfe! Keinen einzigen davon habe ich gesehen! Beinahe überlege ich, Meyer-Sandvoss anzurufen und ihm die ganze Geschichte zu erzählen. Aber ich bin vielleicht manchmal ein bisschen zickig, und manchmal verwende ich versehentlich den ALLEN-ANTWORTEN-Button, wo er absolut nicht hingehört, aber eine Petze bin ich nicht. Also schüttele ich nur seufzend den Kopf und wende mich wieder dem Computer zu.

*

Nach der Arbeit schließe ich die Haustür auf, als ich lautes Hundegebell und menschliche Stimmen höre.

»Sind Sie das, Fräulein Weinheim?«, ruft es von oben. »Können Sie meiner Exfrau bitte ausrichten, dass es unzumutbar ist, wenn es im Treppenhaus immer nach ihrem Essen riecht! Zum Glück ist mein Magen ihrer Kocherei vor einigen Jahren entkommen, aber jetzt muss meine Nase darunter leiden!«

Ich beschließe, vielleicht doch noch nicht in meine Wohnung zurückzukehren. Ich wollte ja ohnehin Sightseeing machen, ein paar kulturelle Höhepunkte anschauen, vielleicht ins Museum, damit ich in Stuttgart etwas zu erzählen habe.

»Ein Einspänner ist ein Mokka mit viel Schlagobers«, erklärt Thomas die Kreation, die er mir an den Tisch bringt. »Sahne«, fügt er dann als Erklärung hinzu, auch wenn ich mir schon gedacht habe, was er mit Schlagobers meint.

Ich habe mich entschieden, erst einmal mit den Wiener Kaffeehausspezialitäten weiterzumachen, bevor es an die Museen geht. Dafür bräuchte ich wohl auch noch bequemere Schuhe.

»Der heißt deshalb Einspänner, weil die Kutscher den getrunken haben. Mit der dicken Obers-Schicht obendrauf bleibt der Kaffee untendrunter länger heiß.«

Ergibt Sinn.

»Mein Kurs ›Wien for beginners‹ umfasst übrigens zwanzig Lektionen und kostet tausend Schilling.«

»Ich zieh's von der Rechnung fürs Logo ab.« Grinsend schaufele ich mir Zucker in meinen Einspänner. Noch während ich damit beschäftigt bin, mir das Treiben auf dem Gehweg und der Straße anzuschauen sowie Thomas zuzuhören, wie er die Gäste anraunzt – das wird erwartet, hat er mir erklärt, zur echten Wiener Kaffeehaus-Experience gehört es offenbar, von einem Kellner angeblafft zu werden –, bekomme ich eine weitere WhatsApp-Nachricht. Alexander schickt mir einen spätsommerlichen Sonnenuntergang von der Karlshöhe. *Stuttgart hat doch ganz nette Ecken,* steht darunter. Das Ziehen in meinem Magen ist eine Mischung aus Heimweh und Hunger. Ich schicke ihm ein Foto der untergehenden Sonne über der Karlskirche, deren Kuppel von hier aus zu sehen ist. *Wien überraschenderweise auch,* antworte ich und finde die »Karl«-Dopplung wunderbar.

Und vor allem hat Wien eindeutig das bessere Essen, schreibt er mit dem Foto eines traurig aussehenden Flammkuchens zurück.

Bitte?, schreibe ich zurück. *Hast du schon das schwäbische Nationalgericht probiert? Nichts, wirklich gar nichts geht über Linsen mit Spätzle und Saitenwürstle!*

Wiener Mehlspeisen??!!!???!, antwortet Alexander.

Ich muss gestehen, dass ich noch nicht so recht in den Genuss der Wiener Küche gekommen bin. Ich brauche dringend ein paar Freunde hier, denke ich. Plötzlich setzt sich Thomas mir gegenüber, und beinahe hätte ich ihn nicht erkannt. Denn statt seines üblichen Aufzugs, Hemd mit Fliege und Weste, trägt er jetzt einen Kapuzenpullover und sieht deutlich jünger aus als die Mitte fünfzig, auf die ich ihn bisher geschätzt hatte.

»Wie alt bist du?«, frage ich.

»Du bist eine merkwürdige Person«, antwortet er, »aber um deine Frage zu beantworten: dreiundfünfzig.«

Mein Schätzvermögen lässt sich wohl von Kapuzenpullovern irritieren.

»Hast du Hunger?«, frage ich ihn.

»Was glaubst du, weshalb ich hier sitze?« In einer gottergebenen Geste hebt er die Hände.

»Du willst mich aber nicht anbaggern, oder?«, frage ich. Wir hatten bisher eine sehr nette Beziehung. Das würde alles unnötig verkomplizieren.

»Ich bin doch nicht verrückt«, antwortet er. »Nicht die Brautzilla.«

»Okay, gut, haben wir das geklärt. Auch wenn eine nicht ganz so entsetzte Verneinung es auch getan hätte.« Ich funkle ihn an.

Er seufzt und näselt übertrieben: »Süße, ich bin schwul. Besser?«

Oh. »Sorry.«

»Wofür?« Er hebt die Augenbrauen.

Fettnäpfchen, dein Name ist Lotte Weinheim. »Du weißt schon. Dass ich dachte, du wolltest ...« Ich wedele mit meiner Hand zwischen ihm und mir hin und her.

In diesem Augenblick erlöst mich das Klingeln meines Telefons. Es ist eine unbekannte, aber österreichische Nummer, also riskiere ich es dranzugehen. Die Wiener Presse hatte es bislang noch nicht auf mich abgesehen.

»Hast du schon zu Abend gegessen?« Silke. Das ist neu.

Wenn sie zum McDonald's will, sag ich ja, hab ich schon. Da fährt sie bereits fort: »Ich wollte gerade kochen und dachte, vielleicht hast du Lust vorbeizukommen?« Als Dankeschön für heute Mittag, höre ich noch, auch wenn sie es nicht sagt.

Ich schau Thomas an. »Kann ich noch wen mitbringen?«

Das könnte ein interessanter Abend werden.

*

Silke und Thomas verstehen sich auf Anhieb. Ich habe keine Ahnung, wie meine Menschenkenntnis so danebenliegen konnte, dass ich dachte, ein zweiundzwanzigjähriges YouTube-Girlie und ein dreiundfünfzigjähriger recht steifer Kellner hätten sich nicht viel zu sagen. Weit gefehlt. Zweimal »Oida«

hier, einmal »Oida« da, und Thomas entkorkt die Flasche Wein, die wir mitgebracht haben.

»Ich hätt sonst auch noch Ottakringer.« Silke deutet auf die gelben Bierdosen auf der Fensterbank.

»Zu Tafelspitz? Geh, bitte … Aber leiwand: Tafelspitz!«, ruft Thomas. Ich glaube, leiwand ist ein Kompliment, und so ist es geklärt.

»Grüner Veltliner, als hättet ihr es geahnt«, sagt Silke.

Noch kenne ich mich mit den österreichischen Weinen nicht so gut aus, aber ich vermute, dass sich das in den nächsten Monaten ändern wird.

Ich decke den Tisch im Esszimmer. Silkes Wohnung ist knallbunt dekoriert mit neongelben Blumentöpfen und pinken Vorhängen, überall hängen Fotos von Models herum, und ein Crosstrainer steht im Wohnzimmer vor einem Fernseher, ungefähr dort, wo sich bei normalen Menschen eine Couch befinden würde. Ich sehe mir die Fotos näher an. »Hast du deine Wohnung mit Instagram tapeziert?«

»Vielleicht werde ich ja mal Influencerin.«

»Du könntest auch einfach reich heiraten.«

Sie schnaubt. »Nein, danke, das hat Mama probiert, und dann hat er sich als Schwindler herausgestellt.«

Ich will etwas sagen, da zeigt sie auf Thomas, der gerade die Weingläser auf den Tisch stellt.

»Woher kennst du so coole Leute?«, fragt sie.

»Ich bin die Brautzilla, ich bin auch cool«, erinnere ich sie.

»Du bist aber auch eine ziemliche Streberin.«

Das kann man von Silke weiß Gott nicht behaupten, aber da die neue Lotte ja nicht mehr lästert, nehme ich nur einen Schluck Wein und lächle. Dann helfe ich Silke, den Tisch zu decken und das Essen zu servieren. Thomas weigert sich, dabei zu helfen, da er im Feierabend sei. Dafür hat er die Verantwortung für den Wein, und das ist ja auch in Ordnung.

Silkes Tafelspitz ist köstlich. »Woher kannst du so gut kochen?«, frage ich.

»Mama.« Sie zuckt mit den Schultern. »Was meinst du, wieso der Werner so auf sie steht? Sie ist dreißig Jahre älter als seine anderen Termine.«

Mein Handy piept. Ach, richtig, Alexander. Ich sende ihm ein Foto von Silkes Tafelspitz.

»Ihr Neuer«, flüstert Thomas Silke verschwörerisch zu.

»Was? Den kenn ich doch gar nicht«, grummele ich.

»Außerdem will sie ihren Grafen wiederhaben«, sagt Silke. »Wir haben schon einen Plan ausgeheckt.«

»Genau«, sage ich. »Marius.« Mit all seinen fliederfarbenen Hosen.

»Dafür schreibst du aber verdammt oft mit Alexander.«

»Alexander ist neu in Stuttgart, ich bin neu in Wien, wir haben einfach viel gemeinsam.«

»Eigentlich ja gar nichts«, sagt Thomas. »Du bist Stuttgarterin, er ist Wiener.«

»Wir könnten auch mal dein Liebesleben thematisieren«, gebe ich zurück.

»Das ist richtig. Ich will mich nicht beschweren, aber als ich den Beruf des Kellners ergriffen habe, war die Tatsache, dass man dort jeden Tag neue Männer kennenlernt, kein unwesentlicher Nebenaspekt.«

»Und jetzt? Nicht genug Männer?«

»Zu viele Männer in Begleitung.«

»Du könntest es im Internet probieren«, schlägt Silke vor.

»Tinder, GayRomeo, alles installiert.« Thomas winkt ab. »Ich will mich ja auch nicht beschweren. Aber dieses berühmte Prickeln, wenn man jemanden zum ersten Mal sieht …« Er stützt sein Kinn auf die Hände und schmachtet die Decke an.

»Als ich Marius zum ersten Mal begegnet bin …« Ich erzähle vom Auftrag, von der Villa und vom *Zoom!*, das es gegeben hat, als Marius hereinspazierte.

»Der Traum vom Grafen. Fast wie bei Sisi«, sagt Thomas.

»Schloss Schönbrunn hab ich auch noch nicht gesehen«, fällt mir da ein.

Das lassen die beiden absolut nicht durchgehen und planen fürs Wochenende einen Ausflug mit mir zum Sisi-Schloss. Anschließend wollen sie bei Wein und Kaiserschmarrn einen Film-Marathon starten.

Der restliche Abend dreht sich um Silkes Kochkünste, meine Logo-Design-Künste – denn das, was ich Thomas auf meinem Handy zeige, einen Schriftzug mit Kaffeetassengestaltung, weckt seine helle Begeisterung – und gegenseitige Neckereien.

Als ich leicht angetrunken nach Hause gehe, ist mir ganz warm. Ich freu mich aufs Sisi-Wochenende und denke, vielleicht habe ich ja doch Freunde in Wien gefunden. Ich sollte auch mal für sie kochen, überlege ich, und frage mich, ob ich in Wien wohl eine echte Spätzlepresse organisiert bekomme. Andererseits: Für Tante Anna kommt auch nur handgeschabt in die Tüte beziehungsweise den Topf.

*

Im Büro ist der Chef weiterhin schlecht gelaunt, und ich bin frustriert. Wenn ich ihn auf Rathow & Söhne anspreche, blafft er mich an. Claire zuckt verzweifelt mit den Schultern, Silke versucht unter seinem Radar zu fliegen. Insgeheim jedoch probt sie den Aufstand.

Als ich nach einer kurzen Kaffeepause zurück ins Büro komme, höre ich sie quietschen: »Hiiiiiiii, ich bin die Silke!«

Vorsichtig öffne ich die Tür. Silke spricht mit ihrem Smartphone, das sie auf einen Aktenordner gestellt hat. Das erste Mal, dass ich sie mit Büromaterial hantieren sehe. Die Videofunktion ist eingeschaltet.

»Herzlich willkommen auf meinem Beauty-Channel. Heute zeige ich euch, wie man am effektivsten mit einem Lippenkonturenstift arbeitet.«

»Äh …«, sage ich.

»Oida!« Silke drückt auf einen Knopf, das Video hält an, und sie dreht sich zu mir um. »Jetzt muss ich die Einstellung noch mal machen.«

»Du, äh, hast jetzt auch einen Channel?« Ich räuspere mich.

»Der Werner kann mich mal. Der Job hier hat mir eh nie gefallen, hab ihn nur Mama zuliebe angenommen.« Trotzig schiebt Silke eine Unterlippe vor. »Und als du mich gestern auf das Thema Influencer angesprochen hast … Na ja, ich meine, man muss Ziele ja auch mal angehen, statt nur von ihnen zu träumen.«

»Äh.« Mehr scheint mir dazu nicht einzufallen. »Und jetzt?«, frage ich geistreich. »Machst du das Gleiche wie Make-up-Queen Diana?«

»Was dagegen?«, fragt sie.

Ich hebe entschuldigend die Hände. »Wird sicher toll.« Die nächste halbe Stunde versuche ich, an Thomas' Logo, einer fröhlichen Kaffeetasse, zu arbeiten. Aber als Silke zum achten Mal »Heyyyyy hallo, hier ist eure Silke« übt, gebe ich auf. Meine Ohren schrillen schon.

»Wie viele Make-up-Queens gibt es denn so insgesamt?«, frage ich.

»Weiß nicht.« Silke zuckt die Schultern. »Ich hab fünfundzwanzig abonniert.«

»Fünfundzwanzig? Und die machen alle das Gleiche?«

Silke sieht mich an. »Es geht um Frauen und Schönheit. So etwas gab es bisher immer nur einmal.«

Ja, ja, den Sarkasmus hätte es nicht gebraucht.

»Frauenzeitschriften im Supermarkt hab ich noch nicht gezählt«, sag ich. »Das sind wahrscheinlich auch fünfundzwanzig.« Oder mehr.

»Es gibt übrigens keine Silke.«

Tragisch.

»Beste Voraussetzungen für Silkes eigenen YouTube-Kanal.« Jetzt wird ihr Blick nachdenklich. »Sag mal, du könntest mir doch helfen?«

Ich helfe immer gern, bin mir aber nicht sicher, worauf Silke hier jetzt hinauswill.

»Ich mein, ist ja nicht so, als hättest du was zu tun«, sagt sie und gestikuliert in Richtung meines Schreibtischs.

»Das Rathow-Projekt und die Kaffeetasse für …«, beginne ich.

»Du sitzt hier acht Stunden täglich rum. Du kannst nicht ernsthaft jeden Tag acht Stunden damit verbringen, an einem lächerlichen Logo zu arbeiten und an einem … ja, was eigentlich? Ich weiß nicht mal, was dieses Rathow-Projekt ist!«

Tja, liebe Silke, damit bist du nicht allein. »Ich

zeig dir gern die Unterlagen.« Vielleicht haben wir dann ja größere Chancen, das Ding an Land zu ziehen.

Sie ignoriert meinen Einwand. »Sieh mal, wenn ich einen erfolgreichen YouTube-Kanal habe, kann ich mit dir ein Interview machen. Damit die Leute auch die nette Seite der Brautzilla erfahren.«

Gott bewahre. Ich bin froh, dass sich der Rummel gelegt hat, das Feuer will ich sicher nicht wieder anfachen.

»Komm schon«, bittet Silke mich mit großen Augen.

Ich seufze und ahne Schreckliches. »Was kann ich tun?«

*

Abends, als ich auf meinem Balkon sitze und den Ausblick genieße, texte ich Alexander von der derzeitigen Stimmung im Büro.

In solchen Situationen braucht man gute Freunde, die einem Marillenknödel machen, antwortet er mit Bildanhang. Der Mann scheint ein ähnlich guter Koch zu sein wie Silkes Mama.

Mir läuft das Wasser im Mund zusammen. *Oh Gott, für Marillenknödel würde ich alles tun!*

Das klingt jetzt leicht anzüglich, schreibt Alexander.

Hättest du wohl gerne, tippe ich zurück, sende die Nachricht und denke: Himmel, flirte ich etwa?

Seine Antwort ist ein verschmitzt grinsender Emoji, und ich denke: Himmel, wir flirten beide.

Muss ich ein schlechtes Gewissen haben? Jana würde sagen: auf gar keinen Fall. Ich meine, ich kenne Alexander ja überhaupt nicht und werde ihn wahrscheinlich auch niemals kennenlernen. Es ist nur eine harmlose WhatsApp-Bekanntschaft.

Im Flur rumort es. Ein Hund bellt, dann ein zweiter. Ich kann mir schon denken, wer das ist. Und richtig, keine zwei Minuten später keift und zetert es. Einzelne Wörter kann ich verstehen, und offenbar sind die Hunde gerade Streitthema Nummer eins.

Eigentlich geht es mich nichts an, denke ich. Eigentlich geht es mich überhaupt nichts an. Aber mit der netten Pudeldame habe ich Freundschaft geschlossen, und der Retriever-Welpe ist so herzallerliebst … Seufzend stehe ich also auf und öffne meine Wohnungstür.

Wie vermutet beschnuppern sich die beiden Hunde freudig, springen umeinander herum, wobei sich ihre Leinen verheddern, und wedeln aufgeregt mit den Schwänzen. Ihre Besitzer stehen voreinander, schreien sich an und versuchen, die Hunde wegzuzerren.

»Die beiden hier«, ich deute auf die Tiere, »lieben sich heiß und innig. Können Sie ihnen zuliebe nicht einen Umgang finden? Damit sie wenigstens mal zusammen rauskönnen? Einigen Sie sich meinetwegen auf eine Stunde eisiges Schweigen, aber tun Sie den Hunden den Gefallen eines gemeinsamen Spaziergangs!«

Für einen Augenblick herrscht Schweigen. Meine beiden Nachbarn starren mich überrascht an.

»Wie sehen Sie denn aus?«, fragt Frau Nowak dann.

Oh nein! Die Sonne auf meinem Balkon hat so gelockt, da habe ich völlig vergessen, mir Silkes Schminkversuche aus dem Gesicht zu waschen, die »Looks« ausprobieren möchte. Viele verschiedene. Angefangen hat sie heute mit einem Look, den sie »oldschool« nennt. Ich sehe aus wie die von Rotwang verfolgte Brigitte Helm in Fritz Langs *Metropolis*. Beim Anblick meines Spiegelbilds fing mein Auge auch nervos an zu zucken, die Performance hab ich also drauf.

Ich blicke Frau Nowak herausfordernd an, die immer noch entsetzt auf meinen viel zu klein geschminkten Mund starrt. Himmel, nur weil diese Frau mit ihren deutlich über siebzig Jahren jeden Tag ein dezentes, aber absolut perfektes Make-up trägt. Vielleicht sollte Frau Nowak Silke mit ihrem Beauty-Kanal mal unter die Arme greifen.

»Die Jugend von heute hat ihren eigenen Stil«, sage ich und versuche, so selbstbewusst wie möglich zu wirken. Der Welpe japst, die Pudeldame bellt. »Und nun kümmern Sie sich um Ihre Hunde!« Hoheitsvoll will ich zurück in meine Wohnung.

Doch da habe ich die Rechnung ohne die Pudeldame gemacht, die mir zwischen die Beine läuft. Ich stütze mich am Türrahmen ab und kann gerade noch so verhindern, ein zweites Mal zu Boden zu gehen.

Ich will mich gerade wieder aufrichten, da drückt Frau Nowak mir die Leine ihres Welpen in die Hand. »Wenn Sie so ein großes Herz für Tiere haben, gehen Sie doch Gassi!« Sie stolziert zurück in ihre Wohnung und knallt die Tür lautstark hinter sich zu.

Ihr Mann schaut einen Augenblick verdutzt, dann ruft er: »Genau!« Wie seine Frau verschwindet er in seiner Wohnung und lässt mich mit den beiden Hunden allein.

»Hey!« Als ich mich aufgerappelt habe, herrscht hinter den Wohnungstüren rechts und links von mir komplette Stille. Die Pudeldame leckt an meiner rechten Hand, der Retriever japst aufgeregt.

Grafikdesignerin, Vermieterin, Schminkmodell und jetzt auch noch Hundesitterin, denke ich. Mein Lebenslauf nach diesem halben Jahr Wien wird der Knaller sein.

Blondes Gift

Während ich mich als Brigitte Helm mit zwei aufgeregten Hunden im Schlepptau auf zum Anne-Carlsson-Park mache, der wahrlich nicht groß, aber immerhin eine Hundezone ist, spielen sich sechshundert Kilometer entfernt in der baden-württembergischen Landeshauptstadt weitaus dramatischere Szenen ab, wie ich später erfahren sollte …

»Hast du sie noch alle?«, zischt Jana Natalie zu. Natalie hat sich trotz der Tatsache, dass es dunkel ist und sie sich in geschlossenen Räumen befinden, eine riesige Sonnenbrille auf die Nase gesetzt. Das Haar trägt sie unter einem buntgemusterten Kopftuch versteckt. Wahrscheinlich kommt sie sich vor wie Grace Kelly undercover.

»Nicht so auffällig in seine Richtung starren!«, zischt Natalie zurück. Denn weshalb sonst sollten Jana und Natalie einen Freitagabend in einer Jana so sehr verhassten Location wie dem *Amici* verbringen, wenn das Wetter schön ist und man auch in einem Biergarten oder einfach so auf dem Marienplatz sitzen könnte? Es geht um Marius. Genauer gesagt geht es darum, ihn zu beschatten. Was der ganze Zinnober soll, erschließt sich Jana allerdings überhaupt nicht.

»Wir hatten doch schon herausgefunden, dass er die Brünette nicht datet!« Beziehungsweise Natalie hat das herausgefunden. Jetzt hat sie Jana dazu gezwungen, mitzukommen und dann noch diesen lächerlichen Hut aufzusetzen! Als ob sie Privatdetektive in einer albernen Komödie wären.

»Wir sollten Lotte beglückwünschen, dass sie den Schlappschwanz los ist. Stattdessen beobachten wir ihn jetzt beim Cocktailsaufen?«

Marius steht in einer Gruppe von drei Freunden, von denen einer mehr Pastelltöne trägt als der andere. Ihre Haare sind gegelt, Sonnenbrillen stecken darin. Jana unterdrückt ein verächtliches Schnauben. Männer, die mehr Pflegeprodukte benutzen als sie selbst, findet sie merkwürdig – oder seien wir ehrlich, Jana findet bereits Männer seltsam, die überhaupt Pflegeprodukte benutzen.

»Die Brünette war keine Gefahr. Aber woher sollen wir wissen, ob das so bleibt? Wir beobachten also, ob er seinen Kummer in Alkohol ertränkt oder sich mit einem Rebound ablenkt.« Natalie funkelt Jana an.

»Mit einem was? Ist das ohne Alkohol?«

»Ein Rebound ist ein Trostpflaster, ein Flirt zur Ablenkung.« Natalie presst ihre Lippen zusammen. »Lass ihn uns einfach im Auge behalten«, murmelt sie schließlich säuerlich.

»Ist ja schon gut«, lenkt Jana ein. »Vielleicht muss ich einfach akzeptieren, dass meine beste Freundin einen totalen Loser heiratet. Es ist nicht meine Aufgabe, ihr da reinzureden.«

»Erstens«, Natalie hebt einen Finger, »Lotte ist *meine* beste Freundin.« Für einen Augenblick funkeln sie sich über den Rand von Natalies riesiger Sonnenbrille an. Dann hebt Natalie einen weiteren Finger. »Zweitens hoffe ich nicht, dass Lotte sich jemals in einen deiner ungewaschenen Typen verliebt.«

»Die duschen jeden Tag! Jeden zweiten.«

Natalie hebt einen dritten Finger.

»Ist doch auch egal«, sagt Jana schnell. »Augen auf Marius und seinen Alkoholkonsum.« Sie nippt an ihrem Aperol Spritz.

»Er hat tatsächlich einen ziemlichen Zug drauf«, kommentiert Natalie. »Sein Freund dort drüben holt schon die dritte Runde.«

»Aber nach Kummer sieht die Blondine an seinem Arm nicht aus.«

»Was?« Natalie schießt herum, so viel zum Thema »Guck nicht so auffällig hin«, jetzt starrt sie ihn regelrecht an, die Brille auf der Nase ganz hinuntergeschoben. »Wer zum Geier ist die denn jetzt?«, fragt sie fassungslos. Die junge Frau trägt ein ziemlich knappes Kleid, das ihre Rundungen betont, und hat sich eng an Marius gekuschelt, um einen Schluck aus seinem Strohhalm zu nehmen.

»Sein Rebound?«, schlägt Jana vor.

»Vielleicht ist sie ja seine Cousine«, sagt Natalie zögerlich.

Jana legt den Kopf schräg. Marius hat seinen Arm um die Blonde gelegt, sodass seine Hand direkt auf ihrem zugegebenermaßen und unglückseligerweise äußerst knackigen Hintern liegt.

»Zweiten oder dritten Grades.« Natalie klingt leicht verzweifelt. Sie knabbert auf ihrer Unterlippe herum.

»Oh nein!« Jana schüttelt den Kopf. »Du denkst nicht, was ich denke, dass du denkst! Vergiss das sofort wieder! Sofort, hörst du?«

Aber Natalie knabbert weiter.

»Mit der Brünetten hat es sich auch als völlig harmlos erwiesen!«

»Die Brünette hat Marius auch nicht angefasst.« Natalie ist immer noch nicht fertig mit Knabbern. Schließlich stellt sie ihr Aperolglas ab und sagt: »Das muss Lotte erfahren.«

In Zeitlupe sehen sich die beiden Freundinnen an. Es klingt ominös, als die Turmuhr Mitternacht schlägt.

So oder so ähnlich stelle ich mir den Abend vor, der dazu führt, dass in unserer WhatsApp-Gruppe das reine Chaos herrscht. Säßen wir alle gemeinsam bei einem Prosecco, würde Jana Natalie wahrscheinlich einfach den Mund zuhalten.

Da das in einem Chat eher schwierig ist, erfahre ich trotz aller getexteten Flüche von Jana, was passiert ist.

Du hast Konkurrenz. Natalie schickt sogar ein verwackeltes Foto der Blondine mit. Wow. Ich muss gestehen, ich bin neidisch.

Die ist nicht halb so witzig wie du, Lotte, beruhigt Natalie mich.

Ihr habt mit ihr gesprochen? Ist die der neue Lotte-Ersatz, sowohl bei meinem Verlobten als auch bei meinen besten Freundinnen?

Natürlich nicht, aber das sieht man doch, mischt Jana sich nun grummelig ein.

Ich seh sowas nicht, aber es ist ja eigentlich auch egal. Mit dummen Fragen zögere ich nur das Unvermeidliche hinaus. Die Brünette war ein kurzer Schockmoment, aber ich hatte sie auch ohne Natalies Entwarnung nicht als Konkurrentin wahrgenommen. Unsere Trennung war gerade einmal eine Woche her. Da hätte wahrscheinlich nicht einmal der Werner schon eine andere Frau am Start gehabt. Aber jetzt? Nach knapp sechs Wochen? Die meisten von Marius' Beziehungen haben noch nicht einmal so lange gehalten. Ich muss eingreifen, bevor es zu spät ist. *Ich nehme den nächsten Flieger nach Stuttgart.*

Natalies Jubel und Janas gequältes Stöhnen kann ich auch über sechshundert Kilometer Entfernung hören (den Aufschrei der Müller ebenfalls, aber mit dem Zug dauert es jetzt einfach zu lang).

*

Im Büro wird mein Entschluss nicht mit ganz so viel Freude aufgenommen. »Oida, was?«, fragt Silke. »Das Sisi-Wochenende?« Entgeistert schüttelt sie den Kopf.

»Müssen wir nachholen. Und ich les im Flieger schon mal den Wikipedia-Eintrag über Sisi.«

»Du spinnst ja.«

»Es ist ein Notfall. Ein Unglücksfall!«

»Umso mehr braucht man Sisi«, kommentiert Silke düster.

Aber Claire sagt, es ist überhaupt kein Problem, dass ich mir den Freitag frei nehme und am heutigen Donnerstag etwas früher gehen will. »Wir sind ja alle so froh, dass Sie überhaupt bei uns sind.«

Ich werfe noch einen Blick in Richtung Silke, die schon wieder mit ihrem Smartphone beschäftigt ist, und denke, ich weiß mittlerweile, weshalb sie das sind. Eine muss ja die Arbeit erledigen.

Nachdem ich den Computer eingeschaltet und es mir auf meinem Drehsessel bequem gemacht habe, legt Silke eine Farbpalette an Lid- und ähnlichen Schatten auf ihrem Schreibtisch aus. Die Farben changieren zwischen Schwarz und Dunkelgrau.

»Die echte Designerin«, sage ich gerührt. »So viele Varianten, wo normale Menschen höchstens zwei Farben erkennen würden.«

»Heute ist ein Goth-Look dran«, erklärt sie mir freudestrahlend. Ihr erwartungsvoller Blick lässt mich Schreckliches vermuten. Als ob Brigitte Helm nicht schon schlimm genug war!

»Sicher nicht.« Ich muss zum Flieger. »Da werd ich doch sofort auf Drogen kontrolliert!«

»Als ob dich in *den* Sachen irgendjemand für etwas anderes als eine Streberin hält.«

Was ist nun an meiner Kleidung verkehrt? Okay, gut, Silke trägt goldglitzernde Turnschuhe und ein T-Shirt mit Totenkopf zu ihrer Jeans, ich eine Bluse und schwarze Ballerinas zu meiner. »Ist mir egal, ob sie mich für eine Streberin halten, Hauptsache, sie halten mich nicht für einen Drogenkurier oder eine durchgeknallte Irre mit einer Bombe im Koffer.«

»Du bist dann drei Tage weg!« Silke schiebt ihre Unterlippe vor. »Und es gibt nicht einmal Sisi, um mich aufzuheitern.«

»Du könntest auch allein …«, beginne ich, aber der vorwurfsvolle Blick, mit dem Silke mich jetzt bedenkt, bringt mich zum Schweigen.

Unten blafft Herr Werner Claire an.

Nächsten Monat ist ja Halloween, denke ich gottergeben. Außerdem habe ich am Flughafen Zeit, da kann ich mir das ganze Zeug wieder vom Gesicht wischen. Vielleicht ersetze ich es durch einen von Make-up-Queen Dianas Lidstrichen.

Ich rolle meinen Schreibtischstuhl in Silkes Richtung.

»Das wird so urcool aussehen!« Sie reibt sich die Hände, während sie sich für eine der Schwarzschattierungen entscheidet.

»Wieso schminkst du mich eigentlich nicht wie Sisi?«, wage ich einen letzten Versuch, das Unglück abzuwenden. Soweit ich mich erinnere, sah Romy Schneider im Film sehr schön und gar nicht überschminkt aus.

»Das machen wir dann, wenn du mich am Wochenende nicht hängen lässt«, gibt Silke zurück, und ich sage lieber nichts mehr, sondern lasse sie machen.

Sie schaltet die Videokamera ihres Smartphones an und kommentiert eifrig den Prozess, während sie ihr grauenhaftes Werk verrichtet. Vom aufgeregten »Hiiiiiii, hier ist wieder eure Silke«-Gequassel switcht sie irgendwann zu gemurmelten Hinweisen, wofür vor allem meine Ohren dankbar sind.

Als sie fertig ist, hält sie mir einen Schminkspiegel hin. »Et voilà! Was sagst du?«

Ich schließe fest die Augen.

»Meine Follower werden begeistert sein!«

»Wie viele Follower hast du denn?« Ein Trost ist ja immerhin, dass ich unter der ganzen Spachtelmasse nicht zu erkennen sein werde.

»Aktuell sieben.«

»Sieben?« Das klingt nicht, als würden die Millionen gleich um die Ecke warten.

»Mama, Thomas, drei Schulfreundinnen und zwei Spammer aus Südamerika.«

Okay. Zumindest um meine Privatsphäre muss ich mir keine Sorgen machen, das sind ja durchaus positive Nachrichten.

»Werden bestimmt noch mehr«, versuche ich Silke aufzumuntern.

Sie nickt. »Claire hat versprochen, sich am Wochenende ein YouTube-Profil anzulegen.«

»Ich sag meiner Nachbarin Bescheid.« Falls Frau Nowak einen Computer besitzt. Vielleicht informiere ich auch Natalie, für ihren nächsten Spionage-Auftritt, oder Jana.

So langsam muss ich aber doch noch etwas tun, bevor ich mich in mein Wochenende verabschiede. Ich schicke dem Chef einen weiteren Entwurf zur Vorlage bei Rathow & Söhne, den gefühlt dreiundfünfzigsten. Außerdem erlaube ich mir die Frage, ob er schon einen Termin vereinbart oder eine Rückmeldung erhalten habe. Darauf erwarte nun wiederum ich keine Rückmeldung – und nein, ich bekomme auch tatsächlich keine.

Gegen drei verabschiede ich mich von Silke und Claire, schnappe mir meine Übernachtungstasche und breche zum Flughafen auf. Meine große Versöhnung mit Marius wartet. Hoffentlich.

Ich darf bei Jana auf der Couch übernachten, sie und Natalie holen mich vom Flughafen ab.

»Wie siehst du denn aus?«

Natalie ist glatt an mir vorbeigelaufen, aber Jana entgeht nichts.

»Lustige Geschichte«, sage ich, als ich sie an mich drücke. »Stellt sich heraus, dass Silke wasserfestes Make-up benutzt.«

Das muss ich natürlich erklären. Natalie ist wie üblich begeistert und tippt kichernd auf ihrem Smartphone herum. »Lotte als Model, den Kanal abonnier ich gleich!«

Hatte ich es doch gewusst. Da ist Silke nach diesem Wochenende schon bei Follower Nummer neun, na, wenn das keine ordentliche Steigerung ist.

Auf dem Weg zu meinem Auto, das die beiden schon sehr ins Herz geschlossen zu haben scheinen, sagt Natalie: »Oh, kann sein, dass du Post bekommst. So zwei-, dreimal ist Falschparken nicht schlimm, oder?«

»Kostet halt Geld.«

»Na dann ist es ja gut, dass du deine Wohnung untervermietet hast«, sagt Jana fröhlich.

»Und sowas schimpft sich Freundin«, grummele ich. »Aber kein Problem, ich gebe einfach eure Namen im Anhörungsbogen an …« Na gut, dafür haben sie meine Wohnung für Alexander freigeräumt. Apropos Alexander: Ich wäre ja doch neugierig, mal vorbeizuschauen. Nur mal so. Um zu sehen, ob er in Wirklichkeit auch so lustig ist wie über WhatsApp. Und ein kleines bisschen interessiert mich ja doch, wie er aussieht. Nur eben … aus reinem Interesse. Aber wenn ich was frage, werde ich ja bloß wieder zurückgefragt, warum mich das interessiert, und eigentlich interessiert es mich ja auch gar nicht. Ich hole Luft. Was mich interessiert, ist Marius.

»Und er hat wirklich mit dieser Blondine geflirtet?«, frage ich unglücklich, als Jana mir das Parkticket zum Bezahlen hinhält. Sie tauscht mit Natalie Blicke aus, die ich nicht ganz deuten kann. Schließlich fasst Jana sich ein Herz. »Hat er«, antwortet sie knapp.

»Das ist aber nur, weil er so verletzt ist, weißt du?«, wirft Natalie ein. »Weil er dich vermisst. Ich meine, ihr wolltet heiraten!«

Es war die ganz große Liebe. Während der Fahrt vom Flughafen in die Stadt muss ich an unseren ersten gemeinsamen Urlaub denken, ein Wochenendtrip Ende Februar in die Schweizer Alpen. Wir haben uns kurz nach Weihnachten kennengelernt und konnten so unser Zweimonatiges feiern. Nicht, dass ich das normalerweise feiere, aber für Marius war das etwas

Besonderes. Er hat mich am Freitagnachmittag von der Arbeit abgeholt, und in Zermatt erwartete mich Tiefschnee, Käsefondue und Romantik pur. In unserem eigenen kleinen Chalet haben wir am Abend hollywoodreif auf dem Fell vor dem Kamin Champagner getrunken und anschließend leidenschaftlich miteinander geschlafen. Die Hütte gehört Friederike, sie hat uns nach dem Wochenende säuerlich gefragt, ob wir es genossen haben. Friederike. Mir fällt es wie Schuppen von den Augen. »Ich muss mich bei seiner Mutter entschuldigen!«

»Oh mein Gott«, sagt Jana vom Beifahrersitz.

Damit hat sie recht. Dennoch. Ich setze mich auf. »Nein, im Ernst! Überleg doch mal. ›Lotte, ich liebe dich, wirklich.‹ Das hat Marius noch am gleichen Tag gesagt.«

»Um zwei Minuten später die Hochzeit abzublasen«, murmelt Jana grimmig.

»Richtig«, stimme ich zu. »Aber weshalb? Wegen Friederike. Weil ich Friederike bloßgestellt habe. Das heißt, meine Entschuldigung, meine große Geste muss ihr gelten.«

Jana schnaubt. »Friederike zufriedenstellen, damit sie Marius erlaubt, wieder mit dir zusammen zu sein?«

»Die Aschebecks sind eine alte Dynastie«, verteidigt Natalie vom Rücksitz. »Das kannst du mit uns Normalos nicht vergleichen, da herrschen ganz andere Familienbande und Regeln.«

Ich sehe, wie Jana etwas erwidern will, aber dann begnügt sie sich mit dem Hinweis: »Die *von* Aschebecks. So viel Zeit muss sein.« Sie streckt die Zunge heraus.

Aus dem Fenster kann man jetzt den Fernsehturm sehen. Hach, der Stuttgarter Fernsehturm, ich bin ein bisschen stolz auf ihn.

»Dann willst du die Gräfin in die Pizzeria einladen?«, fragt Natalie.

Ich schüttle den Kopf. Außer Georg habe ich ohnehin keine Musiker gefunden. Beim Anblick der Preise, die ich auf einer Webseite für Hochzeiten gelesen habe, wurde mir schwindelig, und Thomas' Tipps umfassen nur Hochzeitsbands aus dem Mürztal, weil sein Verflossener daher stammt und sie dort geheiratet haben. Das hilft mir also nicht weiter. Georg hat zwar versprochen, mal einen Kollegen zu fragen, der Geige spielt, aber wenn der so ähnlich angezogen ist wie Georg, hat Friederike ein Problem mit ihm. »Ich kauf ihr einen großen Strauß Rosen und mache vielleicht einen Kniefall.« Das ist wahrscheinlich das Mindeste, was sie erwartet. »Und *dann* lade ich Marius in die Pizzeria ein.«

»Die Blondine ist Geschichte«, jubelt Natalie.

Jana macht ein Gesicht, als hätte man ihr Dinkelmehl in den Schokokuchen gerührt.

*

»Okay, wie sehe ich aus?«

Natalie und ich sitzen in meinem Auto, das ich vor der von Aschebeck'schen Villa geparkt habe. Sie war so nett, zur moralischen Unterstützung mitzukommen, sie hat flexible Arbeitszeiten. Jana ist im Büro, an ihrem Schnauben war aber zu erkennen, dass sie mich eher von einem Gespräch mit Friederike von Aschebeck abhalten als mir gut zureden würde.

Natalie zupft noch einmal den Kragen meiner Bluse zurecht. Es ist immer noch beinahe Sommer, Anfang September haben wir mittlerweile und Temperaturen über zwanzig Grad. Dennoch dachte ich, eine langärmelige Bluse macht einen soliden, bodenständigen Eindruck.

Lange Zeit lassen können wir uns hier draußen im Auto nicht, ein Hausangestellter der von Aschebecks wird uns entdecken. Bevor Friederike mich wie Marius verleugnen kann, muss ich los.

»Habe ich Lippenstift auf den Zähnen?« Ich fühle mich wie vor einem ersten Date und einem wichtigen Bewerbungsgespräch gleichzeitig. Im Arm trage ich zwanzig purpurne Hyazinthen. Natalie hat im Internet recherchiert und herausgefunden, dass diese Blumen für Verzeihung stehen, sie sollen Reue signalisieren. Ich hoffe, Friederike von Aschebeck hat den gleichen Online-Artikel gelesen wie Natalie.

»Tschakka, du schaffst das.« Natalie nimmt mich ein bisschen in den Arm und …

»Hast du mir gerade über die Schulter gespuckt?«, frage ich entsetzt.

»Das bringt Glück!«

»Wir sind in meinem Auto!«

Sie funkelt mich an. »Was ist dir wichtiger, dein Liebesglück oder ein bisschen Rotz im Auto?«

Ich seufze. Für ihre Unterstützung bin ich dankbar. Und sie hat auch recht. »Für Marius«, flüstere ich. Ich schiele zur Haustür, die sich in diesem Augenblick einen Spalt öffnet. Habe ich es doch gewusst, wir sind entdeckt worden.

»Dann los«, flüstert Natalie. »Ich warte hier.«

Mir schlottern regelrecht die Knie, als ich aussteige. So mies habe ich mich nicht einmal vor meiner mündlichen Abiturprüfung gefühlt, und die war in Mathe! Ich atme noch einmal tief ein, straffe die Schultern und marschiere los.

Aber bevor ich zu Friederike von Aschebeck höchstpersönlich durchdringen kann, muss ich es erst einmal am Hausdrachen vorbeischaffen. Die pummelige Haushälterin Frau Reinecke mit ihren riesigen Augenbrauen, die permanent schlecht gelaunt ist, ist ihrer Herrin treu ergeben und kann gegenüber jedem anderen fuchsteufelswild werden, wenn man sie reizt.

»Ich würde gern mit der Gräfin sprechen«, sage ich artig und vermeide es gerade noch so, einen Knicks zu machen.

Frau Reinecke schürzt die Lippen.

»Bitte«, schiebe ich nach und ziehe aus meiner Hose eine kleine Schachtel Pralinen. Hochland, die liebt sie. Das hat Marius mir erzählt, weil selbst er ein paarmal bei ihr punkten musste. Es ist ein kleiner Bestechungsversuch, aber im Krieg und in der Liebe ist doch bekanntlich alles erlaubt.

Sie schnaubt missbilligend, nimmt aber die Pralinen und öffnet die Tür.

»Danke«, flüstere ich, als ich schnell vorbeihusche, bevor sie es sich noch anders überlegt.

Und dann stehe ich im Flur. Mein Herz klopft, meine Knie sind so weich, dass ich hoffe, die nächsten Schritte überhaupt zu schaffen. Ich räuspere mich. »Friederike?«, frage ich leise. Oder muss ich sie jetzt Gräfin nennen? Das Privileg, sie beim Vornamen anreden zu dürfen, habe ich mir wahrscheinlich verbaut.

Da stakst Frau Reinecke an mir vorbei. »Gräfin von Aschebeck, Besuch für Sie!«

»Ich bin im Salon!«, ruft es von einer Tür rechts. Da die Villa zwar für ein Schloss zwar klein, für ein Einfamilienhaus aber wiederum sehr groß ist, gibt es gleich drei Räume, die nur gesellschaftlichen Zwecken dienen: das Wohnzimmer, das Esszimmer und den Salon. Sie ist also im Salon, der mit kuscheligen Sofas, einem Sessel und einem Kamin ziemlich gemütlich ist.

Frau Reinecke klopft an die offene Tür und meldet mich an. »Das Fräulein Weinheim.«

Bitte was? Fräulein? Aber ich bin nicht hier, um zu streiten, also bedanke ich mich artig bei »Fräulein« Reinecke und betrete den Raum.

Friederike sitzt in einem Sessel, eine Lesebrille auf der Nase und vor sich einen Stapel Papiere.

»Lotte.« Im ersten Moment wirkt sie überrascht, als sie aufsteht, erst im zweiten kommt Wut dazu.

Das Glück ist mit den Tapferen, denke ich und gehe einen Schritt auf sie zu.

»Was willst du hier?« Jetzt hat sie sich wieder völlig im Griff. Eiskalt und ohne jede Regung steht sie da und sieht mich an.

Jetzt nur keine Schwäche zeigen, spreche ich mir selbst zu und gehe einen weiteren Schritt auf sie zu. »Mich entschuldigen.« Ich strecke ihr die Hyazinthen entgegen, die sie jedoch ignoriert. »Es tut mir wirklich leid«, setze ich an. Bis spät in die Nacht habe ich mit Natalie eine Entschuldigungsrede vorbereitet. Jana hat uns derweil auf Spotify Songs vorgespielt wie *Eine neue Liebe ist wie ein neues Leben* und *Liebeskummer lohnt sich nicht, my Darling.*

In Friederikes Gesicht zuckt kein einziger Muskel. Sie blinzelt nicht einmal.

»Ich war gemein, fies und zickig.« Alles zugeben, nichts beschönigen, die Schuld auf sich nehmen – das haben wir herausgearbeitet – ist einer der Schlüssel bei einer aufrichtigen Entschuldigung. »Ich hätte nie diese Dinge über dich sagen sollen« – oder eben nicht über den ALLEN-ANTWORTEN-Button per E-Mail schreiben, aber ich will mich ja entschuldigen –, »und meine einzige Entschuldigung dafür ist der Hochzeitsstress, die dünnen Nerven einer Braut.« Und natürlich Friederikes unmögliches Verhalten. Aber ich beiße mir auf die Zunge und denke an Marius. »Daher möchte ich dich zutiefst und aufrichtig um Verzeihung bitten.« Noch einmal strecke ich ihr die Blumen hin.

Für einige Augenblicke passiert gar nichts. Dann streift Friederike mich mit einem Blick voller Verachtung. »Ich mochte dich, weißt du.« Sie legt die Hände aneinander, und ich frage mich, wie lange es noch dauert, bis sie in die Politik geht. Das Auftreten hätte sie, nur mit der Kompromissbereitschaft hapert es noch. »Zu Anfang«, erklärt sie. »Da dachte ich wirklich, du wärst ein nettes Mädchen. Ein bisschen plump vielleicht.« Sie zuckt mit den Schultern, und ich schnappe nach Luft. Plump?!? »Die Frau an Marius' Seite hatte ich mir eleganter vorgestellt, aber«, nun lacht sie gespielt selbstkritisch, »was hat eine Mutter diesbezüglich zu melden?«

In diesem Fall alles, denke ich, aber wir wissen beide, wie es ist, ich muss es nicht aussprechen. Aber ich liebe Marius, und zum Gesamtpaket gehört eben auch seine Mutter. Ich bin fest entschlossen, Frieden mit Friederike zu schließen.

»Alles in allem hätte Marius es jedoch schlechter treffen können, habe ich gedacht.« Sie macht eine Kunstpause. »Ganz offensichtlich habe ich mich getäuscht.«

»Ich …«, möchte ich anfangen, aber sie schneidet mir das Wort ab.

»Ich, ich, ich! Ich kann es nicht mehr hören. Hast du in der ganzen Sache auch nur ein einziges Mal an mich gedacht?«

Kleinlaut schaue ich auf meine Schuhspitzen. Ihr Leid ist in meinem Liebeskummer tatsächlich nur am Rande präsent gewesen. Aber wie schlimm es für sie gewesen sein muss, von ihrer zukünftigen Schwiegertochter, der angehenden Frau ihres ältesten Sohnes, so heruntergemacht zu werden, und das noch vor allen Leuten? Plötzlich schäme ich mich, dass ich nur hergekommen bin, weil ich Marius und mir dadurch einen Weg für eine zweite Chance ebnen wollte. Friederike hätte eine aufrichtige Entschuldigung verdient. Ich öffne meinen Mund, um genau das zu sagen, da seufzt sie laut auf.

»Da gibt man sich Mühe, da versucht man, einem unbedarften Mädchen ohne Geschmack etwas beizubringen, dass sie sich nicht völlig blamiert auf ihrer eigenen Hochzeit. Du hättest zu unserer Familie gehört, Charlotte, zu unserer Familie, kann ich dich da herumlaufen lassen wie ein … wie das Kind eines Proletariers?«

Ich kneife die Augen zusammen. »Ich *bin* Arbeiterkind.«

Sie macht eine ungeduldige Handbewegung. »Du weißt, was ich meine.«

Um ehrlich zu sein, nein, weiß ich nicht. Oder ich ahne es, bin aber nicht sehr glücklich mit meiner Interpretation.

»Und anstatt dankbar zu sein für die Hilfe, die ich dir anbiete, bestehst du auf deinem Geschmack und nicht nur das: Machst mich vor allen Leuten lächerlich!« Bei den letzten Worten ist Friederike lauter geworden, jetzt beherrscht sie sich wieder mühsam. »Nicht, dass es funktioniert hat«, presst sie dann hervor. »Die Einzige, die du lächerlich gemacht hast, bist zu selbst. Aber das weißt du ja längst, du liest ja auch Zeitung. Und nun, nach alldem besitzt du die Frechheit, hierherzukommen und dich zu entschuldigen?«

Wenn sie einen Fehdehandschuh in Griffweite gehabt hätte, sie hätte ihn mir hingeworfen. Sie kommt näher und richtet sich hoch auf, sodass sie auf ihren eleganten Pumps etwa zwei Zentimeter größer ist als ich.

Verächtlich schnalzt sie mit der Zunge, schüttelt den Kopf und sagt: »Marius hat das einzig Richtige getan, als er die Verlobung gelöst hat. Deshalb bist du doch hier, oder? Ich kenne euresgleichen ja. Proleten, die es auf unser Geld abgesehen haben.«

»Was?«

»Aber da kannst du noch so bitten und betteln, deine Chance, Teil der Familie von Aschebeck zu werden, hast du dir gründlich verdorben, und zwar für immer und ewig.«

»Hey.« Langsam fühle ich mich in die Ecke gedrängt. »Das kann Marius doch wohl immer noch allein entscheiden!«

Jetzt passiert etwas, was mich vollends irritiert. Friederike wirft den Kopf in den Nacken und lacht lauthals auf. Dann sieht sie mir fest in die Augen: »Marius tut genau das, was ich ihm sage.«

So viel zum Thema, was eine Mutter schon ausrichten kann. »Kannst du ihm auch befehlen, was er fühlen soll?«, frage ich aufmüpfig.

»Marius ist alle zwei Wochen neu verliebt, bild dir da mal nichts ein«, entgegnet sie herablassend.

»Wir waren ein halbes Jahr zusammen.«

»Herzlichen Glückwunsch, damit brichst du seinen Rekord.« Sie lächelt hinterhältig. »Und dennoch: Ein halbes Jahr und nicht viel länger. Er wird nie wieder mit dir sprechen. Warum auch? Es gibt genug andere Frauen, die ebenfalls nicht standesgemäß sind.« Sie legt auf ihren Pumps und dem Parkett des Salons eine vollendete Drehung hin, die ich widerwillig bewundere. Dann setzt sie sich aufs Sofa, als hätte unsere Unterhaltung nie stattgefunden, und wendet sich wieder ihrer Lesebrille und dem Stapel Papiere zu.

»Ich kann nicht glauben, dass du …«, beginne ich, doch in genau diesem Augenblick materialisiert sich Frau Reinecke quasi aus dem Nichts hinter mir.

»Würden Sie Frau Weinheim nach draußen begleiten?«, bittet Friederike, ohne von ihren Papieren aufzusehen.

Ich will protestieren, doch die Haushälterin fasst mich leicht am Ellenbogen. Da ich auf eine Szene wirklich verzichten kann, gebe ich nach, entreiße ihr jedoch meinen Ellenbogen. Zu Friederike sage ich noch in hoffentlich ominösem Ton: »Ich hoffe, du bist zufrieden mit dir.« Dann verlasse ich den Salon. Leicht benommen durchqueren Frau Reinecke und ich den Flur. Hier drin ist es dunkel, durch die kleinen Fenster gelangt nur wenig Licht herein. Deshalb dauert es einen Moment, bis ich Marius erkenne: Er steht unter der Treppe, neben dem Salon, und hat ganz offenbar dem Gespräch zwischen Friederike und mir gelauscht.

»Marius!« Mit zwei schnellen Schritten bin ich bei ihm. »Marius, bitte verzeih mir. Wir sind doch … es war doch so schön mit uns.«

»Was du getan hast, Lotte …« Sein Blick wirkt verschlossen. »Es gibt kein ›uns‹ mehr.«

»Lass dir von deiner Mutter doch nichts einreden!« Ich merke, wie all die Gefühle, die ich im Gespräch mit Friederike versucht habe zu unterdrücken, wieder hochkommen. »Wir gehören zusammen, Marius. Ich liebe dich!«

Reglos schaut er mich an, presst die Lippen aufeinander. Es liegt ein Schatten auf seinem Gesicht. Dann holt er tief Luft und schüttelt den Kopf. »Ich dich aber nicht mehr.«

Peng, mitten ins Herz. So muss sich der Tod anfühlen. Ein Infarkt oder eine Pistolenkugel. Zuerst ist da nur ein Schock, den ich sogar körperlich spüre. Frau Reinecke muss mich festhalten, ich bin ins Taumeln gekommen. Während Marius ohne einen Blick zurück die Treppe hochgeht, sammle ich die Scherben meines Herzens vom Boden auf. Ich will ihm hinterherrufen, hinterherschreien, hinterherlaufen. Aber Frau Reinecke hält mich immer noch fest, und nun bugsiert sie mich zur Haustür. Von oben höre ich eine Tür, die zugeht. Passend, denke ich traurig.

Betäubt trete ich nach draußen, wo mich unpassenderweise strahlender Sonnenschein empfängt. Immer noch unfähig, irgendetwas zu sagen, steige ich zu Natalie ins Auto. Sie scheint mir anzusehen, was los ist. Kein Wunder, im Schminkspiegel blickt mir ein kalkweißes Gesicht entgegen. Im Gegensatz zu ihrem sonstigen Naturell sagt Natalie ausnahmsweise mal nichts. Sie nimmt nur meine Hand, drückt sie und lässt nicht mehr los.

Das klingt jetzt vielleicht alles sehr melodramatisch, aber diese zweite Zurückweisung, dieser knallharte Satz, nachdem ich ihm so viel Abstand gegeben habe, nachdem wir uns so viele Wochen nicht gesehen haben, der tut mehr weh als die Absage der Hochzeit im Durcheinander meiner E-Mail-Blamage.

Jetzt ist es nicht nur die Aufregung, nicht nur die Verwirrung, Verletzung. Jetzt meint Marius es wirklich ernst.

»Es ist vorbei«, sage ich. Meine Stimme klingt rau.

*

Nach dem Desaster sitzen wir wieder in Janas Wohnung auf der Couch. Mittlerweile hat sie Feierabend gemacht und verkneift sich netterweise ein »Ich hab's doch gesagt«. Stattdessen starrt sie finster vor sich hin. Natalie schleicht sich hinaus, um Eis zu kaufen.

Und ich sitze erneut unglücklich und liebeskummernd auf einem Sofa. Verdammte Friederike, verdammter Marius, verdammter ALLEN-ANTWORTEN-Button!

Mein Handy plingt. Marius?! Ich suche so hektisch danach, dass ich es erst fallen lasse. *Was sagt dein deppater Verlobter? Ziehst du etwa zurück nach Stuttgart?* Silke.

Ehemaliger Verlobter, antworte ich. *Sieht so aus, als bleibe ich noch ein Weilchen in Wien.*

Männer sind Schweine. Soll ich dir von Thomas ausrichten.

Trotz meiner Tränen muss ich lachen. Es folgen weitere dumme Frotzeleien wie *andere Väter haben auch gutaussehende Söhne,* und Jana stellt wieder *Liebeskummer lohnt sich nicht, my Darling* an.

»Eine Ehe ist kein Zuckerschlecken«, sinniere ich in Gedanken an die Nowaks. »Vielleicht ist es besser so.«

»Ganz sicher ist es besser so. Nicht, dass Rückgratschwund noch ansteckend ist.«

»Weichtiere sind doch ganz kuschelig«, sage ich.

»Du süße Schnecke.«

»Heiße Schnecke«, korrigiere ich.

Als Natalie mit dem Eis zurückkommt, kann ich schon wieder lachen.

Auch wenn es sich vorher wie ein Schlag in die Magengrube angefühlt hat, bin ich nach dem Eis, der Pizza, die Jana bestellt hat, und zwei Gläsern Prosecco wieder halbwegs hergestellt. Wahrscheinlich liegt es daran, dass ich den gleichen Liebeskummer jetzt zum zweiten Mal durchmache: Ich stehe schneller wieder auf, um mir mein Krönchen zu richten – um bei diesem Postkarten-Spruch zu bleiben. Ich habe Jana und Natalie jetzt über sechs Wochen nicht gesehen, wir haben uns jede Menge zu erzählen – nicht nur von Marius. Jana berichtet ausführlich von ihrer Beförderung, die sie mehr als verdient hat, und eine Cousine Natalies hat sich gemeldet, die im nächsten Jahr heiratet, sodass meine Freundin doch noch das schöne Kleid anziehen kann.

Ich erzähle von meinen beiden verrückten Nachbarn, von Thomas und meinem Stammcafé, von Silke und der Arbeit. Die Arbeit, ja …

»Du wirst völlig unterschätzt«, sagt Jana.

»Sie freuen sich alle sehr, dass ich bei ihnen bin«, zitiere ich.

»Wieso arbeitest du eigentlich noch da?«, fragt Natalie. »Ich meine, du bist eine der besten Grafikerinnen …«

»Ich bin eine der beiden einzigen Grafikerinnen«, präzisiere ich.

Natalie macht eine wegwerfende Handbewegung. »Die einen sagen so, die anderen so. Was bleibt, ist: Du bist talentiert. Und was machst du? Arbeitest an einem Projekt ins Nirgendwo.«

»Du solltest das Thema Karriereplanung mal angehen«, schlägt Jana vor.

»Vielleicht sollte ich diese Rathows mal anrufen.« Ich starre in mein Prosecco-Glas, als könnte ich darin alle Antworten finden. »Ich meine, ich will einfach nur weiterkommen und diesen Auftrag an Land ziehen. Der Firma ist alles andere wichtiger als die Grafikabteilung. Der Chef kümmert sich nur um seine diversen Frauen und schreibt Claire alle paar Tage einen Werbespruch auf. Dass man für ein gelungenes Paket auch Grafikdesignerinnen braucht …« Ich ziehe die Schultern hoch.

»Ruf diese Rathows an«, sagt Jana. »Und dann heizt du deinem Chef mal ordentlich ein.«

Wir sprechen noch ein bisschen über dies und das – Natalie erzählt von Janas jüngster Eroberung, einem Skateboarder mit eigenem Laden –, und wir reden über Natalies Schwester, die gerade Zwillinge bekommen hat. Irgendwann fragt Jana: »Wie war das jetzt mit diesem Alexander, der in deiner Wohnung wohnt?«

Mir wird heiß. Ich habe eindeutig zu viel Prosecco getrunken und stelle das Glas nun ab. »Wer?«, frage ich zurück.

Jana kneift die Augen zusammen.

»Ach soooo.« Ich tue überrascht. »Du meinst meinen Untermieter?«

Jana nickt, und beide, sie und Natalie, fixieren mich mit ihren Blicken. Mir ist immer noch heiß und wird auch immer heißer, vielleicht sollten wir mal ein Fenster aufmachen.

»Wie kommt ihr darauf?«

»Du bist andauernd online und liest unsere Chat-Nachrichten nicht.« Es klingt beinahe anklagend, wie Natalie es vorbringt.

»Stalkt ihr mich?« Übung mit Marius haben sie mittlerweile ja.

Weil die beiden immer noch nichts sagen und stattdessen weiter so starren, zucke ich unbeteiligt mit den Schultern. »Der ist ganz nett.«

»Ganz *nett,* aha.«

»Wir chatten manchmal.«

»Ihr chattet *manchmal,* aha.«

»Bist du mein Echo? Du musst nicht alles wiederholen, was ich sage.« Ich schau Jana böse an. »Ist doch auch egal, ob er nett ist oder nicht. Ich weiß doch nicht mal, wie er aussieht! Ganz zu schweigen davon, dass mein Herz an Marius hängt und ich an einen anderen Mann nicht einmal *denken* kann.« Ich nicke, zufrieden mit meiner Verteidigung.

»Wow«, sagt Jana. »Ich wollte eigentlich nur wissen, ob er sich in deiner Wohnung wohlfühlt und schon einen Teller runtergeschmissen hat, aber okay. Du kannst an einen anderen Mann nicht einmal *denken*. Notiert.«

Wieso nur habe ich das Gefühl, dass dieses Gespräch nicht so gelaufen ist, wie ich es wollte?

Ein Unglück kommt bekanntermaßen selten allein

Am nächsten Morgen wache ich mit Kopfschmerzen auf. Das war vorherzusehen, macht die Sache aber nicht besser. Der Liebeskummer ist auch nicht schön, und ich stehe jammernd in Janas Küche.

»Dieser Lurch sollte dir die Füße küssen«, brummt sie und reicht mir ein Glas Wasser mit Aspirin.

Ich wünsche mir Natalie herbei, die gemeinsam mit mir von Marius schwärmen würde. Seine Ferienhäuser haben es ihr besonders angetan, aber ich fand es immer okay, wenn ich von seinen Brustmuskeln geträumt habe, während sie von Zermatt und Sylt schwärmte.

Jana trifft sich heute mit dem Skateboard-Laden-Besitzer, und ich fühle mich etwas überflüssig. Sie fragt etwa zweiundzwanzig Mal nach, ob sie mich allein lassen kann. Um sie mit gutem Gewissen gehen zu lassen, versichere ich ihr: »Ich habe eh noch was zu erledigen.«

»Ach?« Sie schaut mich fragend an.

Na, bei einem überstürzten Umzug gibt es schon einige Dinge zu klären, Einwohnermeldeamt zum Beispiel. Gut, das hat an einem Samstagmorgen nicht geöffnet, wie auch Jana süffisant bemerkt. Aber … »Ich hab mein Lieblingsshirt vergessen einzupacken. Ich geh schnell an meiner Wohnung vorbei.«

»An deiner Wohnung, in der jetzt Alexander wohnt.« Sie betont seinen Namen ganz seltsam, und ich habe das Gefühl, ich müsste mich verteidigen. Da ich immer noch Kopfschmerzen habe, zucke ich jedoch nur mit den Schultern.

Jana legt den Kopf schräg, sagt aber nichts mehr, sondern bricht zu ihrem Date auf.

Ich trinke meinen Kaffee aus, stelle mich unter die Dusche und überlege, was ich anziehen soll. Etwa zweimal wechsle ich von Jeans zu Rock, zurück zu Jeans, bis ich mich letztendlich doch für den Rock entscheide. Er ist weiß, und da der Sommer bisher gut zu mir war, passt er hervorragend zu meinen braungebrannten Beinen. Wenn ich also zufälligerweise Marius über den Weg laufen würde, würde er schon sehen, was er hat gehen lassen, denke ich grimmig. Deshalb schminke ich mich auch etwas gründlicher als üblicherweise. Für die zufällige Begegnung mit Marius, Sie wissen schon. Die Bluse gestern war klassisch, extra für Friederike ausgesucht. Heute darf mein Outfit dezent in Richtung sexy gehen. Das mit dem Lidstrich klappt nicht so richtig, da hätte ich Silke wohl aufmerksamer zuhören müssen.

Das Wetter ist tatsächlich herrlich, und für einen Moment bin ich wieder geknickt, weil ich denke, wie schön es wäre, jetzt mit Marius am Teehaus im Weißenburgpark zu sitzen oder eine kleine Wanderung durch die Weinberge in Uhlbach zu machen – oh, zur Grabkapelle, dem »romantischsten Ort Stuttgarts«. Ich seufze traurig.

Meine Wohnung wiederzusehen ist aber auch eine ganz nette Alternative. Heslach im Sonnenschein ist schöner, als man denkt. Ich liebe die alten Häuschen in den Seitenstraßen, nehme mir etwas Zeit, um den Boule-Spielern am Erwin-Schöttle-Platz zuzusehen, die bei gutem Wetter immer hier anzutreffen sind, dann schlendere ich die Böblinger Straße hinunter und biege schließlich in mein Sträßchen ein.

Ich klingle, und beinahe umgehend wird der Türsummer gedrückt. Alexander fragt nicht einmal, wer da ist. Na gut, es könnte auch die Post sein. Oder vielleicht bekommt er so häufig Besuch, dass er nicht mal mehr nachfragen muss. Nicht, dass mich das etwas angeht. Außer natürlich, wenn der Besuch meine Tassen kaputt macht.

Als ich die Stufen hinaufgehe, frage ich mich, wie er wohl aussieht. Das habe ich mich die letzten Wochen schon häufiger gefragt. Ich stelle ihn mir groß vor, seine Stimme ist so weich und dunkel, die muss zu einem großen Mann gehören. Blond, aus irgendeinem Grunde denke ich, er ist blond, obwohl ich eigentlich dunkelhaarige Männer lieber mag. Marius ist aber auch blond, und eigentlich ist die Haarfarbe doch völlig egal, oder nicht? Und Alexanders Haarfarbe geht mich auch gar nichts an.

Die letzten Treppen, und ich sehe, dass meine Tür offen steht. Mein Herz klopft plötzlich ganz schön, meine Neugier scheint größer zu sein, als ich gedacht hatte. Jetzt schiebt Alexander sich in die offene Tür und schaut mich überrascht an. Ich schau ihn vermutlich ebenso überrascht an. So hätte ich ihn mir gar nicht vorgestellt. Alexander ist tatsächlich blond, aber seine Haare sind so raspelkurz geschnitten, dass man die Farbe ohnehin nur erkennt, wenn man genauer hinsieht. Er ist vielleicht etwas größer als ich und … ziemlich dünn. Der Mann muss mehr Palatschinken essen! Am besten mit Schokolade.

»Ich bin Lotte«, sage ich, lächle und strecke ihm die Hand hin.

»Aaah!« Der Groschen scheint bei ihm zu fallen. »Die Vermieterin.« Seine Stimme wirkt höher als am Telefon und vielleicht auch ein bisschen unsicher.

»Darf ich reinkommen?« Ich warte die Antwort nicht ab und betrete meine Wohnung, die mit den Männersachen am Garderobenhaken und den Schuhen gleich ganz anders aussieht. »Und, schon viele Teller zu Bruch gegangen?«, frage ich lächelnd.

»Nein, gar nicht, es ist alles in Ordnung«, antwortet Alexander schnell. Huch, wo ist der lustige Kerl hin, mit dem man Faxen machen kann?

Jetzt werde ich selbst noch unsicher! »So war das nicht gemeint, entschuldige«, rudere ich zurück.

Alexander lächelt schief. »Wolltest du was Bestimmtes?«, fragt er dann.

Will er mich loswerden? Jetzt komme ich mir total aufdringlich vor. »Nur mein Lieblingsshirt holen«, erkläre ich. Beinahe hätte ich erneut ein »Entschuldige« drangehängt. Meine Güte, was ist mit uns los? Stundenlang konnten wir am Telefon quatschen und lachen, haben gar kein Ende gefunden, und live stehen wir uns ratlos gegenüber und stottern herum. Jetzt weiß ich wenigstens, was Jana meint, wenn sie nach einem Date mit den Schultern zuckt und behauptet, der Funke sei nicht übergesprungen. Ich habe keine Ahnung, was ich mit Alexander reden soll.

Daher beeile ich mich, in meiner Abstellkammer nach dem Shirt zu suchen. Jana und Natalie haben meine Sachen zum Teil dort abgestellt, der Rest befindet sich im Keller. Ich hoffe sehr, ich muss nicht noch dorthin. So schnell wie möglich, denn Alexander fängt nun an von einem Bein aufs andere zu treten, durchwühle ich die Kisten und Taschen, die die beiden gepackt haben.

»Na, wer sagt's denn!« Triumphierend halte ich das Oberteil hoch, ein seidig-schimmerndes Top mit changierendem Farbverlauf von Creme zu Dunkelgrün. Marius hat es sehr gemocht.

Meine Post fällt mir ein, die ganzen Stapel von Briefen, die Alexander für mich fotografiert hat. Gerade will ich fragen, ob er mir die noch geben kann, da nickt er und geht schon voran zur Wohnungstür.

Beinahe verdrehe ich angesichts dieses Winks mit dem Gartenzaun gigantischen Ausmaßes die Augen. Andererseits, Hassbriefe der von Aschebecks und schriftliche Interview-Anfragen von Journalisten sind nicht so spannend. Die zwei, drei Rechnungen unter den Briefen darf er auch behalten.

Draußen im Flur wende ich mich ihm noch einmal zu. Ich will wenigstens noch etwas Nettes sagen wie: »Es war schön, dich auch in echt kennengelernt zu haben.« Oder: »Schön, dass ich zu den Nachrichten jetzt auch ein Gesicht habe.«

Aber da knallt er mir schon die Tür vor der Nase zu.

Langsam gehe ich die Treppe hinunter und stehe schließlich immer noch etwas perplex wieder auf der Straße. Auf der gegenüberliegenden Seite lacht das Schaufenster meiner Lieblingsbäckerei. Eine türkische Familie hat sie eröffnet, sie verkaufen das beste Baklava außerhalb der Türkei. Finde ich. Ich beschließe, mir ein Stück zu holen, wenn ich schon mal da bin. Nach dem gestrigen Katastrophentag habe ich mir ohnehin etwas Leckeres zur Aufmunterung verdient.

Ich stehe gerade an der Kasse und lasse mein Baklava einpacken – ich bin ja nicht selbstsüchtig, Jana bekommt auch ein Stück –, da fegt hinter mir jemand herein. Als ich mich unwillkürlich umdrehe, streifen unsere Arme sich. Es fühlt sich an wie ein elektrischer Schlag. Ich blicke hoch – genau in ein Paar dunkle Augen. Unser Blickwechsel versetzt mir eine Gänsehaut. Was ist das denn jetzt? Hastig nehme ich mein Päckle von der Theke, bin dabei aber so ungeschickt, dass die Tüte auf dem Boden landet. Gleichzeitig beugen wir uns herunter, um es aufzuheben, und nun stoßen wir auch noch mit den Köpfen gegeneinander. Dieser Mann sieht wirklich unglaublich gut aus – groß, dunkelhaarig, breite Schultern, und wie er mich jetzt angrinst … Aber ich habe gerade keine Kapazitäten für unglaublich gutaussehende Männer. Marius, Alexander, mir ist alles zu viel. Ich nehme mein Baklava, das er mir aufgehoben hat, und flüchte aus dem Laden, bevor er mich noch anspricht. Oder ich ihn. Die Tatsache, dass er mir hinterherschaut, registriere ich, weil ich mich gegen meinen Willen noch einmal zu ihm umdrehe.

*

»Tja, da ist er in Wirklichkeit also ein Langweiler.« Jana scheint alles andere als überrascht zu sein. »So etwas passiert dauernd. Weißt du, mit wie vielen

Männern ich auf Tinder schon die tollsten Unterhaltungen geführt habe, und in Wirklichkeit dann sind sie ...«

»Geduscht?«, rate ich.

Jana findet mich überhaupt nicht witzig.

»Marius hat meinen Humor auch nie so recht verstanden«, überlege ich.

»Das ...« Jana fehlen offenbar die Worte. Sie gestikuliert etwas herum, blickt mich zornig an und hebt schließlich warnend den Zeigefinger: »Vergleich mich nicht mit diesem Waschlappen.«

»Du hast den besseren Modegeschmack.«

»Das will ich meinen. Und meine Mutter hab ich auch im Griff.« Jana nickt zufrieden. »Du hast halt gerade einen schlechten Lauf«, sagt sie und drückt mich kurz. »Marius, Alexander ... aber dein Traumprinz kommt noch. Da bin ich mir ganz sicher.«

Marius und *Alexander*? »Da verwechselst du was, so war das mit Alexander gar nicht gemeint.«

Sie zieht die Augenbrauen hoch. »Na, dann ist ja alles gut.«

Und ich habe ja noch die Arbeit. Und natürlich Wien. »Ich könnte mal wieder ins Museum gehen«, sage ich.

Man merkt Jana an, dass sie keine Ahnung hat, wie ich auf die Idee komme, aber sie nickt zustimmend. »Da soll es in Wien ja eins geben.«

»Und natürlich Schloss Schönbrunn.«

Den Abend verbringen wir gemeinsam mit Natalie auf der Karlshöhe und schauen der untergehenden Sonne hinter dem Fernsehturm zu. Ich zücke schon mein Handy, um ein Foto für Alexander zu knipsen, bevor ich mich an das Treffen erinnere. Langsam stecke ich das Smartphone zurück in die Handtasche und biete mich an, eine neue Runde Getränke zu holen.

Zurück in Wien stürze ich mich in die Arbeit. Ablenkung, Ablenkung, Ablenkung. Janas Mantra, und siehe da: Es funktioniert.

»Oida, chill mal«, sagt Silke. Heute trägt sie vor allem Erdtöne und hat den Rand ihres Lidstrichs mit Kreisen auf der Schläfe verlängert, was an ein Hennamuster erinnert. Da ich nicht als Modell zur Verfügung stand, hat sie offenbar an sich selbst herumexperimentieren müssen. Ich habe keine Ahnung, wie sie diesen Make-up-Trend nennt, aber ich trau mich auch nicht zu fragen.

Außerdem habe ich zu tun. Ich beauftrage sie, mir in der Mittagspause einen Salat und einen Milchshake mitzubringen, wenn sie wieder unweigerlich zu McDonald's geht, und stürze mich weiter in mein Konzept. Wenn der Chef nichts Brauchbares liefert, muss ich mir meine eigene Projektplanung erstellen. Und dann rufe ich Rathow & Söhne einfach selbst an. Ich erwische einen der Rathows auf dem Weg zum Flughafen. Es ist Christian, der Senior.

»Dass Sie sich noch melden!« Er klingt überrascht. »Wir hatten Sie schon abgeschrieben, nachdem wir knappe zwei Monate nichts von Ihnen gehört hatten.«

Ich schlucke meinen aufsteigenden Wutanfall hinunter und versuche es mit einem freundlichen Lachen. »Entschuldigen Sie vielmals, wir waren mit Projekten einfach komplett überschwemmt. Da uns Ihr Unternehmen aber sehr am Herzen liegt, konnte ich Herrn Werner überzeugen, mich nun bei Ihnen zu melden und einen Termin mit Ihnen zu vereinbaren.«

Für einen Moment herrscht Schweigen in der Leitung. »Wissen Sie, wir dachten, Sie hätten kein Interesse an unserem Auftrag.«

Ich beiße in meinen Bleistift.

»Deshalb …« Er klingt nicht unfreundlich, aber leicht verwirrt. »Deshalb hat mein Sohn schon einer anderen Agentur den Zuschlag gegeben.«

Verdammt. Ich zähle in Gedanken bis fünf, dann bedanke ich mich bei Herrn Rathow für sein Vertrauen und wünsche ihm einen schönen Tag.

Nachdem ich den Hörer aufgelegt habe, lege ich beide Handflächen flach auf den Tisch, zähle bis zehn und versuche mich auf meine Atmung zu konzentrieren. Ich zähle noch einmal bis zehn. Und ein drittes Mal.

Dann springe ich auf und renne in die untere Etage.

»Ich bring ihn um!«, rufe ich.

Claire blickt erschrocken von ihren Unterlagen auf. Als sie mich sieht, seufzt sie erleichtert auf. »Ach, Sie sind's nur. Ich dachte, Herr Werner hätte wieder aufgebrachten Damenbesuch.«

Du lieber Himmel, wie oft ist so etwas denn vorgekommen? Und ja, er bekommt jetzt gleich aufgebrachten Damenbesuch! »In was für einem Saftladen arbeiten wir hier eigentlich?«, mache ich meiner Verärgerung Luft. »Und wo ist unser Chef?« Ich hatte ja noch was vor … Der Brieföffner auf Claires Schreibtisch lacht mich an.

»Herr Werner hat leider einen dringenden Termin.«

»Die Art von Termin, für die er Rasierwasser auflegt und pfeifend das Büro verlässt? Schon klar.« Immer noch vor Wut schäumend marschiere ich zurück in mein Büro. Ablenkung, Ablenkung, Ablenkung, sage ich mir mantraartig vor.

»Wie wär's mit einem Gute-Laune-Make-up?« Silke hält einen hellrosa Lippenstift in die Höhe.

»Ich muss arbeiten.« Da Rathow ja nun gestorben ist und ich unseren derzeit einzigen Auftrag, die Kaffeetasse, heute Abend in fünf verschiedenen Versionen Thomas zeigen will, beschäftige ich mich damit, alle Dokumente der Buchhaltung durchzusehen, auf die ich Zugriff habe. Es sind wahrscheinlich nicht einmal die Hälfte, aber die Informationen sind aufschlussreich.

»Lotte, Mensch, wie soll ich so jemals Karriere machen?«, jammert Silke nach einer halben Stunde, in der ich ihr befohlen habe, mich nicht mit »Heeyyy, hier ist wieder eure Silke!«-Takes zu stören.

»YouTube ist keine Karriere«, gebe ich zurück.

Ich höre, wie Silke erschrocken aufkeucht. »Weißt du, was die Stars der Szene verdienen?«

Ich weiß nicht einmal, wer die Stars der Szene sind. »Ich weiß jetzt jedenfalls, was *wir* verdienen«, sage ich finster mit Blick auf die Unterlagen. »Himmel, wir sind pleite.« Weiß Meyer-Sandvoss das nicht, oder ist es ihm egal?

Silke sieht mich an wie die Kindergärtnerin das Kind, das mit fünf gerade zum ersten Mal bis zwei gezählt hat. »Was glaubst du, was ich den ganzen Tag hier mache?«, fragt sie.

Ich kneife die Augen zusammen. »Chillen? Relaxen? Dich vom stressigen Alltag erholen?«

»Mich auf ein Leben in der Arbeitslosigkeit vorbereiten.«

Das ist auch eine Möglichkeit, denke ich.

Hinter mir räuspert sich Claire. »Also ich wäre eigentlich ganz froh, wenn ich nicht arbeitslos werden würde.« Claire hat zwei Kinder, das Foto steht auf ihrem Schreibtisch. Ob es einen Mann dazu gibt, weiß ich nicht, zumindest ein Foto von ihm existiert nicht.

»Wieso bin ich hierher versetzt worden, wenn die Lage so katastrophal ist?«, frage ich.

»Um das Sinken des Schiffes zu dokumentieren?« Silke zuckt mit den Schultern.

Dokumentieren kann ich nicht, ich kann bloß zeichnen. Aber das bin ich fest entschlossen zu tun.

»Bis hier jemand arbeitslos wird, habe ich noch ein Wörtchen mitzureden.« Ich nicke ermutigend. »Wir packen das.«

Silke sieht mich zweifelnd, Claire hoffnungsvoll an.

»BibisBeautyPalace bringt über hunderttausend Euro im Monat«, sagt Silke dann.

»Bitte was?«

»Du hast gesagt, YouTube ist keine Karriere. Über hunderttausend. Im Monat.« Sie zieht eine Schnute. »Und das willst du mir verwehren.«

Claire ist im Raum geblieben und hört unserem Gespräch verwirrt zu.

»Lassen Sie sich von Silke ein Gute-Laune-Make-up machen«, sage ich. Dann habe ich Ruhe und kann mich um die Firma kümmern.

Etwas ängstlich nimmt Claire auf meinem Schreibtischstuhl Platz. Ich ziehe nach unten in ihr Büro und greife zum Telefon. Jetzt ist es ja auch egal, wenn wir eh pleite sind, können wir unser restliches Geld auch für einen letzten Rettungsversuch ausgeben. Die Gläubiger wird es sicher auch freuen, wenn sie ihr Geld wiedersehen, statt von einem Insolvenzverwalter nur einen Bruchteil zugestanden zu bekommen.

Als sich am anderen Ende der Leitung eine freundliche Stimme meldet, sage ich: »Wir möchten gern eine Werbeanzeige aufgeben.«

Und das ist erst der Anfang.

Als sich jemand hinter mir räuspert, schaue ich nicht einmal hoch.

»Wir würden jetzt Feierabend machen«, sagt Silke zögerlich.

Ich winke ihr zu, den Kopf immer noch in meinen Notizen vergraben. »Ach!« Mir fällt noch etwas ein. Ich blicke auf und beginne hemmungslos zu kichern, die Frage ist vergessen. Verlegen halte ich mir die Hand vor den Mund, Claire guckt mich unglücklich an. »Das ist wirklich ein Gute-Laune-Make-up«, bringe ich schließlich heraus. Besonders für mich.

Silke, die stolz neben Claire steht, nickt, und die Assistentin sagt: »Meiner Tochter wird's gefallen.« Ich verabschiede eine bunte Claire und eine zufriedene Silke und stürze mich wieder in die Arbeit. Es ist acht Uhr abends, als ich endlich meinen Schreibtisch räume.

*

Mit Alexander habe ich derzeit kaum Kontakt: Irgendwie ist es komisch, nach diesem verunglückten Besuch. Jetzt, wo ich weiß, dass er in Wirklichkeit kaum ein einziges Wort mit mir wechseln würde, ist es mir ein Rätsel, wie ich einen unserer typischen

Chats führen soll, in dem wir uns gegenseitig necken und spielerisch hochnehmen. Der Wiener und die Schwäbin. Er hatte mir am Sonntagabend geschrieben, ganz normal, und wie üblich gab es ein Foto, diesmal von seinem Abendessen. »Krautfleckerl« waren es diesmal. Als Antwort schickte ich nur einen einfachen »Daumen hoch«. Dann wollte er mir von seinem Wochenende erzählen, woraufhin ich nur einsilbig geantwortet habe. Seitdem schleichen wir so ein bisschen umeinander herum, keiner weiß so recht, wie er den anderen anschreiben, was er sagen soll. Zumindest freuen sich Jana und Natalie, so habe ich jetzt mehr Zeit für unsere WhatsApp-Gruppe.

Wie geht's dir, und wie viele Wiener Männer hast du heute kennengelernt? Das ist seit neuestem Janas Standardbegrüßung.

Es geht nicht um Quantität, sondern um Qualität, erwidere ich. Denn was helfen mir alle Männer dieser Welt, wenn ich doch nur Marius will?

Ich bin überzeugt davon, dass Marius seinen Fehler noch einsieht. Natalie glaubt immer noch an ein Happy End.

Ich würde mir so sehr wünschen, dass sie – wider besseres Wissen – recht behält.

Oh, der wird seinen Fehler einsehen. Das sind ja ganz neue Töne von Jana. Was ist mit ihr los? *Aber das wird erst passieren, wenn Lotte ihrerseits eingesehen hat, was für ein vollkommener Loser Marius ist.*

Er ist kein Loser!, protestiere ich. *Er ist einfach nur sehr familienorientiert.*

Wenn Freud Marius auf seinem Sofa gehabt hätte, hätte er für die Entwicklung seiner Theorien höchstens sechs Wochen gebraucht.

Ich bin in einer fremden Stadt, hungrig, überarbeitet und einsam. Bevor ich also noch einen schlimmen Fehler – also *noch* einen – begehe und meiner Freundschaft mit Jana einen Knick verpasse, verabschiede ich mich aus dem Chat und kümmere mich um ein Abendessen.

Kärntner Kasnudeln, urgut, und du kannst sie auf Vorrat machen, nach der Arbeit zehn Minuten in die Pfanne, fertig. Alexanders Tipp. Er hatte mir letzte Woche die Liste mit den Zutaten geschickt, und nachdem ich vom Einkaufen wieder da war, haben wir Schritt für Schritt die Kasnudeln gemeinsam gefertigt: Über Lautsprecher war Alexander live dabei. Am Ende habe ich ihm ein Foto meiner fertigen Kreationen geschickt. »Mehr Buckelwal als Kasnudel«, habe ich ihre Form kommentiert, aber es kommt ja schließlich auf den Geschmack an, nicht? Und der ist hervorragend, stelle ich zwanzig Minuten später erneut fest. Und ich muss noch etwas zugeben: Ich vermisse die Sprachnachrichten und Telefonate mit Alexander.

Und überhaupt, was soll das denn? Alexander ist übers Telefon supernett, humorvoll und unterhaltsam. Wenn er das in Wirklichkeit nicht ist, na und?

Dann bleiben wir doch einfach bei dem Medium, das ihm entgegenkommt.

Ich schicke ein Foto meiner Kasnudeln.

Links ist mehr ein Orca, kommentiert er keine Minute später.

Ich grinse. Und einfach so ist die Leichtigkeit wieder da.

Wir chatten bis spät in die Nacht und schicken uns Sprachnachrichten – *Lied*nachrichten sogar, Alexander singt mir seine österreichischen Lieblingsschlager vor. So schön seine Sprechstimme auch ist, seine Singstimme ist zum Davonlaufen. Ich liege kichernd im Bett und höre zum dritten Mal seine Schauerversion von *Du entschuldige, i kenn di.* Als ich ihn informiere, dass ich als einzigen österreichischen Sänger einmal Voodoo Jürgens in Stuttgart gehört habe, ist er ganz aus dem Häuschen. Es war ein Spaßgeschenk von Jana, und wir hatten tatsächlich jede Menge Spaß.

»Oh Mann, wir müssen unbedingt mal gemeinsam auf ein Konzert«, sagt Alexander.

Erst nachdem ich enthusiastisch zugestimmt habe, denke ich daran, dass Alexander sicher niemals auf ein Konzert gehen wird, schon gar nicht mit mir. Mir fällt auf, wie oft er schon erwähnt hat, dass wir dieses und jenes unbedingt mal machen sollten. Er wollte für mich kochen, er wollte ins Theater, zu einem PowerPoint-Slam – die Werbung hatte er in einem

Stuttgarter Club gesehen und war begeistert – und nun auf ein Konzert.

Na, die Palatschinken habe ich ja auch nicht bekommen, schreibe ich.

Hm?, fragt er zurück.

Aber ich bin ja froh, dass wir wieder so ungezwungen miteinander sprechen können. *Vergiss es,* antworte ich und denke mir, dass ich im Errichten von Luftschlössern doch auch ganz gut bin. Zumindest habe ich das die letzten Wochen in Bezug auf Marius äußerst intensiv betrieben.

Oh ja, so ein richtiger Austro-Pop-Abend, schwärme ich also.

Jetzt summt Alexander den nächsten Klassiker, *Weiße Pferde* von Georg Danzer. Das Lied kenne ich, brauche aber eine ganze Weile, bis ich es in seiner Version *er*kenne – und dann bekomme ich einen Schluckauf vom Lachen.

Irgendwann sehe ich auf die Uhr. »Du, ich muss morgen früh zur Arbeit«, sage ich schweren Herzens. Ich werde jetzt schon nicht mehr genug Schlaf bekommen, aber wenn wir noch weiter herumflachsen, laufe ich morgen herum wie ein Zombie. So viel zu Voodoo Jürgens. Sein größter Hit auf dem Konzert war *Heite grob ma Tote aus.*

»In der Agentur ist gerade einiges los«, erkläre ich.

Alexander verabschiedet sich von mir, aber ich muss ihm noch versprechen, morgen alles von der

Arbeit zu berichten. Er ist ziemlich neugierig, das muss ich schon sagen. Mein »Geheimnis« hat er noch nicht herausgefunden, aber er arbeitet dran, sagt er, also an der Frage, ob ich eine entflohene Verbrecherin, ein Star oder vielleicht auch einfach nur verrückt bin.

Ich ziehe die Augenbrauen zusammen. »Weshalb sollten Journalisten Verrückten auflauern?«, frage ich. »Und weshalb sollten Verrückte viel Post bekommen?« Seine Theorie macht keinen Sinn.

»Wer weiß, wenn du den Weltuntergang prophezeit hast …«

Ja gut, so etwas Ähnliches war es ja. Mein ganz persönlicher Weltuntergang. Nur, dass ich ihn nicht prophezeit, sondern heraufbeschworen habe.

*

Ich habe gerade erst einen Fuß über die Türschwelle gesetzt, da kommt Claire mir ganz aufgeregt entgegen: Die Müller hätte schon dreimal angerufen, es sei dringend, ob ich irgendetwas angestellt hätte? Ein bisschen mit unserem Budget gekaspert, denke ich, aber wenn ich der Müller sage, dass so eine Anzeige rein organisch, vegan und bio ist …

»Es wird nichts so heiß gegessen, wie es gekocht wird«, beruhige ich Claire und mich selbst.

Die Müller ruft im selben Augenblick zum vierten

Mal an. Der Chef will mich sprechen. Also der Stuttgarter Chef, Meyer-Sandvoss, was ich mir um Himmels willen gedacht habe?

»Haben Sie sich mal die Zahlen angesehen, Frau Weinheim?«, fragt er.

»Eben drum«, sage ich.

»Wie bitte?«

»Wir haben kein Geld, wir stehen kurz vor der Pleite. Wenn jetzt kein Wunder geschieht, müssen wir den Laden innerhalb der nächsten drei Monate dicht machen.«

Meyer-Sandvoss schweigt. Das schien ihm also bewusst gewesen zu sein. »Das Rathow-Projekt …«, beginnt er zögerlich.

»Das Rathow-Projekt ist am Arsch!«, rufe ich und erschrecke mich beinahe selbst über meine Ausdrucksweise gegenüber meinem Chef. »Ihr werter Herr Kollege hat sich mit der Aussage, dass es finalisiert ist, ein bisschen zu sehr aus dem Fenster gelehnt. Und dann hat er sich so lange tot gestellt, bis eine andere Agentur den Zuschlag bekommen hat. Abgesehen davon wäre ein einziges Projekt ein Tropfen auf den heißen Stein! Wenn wir nicht mindestens zehn solcher Projekte an Land ziehen, und das bis vorgestern, steigen uns die Gläubiger aufs Dach!«

Erneut herrscht Stille. Schließlich seufzt Meyer-Sandvoss. »Frau Weinheim, beten Sie, dass es klappt«, sagt er dann, »wenn nicht, mache ich Sie nämlich persönlich dafür verantwortlich, und Sie haben wie der Rest des Wiener Teams keinen Job mehr.«

Mich persönlich, natürlich, das ist ja mal wieder typisch. Die Tatsache, dass der Chef das Rathow-Projekt an die Wand gefahren hat, wird von Meyer-Sandvoss ignoriert. Ich knalle den Hörer aufs Telefon.

Claire sieht mich gebannt an.

»Glauben Sie an Gott?«, frage ich.

Sie zuckt mit den Schultern. »Schaden kann's nicht.«

»Dann geben Sie am Sonntag in der Kirche alles«, sage ich und begebe mich zurück an den Schreibtisch. Ich bin noch nicht ganz fertig mit Geldausgeben.

Influencer und Consultants

Du könntest mitmachen.« Silke tippt mit einem Stift nachdenklich gegen ihr Kinn. »Claire meinetwegen auch. Ich mein, bei hunderttausend im Monat kann ich auch eine Sekretärin bezahlen.«

Ich hole tief Luft. Dann sehe ich ihr direkt in die Augen. »Hast du ein Konzept?«, will ich wissen.

Sie legt fragend den Kopf schräg.

»Es gibt Hunderte Beauty-Kanäle. Du allein hast fünfundzwanzig abonniert. Was unterscheidet dich von den anderen? Weshalb bist du besser?«

»Na, weil ich ...«, beginnt Silke empört, aber ich unterbreche sie.

»Mach dir Gedanken. Erstell dir ein Konzept.«

Silke will etwas entgegnen, da klingelt mein Telefon. Kaum habe ich mein Sprüchlein aufgesagt, da schnauft mir auch schon jemand aufgeregt ins Telefon.

»Christian Rathow hier von Rathow & Söhne«, sagt die sonore Stimme, mit der ich vorgestern schon das Vergnügen hatte. »Ich sitze gerade an Gate dreiundzwanzig, in einer halben Stunde geht unser Flug nach Hermannstadt.«

Interessante Information, aber was soll ich damit? Ich probiere es mit: »Guten Flug?«

Er ignoriert mich und fährt fort: »Mein Sohn und ich wollten nun gerade den Stand unseres neuen Corporate-Identity-Konzepts besprechen.«

Ich greife den Hörer etwas fester. Es hat doch einen Grund, dass er mich anruft, oder?

»Ja, und was soll ich sagen …« Er lacht. »Wir dachten beide, wir melden uns, um Ihrer Konkurrenz den Auftrag zu erteilen, und dann hat es keiner von uns gemacht.«

Will er damit sagen, was ich denke, das er damit sagen will? Ich beiße mir auf die Lippen, um nicht laut loszukreischen.

»Also, wenn Sie noch Interesse haben? Morgen Vormittag sind wir zurück und könnten gegen elf zu Ihnen in die Agentur kommen.«

Ich zähle bis drei, dann zwinge ich mich zu einem normalen Lächeln und sage professionell: »Sehr gerne, Herr Rathow. Wir stellen Ihnen unsere Entwürfe vor, und dann können Sie eine Neubewertung aller drei Agenturkonzepte vornehmen.« Und sich im Endeffekt hoffentlich für uns entscheiden.

Wir verabschieden uns, und noch während Silke mit großen Augen fragt, was los sei, reiße ich die

Bürotür auf und schreie zu Claire ins Erdgeschoss: »Der liebe Gott scheint Sie so richtig gernzuhaben!«

Ich nenne ihr den morgigen Termin, und sie schaut in Outlook nach.

»Da hat der Chef leider eine Besprechung.« Sie verzieht den Mund und seufzt.

Welcher Art diese Besprechung ist, kann ich mir vorstellen. Ich knabbere auf meiner Unterlippe. »Den Termin mit Rathow machen wir trotzdem«, entscheide ich. »Ich schick dem Chef alle Infos, und dann kann er ja überlegen, was ihm wichtiger ist.« Ich hoffe sehr, es ist die Agentur.

Claire nickt. Sie dreht sich auf ihrem Bürostuhl zu mir um, sieht mir fest in die Augen und sagt ernst: »Wir freuen uns alle sehr, dass Sie bei uns sind.«

Es hat lange gedauert, bis der Groschen bei mir gefallen ist.

»Morgen kommt Herr Rathow«, erkläre ich mit fester Stimme. »Das ist eine Chance.« Eine kleine, aber es ist doch eine.

*

Alexander, dem ich ja von meinem Stress in der Agentur erzählt hatte, will nun endlich im Detail wissen, was los ist.

Na, das ist doch super, kommentiert er meine Erzählung. *Der eine Chef ist ein Schlamper, ist aber egal, weil der andere auch einer ist. Und so gibt es doch ein Happy End.*

Auch eine Betrachtungsweise. *Vielleicht muss ich den Werner also doch nicht umbringen,* gebe ich zu.

Das wäre bei deinen Vorstrafen auch schon egal, schreibt Alexander.

Hast du dich also auf die Verbrechens-Theorie versteift? Was wurde aus Lotte Weinheim, der Verrückten?

Ich könnte dich auch einfach googeln, schreibt er. *Aber das würde nur halb so viel Spaß machen.*

Du wärst der schlechteste Privatdetektiv aller Zeiten. Ich habe Alexander übrigens gegoogelt. Er ist nicht bei Facebook, und im Netz findet sich kein Foto. Da er bei WhatsApp als Profilbild immer noch den *Schrei* von Edvard Munch eingestellt hat, frage ich mich langsam, ob nicht *er* ein gesuchter Verbrecher ist.

Du könntest mir ja einen Tipp geben, fordert Alexander mich nun auf.

Ach, untergetauchte Verbrecherin gefällt mir eigentlich ganz gut.

Wo ich schon dabei bin, mit Alexander zu chatten, schreibe ich die Büroerlebnisse der letzten Tage auch in unsere Einsamkeits-WhatsApp-Gruppe.

Karriereplanung, hatte ich gesagt, schreibt Jana. *Nicht: Fahr deinen Job an die Wand.*

Ich bin für mein Team verantwortlich, antworte ich.

Dein Chef ist für dein Team verantwortlich, erwidert Jana.

Okay, da mag sie recht haben, aber … *Mein Chef steckt alle Energien in seine Affären und Seitensprünge.* Und auch Claire könnte wesentlich effizienter arbeiten, wenn sie nicht dauernd seine Frau abwimmeln müsste.

Also, ich find's gut, dass du dich so einsetzt. Auf Natalie ist wie immer Verlass. *No risk, no fun. Und Arbeitslosigkeit ist jetzt auch nicht sooo schlimm für dich. Marius hat doch genug Geld!*

Marius …, beginne ich, weiß dann aber nicht mehr, was ich weiterschreiben soll. Marius will mich nicht. Aber selbst wenn Marius mich wollen würde, ich will sein Geld nicht. *Ich muss mich auf morgen vorbereiten*, schreibe ich. *Da muss ich fit sein!* Ich habe mir die Dateien mitgenommen und will noch einmal über meine Entwürfe drübergehen. Wenn es unsere letzte Chance ist, dann wird es das beste Projekt, das ich jemals bearbeitet habe.

*

Am nächsten Morgen werde ich von lautem Getöse wach. Mein Wecker steht auf halb sieben, er hat noch nicht geklingelt. Ich schaue auf die Uhr, es ist sechs Uhr fünf. Das dumpfe Poltern hört nicht auf, offenbar klopft jemand laut gegen eine Tür. Klopft? Wahrscheinlich eher: Drischt mit einem Baseballschläger darauf ein. Es ist nicht meine Wohnungstür, es ist dennoch unfassbar laut. Seufzend schwinge ich meine Beine aus dem Bett, taste nach den Flip-Flops auf dem Boden und gehe der Sache auf den Grund. Ich trete auf den Flur, blinzle einen Moment, dann nehme ich dem alten Nowak seinen Gehstock aus der Hand.

»Bitte, nicht um diese Uhrzeit«, sage ich gequält.

»Wissen Sie, was dieses Weibsbild bis spät in die Nacht getrieben hat?«, ruft er aufgebracht und trommelt nun mit den Fäusten gegen die Tür seiner Exfrau.

»Nein, weiß ich nicht.« Ich reibe mir die Stirn. »Aber es war auf jeden Fall leiser als das, was Sie hier veranstalten.«

»Ich habe dich gehört!«, schreit Herr Nowak durchs Schlüsselloch. »Dich und deinen … deinen Filou!«

Filou? Herrje, wie alt ist der Mann? Aber es freut mich für Frau Nowak, dass sie offensichtlich jemanden gefunden hat.

»Und soll ich dir noch was sagen? Ich bin froh, dass du dir einen anderen angelacht hast. Froh, sage ich dir! Dann lässt du mich vielleicht endlich in Ruhe!«

Ich überlege kurz, denke aber, es ergibt keinen Sinn, den tobenden Herrn Nowak darauf hinzuweisen, dass es augenblicklich so aussieht, als ließ *er* seine Exfrau nicht in Ruhe.

»Ha! Ich würde dich nicht mal geschenkt haben wollen!«, ruft er jetzt.

Ich schüttle den Kopf und gebe ihm seinen Stock wieder.

»Was?«, fragt er streitlustig. »Was?«

Aber im Gegensatz zu ihm habe ich einen anstrengenden Tag vor mir. Also winke ich ab, schlurfe zurück in meine Wohnung und schließe die Tür. Dass ich seine Aussage für eine glatte Lüge halte, wird ihm wohl schon bewusst geworden sein.

*

Im Büro erwartet mich Claire in ihrem schicksten Kostüm. Sie trägt Perlenohrringe und ist so nervös, dass ihre Augen ständig hin und her huschen. Ein Händeringen unterdrückt sie wohl nur mit aller Kraft.

»Was ist denn los?«, frage ich.

»Der Chef«, sagt Claire. »Er kommt nicht.«

Ich presse meine Lippen aufeinander. Befürchtet hatte ich es schon, der Chef war ja bisher auch nicht der zuverlässigste Vorgesetzte. »Wir schaffen das«, versuche ich, sie zu beruhigen. »Ich bin vorbereitet, ich habe die Entwürfe.«

In diesem Augenblick kommt Silke durch die Tür, und ich denke, es geschehen noch Zeichen und Wunder, so früh habe ich sie ja noch nie im Büro gesehen. Geschminkt ist sie heute ganz dezent, ich bin stolz auf sie und zwinkere ihr zufrieden zu. An Claire gewandt sage ich: »Wenn das mal kein gutes Omen ist.«

Aber sie schüttelt nur den Kopf. »Nein, Sie verstehen nicht, Frau Weinheim. Der Chef, er kommt gar nicht mehr.«

»Der Vollkoffer hat gekündigt?« Silke bleibt der Mund offen stehen.

Claire nickt. »Der Voll… ähm, der Herr Werner hat tatsächlich heute früh seinen Abschied eingereicht.«

Ich fasse es nicht. »Hat der nicht auch so etwas wie drei Monate Kündigungsfrist?«

»Was sollen wir tun? Ihn von der Polizei herbringen lassen?« Claire zuckt unglücklich mit den Schultern.

»Und das ausgerechnet jetzt!«, murmele ich finster.

»Das sag ich meiner Mutter!«, droht Silke finster und zückt ihr Smartphone.

»Okay, wir kriegen das hin«, sage ich. Ich sehe beide eindringlich an. »Wir kriegen das hin. Wir setzen uns zusammen, überlegen uns einen Plan und dann …«

Ich werde von einem lauten Klopfen unterbrochen. Ein untersetzter Mann um die sechzig mit rotem Gesicht tritt ein. Hinter ihm folgt ein deutlich jüngerer, deutlich größerer und schlankerer, aber ebenso rotgesichtiger Mann.

»Herr Rathow!« Wahrscheinlich sieht man mir meine Panik an, die ich mit einem Lächeln zu überspielen versuche. Ganz sicher sieht man Claire und Silke ihre Panik an, die sich entsetzt anstarren, dann zu Rathow & Sohn blicken, dann wieder zurück.

Der kleine Ältere drückt mir fest die Hand. »Christian Rathow, das ist mein Sohn Felix. Unser Flieger ist etwas zu früh gelandet, wir hatten überraschenderweise keinerlei Verkehr auf dem Weg, und da dachten wir, bevor wir die Zeit im Kaffeehaus verplempern …«

»Oh nein, gehen Sie verplempern«, sagt Silke. »Das muss doch auch mal sein. Bisschen Entspannung, bisschen Chill!«

Rathow sieht sie verwirrt an, und ich übernehme schnell das Zepter. »Charlotte Weinheim, das sind meine Kolleginnen Silke Maurer und Claire Német. Wir freuen uns ganz außerordentlich, dass Sie gekommen sind. Und ich denke, wir können unsere anderen Termine so weit schieben, dass wir uns jetzt Zeit für Sie nehmen können.«

»Welche anderen Ter…«

»Wir freuen uns wirklich außerordentlich«, unterbreche ich Silke. »Folgen Sie mir doch rüber in unseren Konferenzraum. Herr Werner lässt sich entschuldigen, er hatte heute Morgen einen Autounfall und musste ins Krankenhaus.«

»Oberschenkelhalsbruch.« Silke nickt ernst.

Herr Rathow blinzelt. »Ist das nicht …«

»Komplizierter Oberschenkelbruch«, sage ich schnell. Ich weiß Silkes Versuche, mir zu helfen, zu schätzen. Irgendwie. Ich hoffe trotzdem, sie hält jetzt einfach die Klappe.

»Oha«, sagt Rathow. Er scheint sich etwas unwohl zu fühlen. Bevor er es sich also noch anders überlegen kann, öffne ich die Tür zu Herrn Werners Büro, in dem auch der große Besprechungstisch steht.

»Einen Kaffee?«, fragt Claire.

Gute Idee, am besten tut sie noch einen Schuss Rum hinein. Ich sehe sie dankbar an.

»Ich helfe!« Silke saust in die Teeküche.

»So«, sage ich und lege meine Hände aufeinander. Jetzt bin ich also allein mit den beiden Rathows. »Rathow & Söhne, Sie beide sind zwei Drittel davon?«, versuche ich mich dann etwas im Small Talk, während die beiden Platz nehmen.

»Ach so, ja, Gisela, meine Tochter, konnte heute nicht kommen, sie hat einen wichtigen Kundentermin.«

»Ah ja, und Rathow, Sohn & Tochter klingt natürlich etwas seltsam. Deshalb.« Ich nicke.

Rathow senior schaut mich erneut etwas irritiert an, sein Sohn lacht dünn. Ich hoffe, Claire kommt bald mit dem Kaffee. Himmel, jetzt reiß dich zusammen, ermahne ich mich. Du kannst das!

Als Claire tatsächlich einige Augenblicke später wiederkommt, Silke mit einem Keksteller im Schlepptau, entschuldige ich mich kurz, um die Unterlagen zu holen. Ich hetze nach oben in mein Büro. Immerhin gibt mir die kurze Unterbrechung Zeit, einmal tief Luft zu holen und meine Schultern zu straffen. Als ich zurück in den Raum komme, habe ich mich wieder gefasst. Angriff ist die beste Verteidigung, denke ich. Und so breite ich meine Entwürfe und Konzeptvorschläge auf dem Tisch aus und mache es wie Jana, wenn sie sich in der Defensive fühlt: Ich quassele mein Gegenüber in Grund und Boden.

»Beim Logo, denke ich, kann man ruhig etwas verspielter werden, als das bei Ihrem bisherigen Auftritt der Fall war«, erkläre ich meine Idee des leichten Schwungs im Firmennamen. »Die Farbe Blau wirkt beruhigend und gleichzeitig elegant, klassisch, womit wir uns nicht zu sehr vom bisherigen« – sag nicht »konservativ«, sag nicht »konservativ«, denke ich und suche fieberhaft nach dem richtigen Begriff – »traditionellen Auftritt unterscheiden.« Gerade noch so die Kurve gekriegt!

In meiner weiteren Rede verwende ich viele englische Begriffe wie »market-driven company«, »unique selling point«, »flagstore« und »benchmarking«, die ein Hobby von Meyer-Sandvoss sind, ich üblicherweise lieber vermeide, weil ich sie auch manchmal durcheinanderwerfe. Dafür ist er eben der Chef …

Die Rathows nicken, als hätten sie ebenfalls nicht viel Ahnung, zeigen sich aber angenehm beeindruckt.

»Und was ist Ihre Aufgabe im Team?« Der ältere Rathow sieht Silke an, die bisher kein einziges Wort gesagt hat.

»Oida, ich …«

»Frau Wernau ist unsere Social-Media-Consultant«, springe ich schnell ein. »Ich weiß, was Sie jetzt sagen werden: Social Media, ist das nicht nur für jüngere Generationen? Und natürlich besteht Ihre Zielgruppe nicht aus Mittzwanzigern, aber glauben Sie mir, auch unter den …« – sag nicht »Älteren«, sag nicht »Älteren«, denke ich, Rathow senior ist mindestens sechzig –, »unter den Best Agern gibt es heutzutage nur noch sehr wenige, die nicht Facebook oder sogar Instagram und YouTube nutzen.«

»Die Silversurfer.« Silke nickt und wischt auf ihrem Smartphone. »Schauen Sie mal hier, die Pasta Grannies, die haben beinahe eine halbe Million Follower.«

»Pasta Grannies?«

Ich merke, wir verlieren den älteren Rathow. »Unsere Social-Media-Consultant wird sich um dieses Marktsegment kümmern und die Online-Werbung auf allen relevanten Channels befeuern«, spreche ich schnell weiter.

Die Schlüsselbegriffe – pardon, Keywords – »Marktsegment« und »relevante Channels« lassen ihn wieder aufhorchen, und schließlich nickt er zufrieden. »Einen Versuch ist es wert.«

Das ist der Sportsgeist, den ich mir von meinen Kunden wünsche! Ich will ihm gerade gratulieren, da dreht er sich zu Claire.

»Und Sie?«

Die Arme ist immer noch etwas zu blass. Sie sitzt

verloren am Besprechungstisch und hält sich an ihrer Kaffeetasse fest, wobei jetzt der Löffel gegen das Porzellan klappert. Sie räuspert sich und legt die Hände in den Schoß. »Ich …«

»Unsere Projektmanagerin«, springe ich ein und hoffe, sie hat sich so weit im Griff, dass sie mitspielen kann. »Um Ihnen eine umfassende Betreuung und die bestmögliche Kampagne zu ermöglichen, besteht unser Team aus dem Head-of-Graphic-Department« – ich deute auf mich und freue mich gleichzeitig über meine eigene Beförderung –, »unserer Social-Media-Consultant und natürlich der Senior Chief of Project oder Projektleiterin, bei der alle Fäden zusammenlaufen.«

»Im Office«, bestätigt Claire steif.

»Und Backoffice«, füge ich hinzu.

Rathow senior besieht sich Claire, ihr Kostüm, die Perlenohrringe und scheint zufrieden zu sein. Dann wendet er sich wieder mir zu. Er tippt auf meinen allerersten Entwurf eines Logos und sagt: »Das gefällt mir.«

»Sie werden sehen, wenn Sie sich für uns entscheiden, werden wir …«

Nun mischt sich zum allerersten Mal sein Sohn ein. »Ein Frauenteam«, sagt er. »Wissen Sie … also, nicht dass ich altmodisch bin oder gar Vorurteile habe oder …« Er hebt die Hände. »Aber meinen Sie nicht, ein Mann im Team könnte noch einmal eine andere Perspektive geben?«

Ich beiße die Zähne zusammen, während ich weiterlächle. »Die meisten Käufe werden von Frauen getätigt, sogar bei sogenannten Männerprodukten«, doziere ich. »Wobei ich Ihre Produkte tatsächlich auch in dem klassischen Vermarktungsbereich sehe, der sich an die weibliche Hälfte der Bevölkerung richtet. Aber Ihre Fleischmesser vielleicht …« Ich schürze der Lippen. »Sehen Sie, wer erledigt in der Regel den Wocheneinkauf? Ach, na, und der Göttergatte braucht noch dies und das, das kann sie doch auch gleich mitnehmen.«

»Glauben Sie, ein Mann trägt ein Parfüm, das seiner Frau nicht gefällt?«, fragt Silke. »Oder auch nur ein Leiberl? Ich hab schon welche in die Altkleidersammlung gegeben.«

»Außerdem dürfen Sie natürlich nicht vergessen, dass Herr Werner als Supervisor auch aus dem Krankenhaus mit seinem mobilen …« Weiter komme ich nicht. Erstens, weil es mir widerstrebt, den Satz mit Herrn Werner als Supervisor zu Ende zu führen, und zweitens, weil Rathow senior mir nun das Wort abschneidet.

»Ja, ja«, sagt er und steht auf.

Wie »ja, ja«?

Er wechselt einen Blick mit seinem Sohn, dann nickt er mir zu. »Sie haben den Auftrag.«

So einfach? Was ist mit den anderen Agenturen?

»Ihr Entwurf.« Rathow senior tippt mit seinem Finger auf meine allererste Idee. »Der gefällt mir bisher am besten. Also nehmen wir doch einfach ihn.«

Mein Herz macht einen kleinen Sprung, und ich bin stolz auf mich, die Stärke zu besitzen, meine Hand nicht zur Siegerfaust zu ballen. Stattdessen lächle ich nur strahlend und sage selbstbewusst: »Sie haben die richtige Entscheidung getroffen.«

Dann geleite ich Rathow und Sohn zur Tür, während hinter mir Silke keinerlei Probleme damit hat, ihrerseits ihre Hand zur Siegerfaust zu ballen. Claire sieht aus, als würde sie jeden Augenblick vom Stuhl kippen.

Als ich die Tür geschlossen habe, rufe ich freudestrahlend: »Haben wir Prosecco da?«

»Nice, Boss.« Silke hält mir die Hand zum High Five hin. »Hast du klasse gemacht.«

Ich grinse.

Claire klaubt sich langsam vom Boden auf, auf den sie gerutscht ist. Sie streicht den Rock ihres Kostüms glatt und hebt den Kopf. »Ich hol den Prosecco. Aber dann geht's sofort an die Arbeit«, erklärt der neue Senior Chief of Project.

Silke zieht die Augenbrauen hoch, aber Claire scheucht sie auf. »Ich nehme meine Arbeit als Projektmanagerin ernst.«

Oh, oh, denke ich. Die Geister, die ich rief …

*

Tatsächlich klappt die Zusammenarbeit hervorragend, Rathow & Söhne haben wir im Sack, und nach und nach trägt auch meine Werbekampagne erste Früchte. Es tröpfeln immer mal wieder kleinere Aufträge herein, die ich zwischendurch erledigen kann oder an Silke weitergebe. Auch wenn sie mich dann jedes Mal vorwurfsvoll ansieht.

»Du hast alle Programme auf deinem Mac und bist ein Internet-Crack. Das muss doch zu schaffen sein«, sage ich, und dann macht sie sich seufzend an die Arbeit. Die im Endeffekt wirklich gut ist, weshalb sie sich also so anstellt, verstehe ich nicht.

Als ich ihr das sage, wird sie rot.

»Was?«, frage ich überrascht.

»Nichts.« Noch eine Spur dunkler beugt sie sich so weit vor, dass ihr die Haare wie ein Vorhang übers Gesicht fallen. Die nächsten Stunden arbeitet sie hochkonzentriert, und ich nehme mir vor, sie öfter zu loben.

*

Eigentlich will ich zu Hause nur schnell in Freizeitkleidung wechseln. Immer öfter muss ich nun im Blazer im Büro erscheinen, weil wir Kundentermine haben. Es ist toll zu sehen, wie gut unsere Arbeit angenommen wird.

Und apropos: Ich wollte mit Thomas und seinem Chef noch die finale Bearbeitung des Kaffeehaus-

Logos besprechen. Dafür brauche ich aber zuerst einmal bequeme Schuhe.

Gerade will ich mit meinen Turnschuhen die Wohnung wieder verlassen und öffne die Tür, da pralle ich beinahe mit Frau Nowak zusammen. Offenbar wollte sie soeben bei mir klopfen, sie hält ihre Hand noch in die Höhe.

»Gut, dass Sie da sind«, sagt sie zur Begrüßung. »Die Hunde waren so lange nicht mehr gemeinsam Gassi.«

Ich starre sie an.

»Na, mein Fritz und die Pudeldame vom Herrn Nowak«, erklärt sie weiter, als ich nicht reagiere.

»Und?«, frage ich, ahne aber schon, was kommt.

»Und Sie haben doch wohl am Abend Zeit.« Sie schielt in meine Wohnung. »Herrenbesuch erscheint bei Ihnen ja ohnehin nie.«

Damit meint sie wirklich, mich überreden zu können, mit ihrem Hund spazieren zu gehen? Eigentlich will ich ihr die Meinung geigen, aber da springt der Retrieverwelpe, der mittlerweile schon beinahe erwachsen wirkt, an mir hoch und hechelt freudig.

»Ach, geben Sie schon her«, sage ich und greife nach der Leine.

»Dankschee«, sagt sie artig. »Aber beim Herrn Nowak, da können Sie selbst klopfen.«

*

Thomas zieht die Augenbrauen hoch, als ich mit zwei verspielten – in Wien würde man umanandspringenden oder so sagen – Hunden bei ihm im Kaffeehaus erscheine. »Ich hätte nicht gedacht, dass du mit deinem Jetset-Leben zwischen Wien und Stuttgart Zeit für Haustiere hast.«

»Darf ich vorstellen? Fritz«, ich deute auf den jungen Retriever, »und Inge.« Die Pudeldame. Wenn mich nicht alles täuscht, ist die Namenswahl durchaus interessant. An Herrn Nowaks Tür ist ein goldenes Schild mit *F. Nowak* angebracht, am Briefkasten seiner Exfrau heißt es *I. Nowak.* Freud hätte seine, na ja, helle Freude mit den beiden, denke ich. Wir sind schließlich in Wien, der Geburtsstadt der Psychoanalyse. »Wann hast du Feierabend?«

So lange Thomas noch arbeitet, setze ich mich im Innern des Cafés auf die Eckbank zum speckigen Chef, um ihm meine Kaffeetassen vorzustellen.

»Jö, da kann man ja gar nichts erkennen«, ruft er, als ich ihm Thomas' Liebling zeige: eine stark stilisierte Tasse – ich nenne sie das UFO, die fliegende Untertasse – bildet das »C« in einem zackigen Café-Alsergrund-Schriftzug.

»Ich hätte da auch noch einen etwas konservativeren Vorschlag.«

»Schau i konservativ aus?«, fragt er, und ich verneine schnell.

»Künstlerisch, meinte ich! Jugendstil«, schlage ich

stattdessen vor. Wir sind schließlich in Wien. Und wenn man ein bisschen wohlwollend ist, kann der geschwungene Tassengriff durchaus als Art déco durchgehen.

Thomas tritt zu uns an den Tisch, offenbar ist seine Schicht beendet, denn er trägt Jeans und Lederjacke.

»Jugendstil.« Der Chef nickt mir zu. »Hast du gut gemacht.«

»Jugendstil?« Thomas zieht eine Augenbraue hoch.

»Kunstbanause«, flüstere ich in seine Richtung, dann bedanke ich mich für das Lob und verspreche, den Auftrag schnell weiterzugeben, damit das Schild bald geliefert wird.

Als ich aufstehe, nickt der Speckige und informiert mich: »Der Pawel von gegenüber will auch ein neues Logo.«

Auf der anderen Straßenseite, etwa zwei Häuser versetzt, befindet sich eine Raucherbar, aus der man Schlager aus den Sechzigern und Husten hört, wenn man dran vorbeigeht.

»Das mit den Aufträgen klappt ja wie am Schnürchen.« Thomas steckt sich eine – echte – Zigarette in den Mund. Tschick, nennt er sie. Na, wenn das nicht cool ist. Ich verdrehe die Augen.

»Ich denke, du rauchst nicht?«, frage ich dann.

»Tu ich auch nicht.« Er schnappt sich Fritz' Leine und wuschelt dem jungen Hund kurz über den Rücken, dann verlassen wir das Café und machen uns auf den Weg in den Park. Die Zigarette klemmt in Thomas' Mundwinkel, ohne dass er sie angezündet hätte.

»Spart auch eine Menge Geld«, kommentiere ich.

Im Anna-Carlsson-Park war ich mit den beiden Hunden schon das letzte Mal. Er liegt nicht weit von meiner Wohnung entfernt, Fritz und Inge besitzen hier Lieblingsbäume, und mittlerweile scheinen sie auch schon mit anderen Hunden, die regelmäßig hier Gassi geführt werden, Freundschaft geschlossen zu haben. Wir lassen die beiden von der Leine, damit sie herumtollen können, und setzen uns auf eine Bank.

Es dauert nicht lang, da gesellen sich andere Hundebesitzer zu uns: eine ältere Frau, die mit einem Dackel hier ist, den Fritz gern zum Spielen animieren will, der ihn aber eiskalt ignoriert. Eine junge Frau, die gehetzt wirkt und ihren Collie gleich wieder mitnimmt. Und schließlich ein Mann um die vierzig, groß und kräftig mit Glatze und Ohrringen. Er setzt sich neben Thomas auf die Bank, und keine zwei Minuten später scheine ich nicht mehr zu existieren.

Ich werfe Stöckchen für Fritz, kraule Inge am Bauch und schicke Alexander ein Video, wie Fritz sich beim Stöckchenholen beinahe überschlägt.

Ich wollte immer einen Hund!, schreibt Alexander begeistert zurück. *Aber allein ist das einfach so viel Arbeit.*

So viel Arbeit, bestätige ich. *Sogar als Rentner braucht man noch Hundesitter.*

Neugierig fragt Alexander nach, was das nun wieder bedeutet, und ich erzähle ihm die ganze Geschichte.

Irgendwann beginnt es leicht zu regnen, und der Große mit der Glatze schlägt den Kragen seiner Lederjacke hoch.

»Dann sehen wir uns hier sicher bald öfter«, verabschiedet er sich von Thomas. »Ich freu mich schon.«

Thomas blickt ihm ein Weilchen hinterher, dann dreht er sich zu mir um: »Lotte, sag deiner Frau Nowak, sie hat ihren Hundesitter gefunden.«

Ich schau ihn fragend an.

»Dieser Hund dort«, er deutet auf Fritz, »ist ein einziger Männermagnet. Da gibt es so viel mehr zu holen als auf Silkes YouTube-Kanal.«

»Damit hat sie dich auch schon angespitzt?«

»Sie hat mir eine enorme Reichweite versprochen. Aber bisher bin ich der einzige männliche Follower.«

Überrascht mich nicht. »Jedenfalls war Robert hier« – er nickt in die Richtung, in die der Glatzkopf verschwunden ist – »hin und weg. Und der süße Kerl dort drüben beäugt uns auch schon seit mindestens zehn Minuten.« Nun nickt er zur anderen Seite, wo ein blonder junger Mann mit stark gegelten Haaren für eine Bulldogge einen Tennisball wirft. »Diese Chance lasse ich mir nicht entgehen.« Er klopft Fritz auf die Flanke. »Nicht wahr, mein Hübscher? Du hilfst mir dabei, ein aufregenderes Liebesleben als Miss Rührmichnichtan dort neben mir zu haben.«

Miss Rührmichnichtan verschränkt die Arme vor der Brust und entgegnet: »Ich habe vor ein paar Monaten beinahe geheiratet.«

»Und? Ich *war* ein paar Monate verheiratet.«

»Ich will meinen Verlobten zurück.«

»Ach, das wollte mein Exmann mich auch.« Thomas breitet seine Arme aus. »Aber die Männerwelt ist voller fantastischer Kerle, die ich mir nicht entgehen lassen will. Vielleicht solltest du da mal drüber nachdenken. Im Augenblick hat deine achtzigjährige Nachbarin mehr Sex als du.«

»Liegt wohl am Hund«, murmle ich beleidigt.

Rostbraten und Marillenknödel

Das Rathow-Projekt steht beinahe vor dem Abschluss, Vater, Sohn und Tochter sind zufrieden mit uns, und um uns selbst ein bisschen zu belohnen, gehen die Social-Media-Consultant, die Projektleiterin und die Head-of-Graphics-Department an einem wunderschönen Mittwochnachmittag ein Eis essen.

»Fälschen wir unter der finalen Version eigentlich noch Werners Unterschrift?«, fragt Claire plötzlich und kichert. »So als Supervisor des reinen Frauenteams.«

Silke tippt sich an die Schläfe. »Supervisor«, schnaubt sie. »Superwappler vielleicht.«

Ich muss grinsen, auch wenn ich keine Ahnung habe, was ein Wappler ist. »Rathow junior wird schon mit einem reinen Frauenteam zurechtkommen. Er kann ja sonst mal seine Schwester fragen, was sie von seinen Ansichten hält.«

Wir lachen über Rathow juniors Entschuldigung, mit der er seinen Satz über das »reine Frauenteam« wohl wiedergutmachen wollte. Allerdings geht es uns in Bezug auf die Rathows allen ähnlich: Die zwei Männer sind uns sympathisch, die Zusammenarbeit lief hervorragend. Nur Tochter Rathow haben wir nicht kennengelernt.

»Christian, der alte Rathow, der wär was für Mama«, sinniert Silke.

»Oh Gott.« Claire schaut mich mit großen Augen an.

Ich zucke mit den Schultern. »Besser als Werner, der Vollkoffer?« Allerdings bin auch ich nicht der Meinung, dass man seine Kunden mit Familienmitgliedern verkuppeln sollte.

Silke räuspert sich.

»Schaut mal hier, ich hab ein Konzept erstellt«, sagt sie und beugt sich hinunter zu ihrer Handtasche. Daraus zieht sie eine Collage hervor, die sie aus vier zusammengeklebten DIN-A4-Blättern gebastelt hat.

»Wir hätten auch DIN A3 gehabt«, informiere ich sie.

Sie zieht die Nase kraus.

»Großformatiges … ach, ist ja auch egal.« Ich winke ab. Dann schau ich mir ihre Collage an. Zielgruppe, virales Marketing, Alleinstellungsmerkmal. »Sag mal, studierst du jetzt Marketing?«

»Hab ein Buch gelesen.« Sie wirft sich die Haare aus der Stirn.

Claire schüttelt sich entsetzt und sagt: »Du Streberin!«

»Macht euch nur lustig.« Silke zieht die Augenbrauen zusammen. »Wenn ich erst hunderttausend Follower habe, werdet ihr schon sehen.«

»Nein, ich find's gut«, sage ich.

»Echt?«

»Ja klar.« Auch Claire beugt sich jetzt über Silkes Konzept. »Du hast dir richtig was überlegt.«

»Normale Beauty-Kanäle gibt es schon Hunderte, vielleicht fünfundzwanzig davon sind gut. Ich dachte, wenn ich meine Marktlücke suche, ergibt das Sinn.«

Claire und ich nicken.

»Und deshalb spezialisiere ich mich jetzt auf Office-Make-up.«

Nie wieder Brigitte Helm, denke ich.

»Das ist echt sinnvoll«, sagt Claire. »Früher oder später kommt auch die Generation YouTube in das Alter, wo sie einen Job brauchen.«

»Und man kann mit Nuancen einfach so viel machen«, schwärmt Silke. »Wie viele Facetten nude hat! Ihr glaubt es nicht!«

»Aber natürlich, meine kleine Kosmetik-Queen.« Ich wuschle ihr stolz durch die Haare.

Ein Weilchen sitzen wir noch im Eiscafé, dann verabschiedet Claire sich. Sie muss nach Hause zu ihren Kindern.

Silke will Thomas von ihrer neuen Idee erzählen, und ich beschließe, einen der letzten schönen Herbsttage zu nutzen, um noch einmal ein bisschen Zeit im Volksgarten zu verbringen. Dort gibt es noch genug Blumen, die Blüten tragen, Sonnenstrahlen, und na, wenn ich mit einer Sonnenbrille auf einer Bank sitze, sieht man auch nicht, wenn ich heimlich schräge Leute beobachte. Alexander hat immer seine helle Freude, wenn ich ihm Fotos schicke. *Ach Wien,* schreibt er dann, und ich höre das heimwehmütige Seufzen dahinter.

Gerade habe ich mich auf eine Bank gesetzt, da klingelt mein Smartphone. Das Display zeigt Alexander an, und der Zeitpunkt könnte nicht besser sein.

»Rate mal, wo ich bin?«, frage ich zur Begrüßung.

»Rate mal, wer hier ist?«, fragt er stattdessen zurück.

»Alexander«, sage ich lachend. »Aber …«

»Nein, hier bei mir, außer mir!«, unterbricht er mich. Er lacht. Offenbar ist irgendetwas furchtbar komisch.

»Keine Ahnung. Jana?«, frage ich. »Mit Natalie?« Zu zweit können die einen ganz schön zum Lachen bringen.

»Viel besser!«, sagt er. »Ich bin übrigens deine Glücksfee.«

»Ja, wie eine Fee siehst du aus. Genau wie eine Fee.«

»Jetzt hör doch mal zu!« Er lacht zwar immer noch, aber ich merke, dass es ihm irgendwie wichtig erscheint.

Also gut, ich setze mich aufrecht hin und sperre meine Lauscherchen auf.

»Ich weiß jetzt, wer du bist«, sagt er.

»Lotte Weinheim, deine Vermieterin«, antworte ich. Offenbar kommen wir immer noch nicht zum eigentlichen Punkt der Sache.

»Die … die …« Und jetzt muss er das Handy vom Mund weghalten, weil er so lachen muss. »Die Brautzilla!«

Oh nein. Der einzige Mensch in meinem Umfeld, der es nicht wusste und von dem ich auch nicht wollte, dass er es weiß! Es war so schön, wenigstens ein einziges Mal nicht das Thema Liebeskummer und Marius im Hintergrund zu wissen. Einfach unbeschwert plaudern wie zwei Freunde. Aber jetzt … »Woher hast du es?«, frage ich stöhnend.

»Aha! Hier kommen wir also zur ursprünglichen Frage meines Anrufs: Rate mal, wer hier ist.«

Als ich nichts antworte – Jana und Natalie hatte ich ja schon geraten, und die Müller würde mich bestimmt nicht so in die Pfanne hauen. Vielleicht Tante Anna, aber auch das halte ich für unwahrscheinlich –, ruft Alexander triumphierend: »Jetzt spricht der Verlobte!«

Nicht sein Ernst! Ich fahre hoch. Stocksteif sitze ich da und umklammere mein Handy. »Marius?« Das ist mehr ein Flüstern, aber ich habe Angst, dass er verschwindet, wenn ich seinen Namen laut ausspreche.

»Ganz genau.« Alexander scheint immer noch zu grinsen, er hört sich nun aber nicht mehr ganz so fröhlich an. »Er möchte mit dir sprechen.«

»Und warum ... warum ruft er mich dann nicht selbst an?«, frage ich verwirrt.

»Er hat deine Nummer blockiert und alles gelöscht, was zu löschen ging. Jetzt weiß er nicht, wie er das rückgängig machen kann.«

Ich stelle mir vor, wie Silke stöhnend die Augen verdreht. Aber nicht jeder kann mit moderner Technik so gut umgehen wie mein YouTube-Girlie. Ich finde es irgendwie süß.

»Okay«, sage ich immer noch reichlich verwirrt. »Und ...«, ich breche ab.

»Und ich übergebe jetzt an den Verlobten. Exverlobten. Möglicherweise bald wieder Verlobten.« Seine Stimme klingt nun beinahe traurig, und ich frage mich, ob wir uns vielleicht zu nahegekommen sind? Ob ich es mit dem Flirten manchmal übertrieben habe? Ich will ihn nicht verletzen, wir verstehen uns einfach bombig, er kann ja auch nichts dafür, dass ich nur Marius im Kopf habe. Andererseits: Bei unserem Treffen wirkte Alexander alles andere als begeistert von mir. Also vielleicht gefällt ihm – wie mir – nur das harmlose Online-Flirten, ohne dass es gleich zu Konsequenzen kommen muss ...

Und dann räuspert sich Marius ins Telefon. Mein Herz bleibt stehen. Es schlägt regelrecht nicht mehr.

Für mindestens eine Sekunde, dann klopft es umso schneller.

»Hey, Lotte«, sagt er.

Das sind also seine ersten Worte nach seiner knallharten Zurückweisung. Hey, Lotte. Irgendwie hatte ich mehr erwartet. Aber andererseits ist »Hey, Lotte« auch schon deutlich mehr als »Es ist vorbei« oder »Ich liebe dich nicht mehr«.

»Hey, Marius«, sage ich.

Dann schweigen wir beide, und ich höre ihm zu, wie er atmet.

Schließlich sagt Marius: »Ich muss mit dir reden. Können wir uns treffen?«

»Ich bin in Wien.« Falls er das von Alexander noch nicht erfahren hat.

»Lotte, ich … vielleicht habe ich einen Fehler gemacht.«

Er hat was? Womit? Mit der Beziehung, mit der Verlobung oder mit der Auflösung der Verlobung?

»Ich würde das wirklich ungern am Telefon machen«, sagt er zögerlich und seufzt. »Mama … Ich meine, du kennst sie ja.«

Allerdings. Ich lache ein bisschen unglücklich.

»Genau.« Er seufzt erneut, diesmal klingt er erleichtert. »Und du verstehst sicher, dass man sich manchmal von ihr … Ach, Lotte, ich hab die Schnauze voll von Mama!«

»Heißt das …?« Will er mir sagen, was ich glaube,

das er mir sagen will? »Ich bin am Wochenende in Stuttgart.« Das kriege ich irgendwie hin. Hab ich ja schon mal geschafft. Auch wenn die Müller mir aufgrund meiner CO_2-Bilanz an die Gurgel will. »Dann können wir reden.«

»Oh, Lotte, das ist wunderbar! Am Samstag zum Brunch?«

Mir ist schwindelig, heiß und kalt gleichzeitig, und ich kann mein Glück nicht fassen. Marius will reden, und offenbar will er wirklich reden. Er will mich zurück! Ganz bestimmt! Er wird ja kaum mit mir über seine Mutter und ihre Erwartungen und Vorwürfe sprechen wollen, um mir im Anschluss doch noch einen Korb zu geben. Oder? Ach herrje.

»Ich freu mich«, sagt er jetzt.

»Ich mich auch.« Das flüstere ich beinahe, aber es ist schwer, in diesem Augenblick zu sprechen. Vor lauter Überraschung und Freude habe ich einen Kloß im Hals.

»Dann bis Samstag, Lotte.« Er will auflegen.

»Marius!« Mir fällt noch etwas ein. Vielleicht bin ich albern, aber ich muss kichern. »Lass dir von Alexander helfen, meine Nummer wieder einzuspeichern.«

*

»Das hätte ich jetzt nicht gedacht.« Jana ist wirklich überrascht, ihr fehlen die Worte.

»Ich freu mich sooo für dich!«, kreischt Natalie in mein Ohr.

Für diese großartigen Nachrichten reichte der Chat nicht aus, ich habe eine Telefonkonferenz gewählt. Ist allerdings nicht ganz einfach, wenn Natalie die ganze Zeit mit Tellern klappert und bei Jana im Hintergrund das Radio läuft. Aber meine Neuigkeiten bin ich losgeworden.

»Ich hab es doch gewusst«, jubelt Natalie. »Hab ich's nicht immer gesagt? Sagt, dass ich es immer gesagt habe!«

»Du hast es immer gesagt«, antwortet Jana brav. »Und ich muss sagen, der Shrimp überrascht mich. Vielleicht ist er ja eine Art Axolotl. Und aktuell wächst ihm gerade ein Rückgrat.«

Ich bin so glücklich, ich muss über Janas Vergleich lachen. Und dann sagt sie tatsächlich voller Wärme: »Wirklich, Lotte, ich freu mich für dich. Wenn er es geschafft hat, seiner Mutter die Stirn zu bieten ... Dann bin ich auch wieder Trauzeugin auf der Hochzeit.«

»Und ich kann mein Kleid tragen.« Natalie seufzt.

Hochzeit! Mein Kleid hängt, vorsichtig in Plastikfolie verpackt, im Keller. »Und es wird meine Hochzeit werden«, träume ich vor mich hin. »Ohne Friederike und ihre Ideen. Meine Deko, meine Perlenkette, mein Marius.«

Das Leben ist zu schön, um wahr zu sein, denke ich. Mein Traummann kommt zu mir zurück.

»Dann müssen wir uns wohl beeilen mit einem Besuch bei dir«, sagt Natalie. »Wenn du bald gar nicht mehr in Wien bist.«

»Du musst zumindest einmal mit einem Wiener geflirtet haben«, sagt Jana. »Das hast du mir versprochen!«

Ich muss lachen. »So als Vergleich? Um danach zu wissen, ob Marius wirklich die richtige Entscheidung war?«

»Jup. Ein Wiener. Ein sexy, sexy Wiener.«

»Das hört sich irgendwie … unanständig an, wie du das sagst.« Ich muss lachen.

»Danach darfst du Marius heiraten.«

Jetzt muss ich aber ein bisschen auf die Bremse treten. »Wer weiß, vielleicht ist es ja auch erst einmal nur als langsame Annäherung geplant. Ich meine, wir hatten jetzt über zwei Monate gar keinen Kontakt.«

»Ha, und so lange haben die meisten seiner Beziehungen nicht mal gehalten!«, wirft Natalie ein.

»Wir machen das Schritt für Schritt«, beschließe ich. »Erst einmal Brunch. Dann weitersehen.«

Für einige Augenblicke herrscht Stille, man hört nur Janas Radiosender, der ziemlich schlechte Rocksongs von früher spielt.

Dann fällt mir etwas rein Praktisches ein: »Jana, kann ich am Wochenende wieder auf deiner Couch schlafen?«

»Ich bin doch bei meinen Eltern.« Janas Eltern

wohnen in Frankfurt, und richtig, ich erinnere mich dunkel. Ihr Vater ist letzte Woche gestürzt, sie hat sich zwei Tage Urlaub genommen, um ihrer Mutter im Haushalt und zu Anfang bei der Pflege zu helfen. So kurzfristig besteht keine Chance mehr, dass der Haustürschlüssel rechtzeitig bei mir in Wien landet.

»Oh nein, ausgerechnet jetzt kommt meine Cousine zu Besuch«, sagt Natalie traurig.

In ihrer Ein-Zimmer-Wohnung ist gerade eben so genug Platz für ihr Bett, das wird wahrscheinlich schon ziemlich knapp, die Cousine und ihren Koffer hineinzubugsieren. Keine Chance für eine weitere Person.

Mist. Und was mache ich jetzt? Bei den Aschebecks – pardon, von Aschebecks – kann ich ganz sicher nicht übernachten – und selbst wenn Marius mich ins Haus schmuggeln würde, mit Friederike unter einem Dach, das geht nicht gut.

»Ich könnt meiner Cousine aber absagen!«, schlägt Natalie hilfsbereit vor.

Ich weiß ihr Angebot zu schätzen, aber was, wenn die Ausladung gar nicht gut in Bezug auf die Hochzeit im nächsten Jahr ankommt? Wo Natalie doch auch ihr traumhaftes Kleid tragen wollte? Ich knabbere auf meiner Unterlippe. Wer noch eine Couch hat, bin … ich selber. »Ich frag mal Alexander«, sage ich deshalb.

»Denk an den Wiener. Ein Flirt mit einem Wiener.«

*

Ein bisschen Bammel habe ich davor, in meiner Wohnung bei Alexander zu schlafen. Was, wenn er nein sagt? Das ist sein gutes Recht. Oder was, wenn er ja sagt? Und wir zwei Tage, ohne miteinander zu sprechen, umeinander herumschleichen? Den Knick in unserem Chat aus unserer seltsamen Begegnung, na gut, den haben wir wieder gekittet. Eine zweite seltsame Begegnung würde er aber sicher nicht überstehen. Und ich bin eigentlich sehr froh, dass ich ihn habe. In unserer zweitägigen Funkstille habe ich ihn echt vermisst. Ich seufze. Eigentlich möchte ich Alexander wirklich, wirklich nicht anrufen. Aber wenn ich mir kein Hotel nehmen will – und meine aktuelle finanzielle Lage will ganz bestimmt, dass ich kein Hotel nehme –, bleiben mir nicht viele andere Möglichkeiten. Ich drücke auf den kleinen grünen Hörer.

Alexander ist begeistert. »Na klar doch! Dann mache ich dir am Freitagabend was richtig Leckeres zu essen, lass mich überlegen … Oh! Rostbraten!« Er versucht es Schwäbisch auszusprechen, sodass es wie »Roschtbrote« klingt. »Fürs Heimatfeeling«, fügt er hinzu. »Und als Nachtisch Marillenknödel. Für *mein* Heimatfeeling.«

»Das klingt fantastisch«, sage ich. »Ich glaube, ich habe noch einen Trollinger irgendwo, den wir …«

»Untersteh dich.«

»Es gibt gute Trollinger!«, verteidige ich die schwäbische Wein-Ehre. Wir einigen uns dennoch auf einen Rioja, den Alexander noch besorgen will.

»Du bist dann eben mein Gast. Beim nächsten Mal kannst du kochen und Wein kaufen«, sagt er.

»Es ist echt so nett von dir, dass ich auf der Couch schlafen darf. Aber …« Wie frage ich das jetzt am besten? Wird dir das nicht zu viel? Erträgst du mich überhaupt in der Wohnung? Wirst du wieder so komisch zu mir sein?

»Aber ob die Wohnung zu klein ist?« Er lacht. »Nein, nein, das geht schon. Auch wenn das hier mehr ein Kleiderschrank zum Wohnen ist.«

»Wie bitte? Meine Wohnung ist ein Schmuckkästchen!« Und sie hat zwei Zimmer plus eine Wohnküche!

»Ich mach nur Spaß, bisher fühle ich mich wirklich sehr wohl hier«, sagt Alexander. »Und es ist noch kein einziger Teller zu Bruch gegangen.«

Auf der Fahrt mit der S-Bahn vom Flughafen in die Innenstadt werde ich immer nervöser. In Wien habe ich noch schnell eine Mini-Sachertorte beim Konditor geholt, die beinahe so teuer war wie eine Hotelübernachtung, aber ganz mit leeren Händen kann ich ja nicht bei Alexander auftauchen – und so viel, wie er mir von Wien vorgeschwärmt hat, dachte ich, bringe ich ihm das beste Mittel gegen Heimweh mit: Schokolade. Und dann auch noch aus Wien! Mit jeder Haltestelle klopft mein Herz nun etwas schneller, knete ich meine Finger etwas fester.

Marius will mit mir reden. In etwas weniger als – ich schaue auf die Uhr – sechzehn Stunden sind wir zum Brunchen verabredet. Oh Gott, was ziehe ich an? Was sage ich? Was sagt er? Mir wird schlecht. Die Aussicht auf einen Abend mit Alexander lässt meine Anspannung erst recht in die Höhe schießen. Wenn es wieder so seltsam ist, dann flüchte ich zu Natalie und leg mich zwischen sie und ihre Cousine ins Gräble, beschließe ich nervös. Dieses steife Nicht-Miteinander-Reden halte ich heute nicht aus, nicht am Abend vor *diesem* Termin.

Doch als ich ankomme und mir beim Anblick meines Häuschens das Herz aufgeht, werde ich etwas ruhiger. Es wird schon alles gut werden. Wenn Alexander gekocht hat – und ooohh, jetzt im Treppenhaus rieche ich es schon –, dann können wir uns mit Kauen beschäftigen, zumindest so lange, bis er durch den Wein hoffentlich etwas lockerer wird. Offenbar hat er die Zeit überschätzt, die ich von unten bis in den vierten Stock brauche, die Wohnungstür ist jedenfalls noch zu. Ich schnuppere, kein Zweifel, der gute Duft kommt aus meiner Wohnung, und klopfe. Beinahe augenblicklich wird die Tür aufgerissen, ich setze mein strahlendstes Lächeln auf und … Verblüfft starre ich den Mann an, der da breit grinsend vor mir steht. Das ist definitiv nicht der Alexander, der mir das letzte Mal die Tür geöffnet hat. Dieser hier ist groß, dunkelhaarig und sieht so wahnsinnig gut aus, dass mir leicht schwindelig wird.

»Lotte!« Sein Grinsen wird immer breiter, er sieht tatsächlich ziemlich glücklich aus, mich zu sehen. Dann schließt er mich in eine feste Umarmung, die meine Knie weich werden lässt, weil – du liebes bisschen – wie gut kann ein Mann riechen? Nach Frische, nach ein bisschen Aftershave und nach ganz viel Mann. Ich atme tief ein, dann mache ich mich los und trete einen Schritt zurück. Irgendwas … verstehe ich hier nicht ganz. »Du bist der Typ aus der Bäckerei.« Ich merke selbst, dass das nicht das Klügste war, aber mein Gehirn arbeitet gerade nicht mit. Es weigert sich einfach. Es möchte den schönen Mann da vor mir anschauen und sonst einfach gar nichts tun.

Er zieht die Augenbrauen zusammen. Dann scheint ihm ein Licht aufzugehen. »Richtig, da sind wir uns schon mal begegnet! Aber Moment mal. Wieso? Wieso warst du in Stuttgart? Sogar in Heslach? Und hast nicht daran gedacht, vorbeizukommen und Hallo zu sagen?« Er schnalzt vorwurfsvoll mit der Zunge, als er mich in die Wohnung bugsiert, mir meine Tasche und Jacke abnimmt und die Tür hinter mir schließt.

»Doch«, sage ich. Mehr geht mit meinem Gehirn immer noch nicht.

Er legt den Kopf schräg.

»Da war so ein anderer Mann«, ergänze ich. »Mit raspelkurzen Haaren.«

»Martin! Ach was. Er hat mir gar nichts gesagt.« Alexander bringt meine Tasche ins Wohnzimmer zur Couch und ruft mir über die Schulter zu. »Wir haben ein langes Wochenende ausprobiert, wie das so ist, hier zu zweit zu wohnen.«

Martin, denke ich. Ich habe Martin kennengelernt und nicht Alexander. »Geh ruhig schon mal in die Küche«, ruft er nun.

Deshalb war der Typ so ganz anders als Alexander, verfolge ich meinen Gedankengang weiter. Ergibt Sinn, es war ja auch nicht Alexander.

Himmel, jetzt reiß dich zusammen, Lotte! Ich brauch einen Schluck Wein. So wird das ja nie was.

Also gehe ich tatsächlich schon mal in die Küche, wo es noch herrlicher duftet als im Flur. Ich atme tief ein. »Himmlisch«, flüstere ich.

Alexander hat schon gedeckt, als Einziges muss noch der Wein entkorkt werden, was ich übernehme, während er ein letztes Mal in Töpfen und Pfannen rührt.

»Mmmhh.« Ich schnuppere noch einmal, auch am Wein, den ich in die großen Gläser gegossen habe. Wow. Zu Hause komme ich ja gerade noch so klar, welche Weingläser man für Rot- und welche man für Weißwein nehmen muss. Aber wenn dann in den teuren Restaurants, in die die von Aschebecks so gern gehen, die Tische noch mit Wassergläsern gedeckt sind, die ebenfalls einen Stiel besitzen, bin ich verloren. Wahrscheinlich auch einer der Punkte, die Friederike mir übel genommen hat. Ich bin nicht kultiviert genug.

Alexander schneidet den Braten auf, legt jedem von uns ein Stück auf den Teller und stellt den Topf mit den Spätzle auf den Tisch. Er setzt sich mir gegenüber, und wir stoßen an. Diese dumme Tradition, sich dabei in die Augen zu schauen, ich werde doch glatt rot.

Schnell konzentriere ich mich aufs Essen.

»So, nun erzähl doch mal. Wie gefällt dir Wien?«, fragt Alexander.

»Oh Gott, kann grad nicht reden«, nuschele ich, nachdem ich den ersten Bissen genommen habe. Das Fleisch ist genau richtig gebraten, innen rosig und saftig, und zergeht auf der Zunge. Die Soße dazu ist kräftig und würzig, da will Alexander doch jetzt wirklich nicht ernsthaft eine Unterhaltung führen? »Muss essen.«

Er lacht.

»Ehrlich, ich weiß nicht, ob ich schon mal so guten Rostbraten gegessen habe.« Ich sehe ihn entsetzt an. »Und das von einem Nicht-Schwaben!«

»Du darfst mir morgen gern deine Palatschinken-Fertigkeiten vorführen«, antwortet er.

Ich nehme noch zwei Bissen von diesem fantastischen Fleisch, zwei mit Spätzle, na gut, noch ein Stück Braten, und dann berichte ich ihm von meinen Erlebnissen. Also von denen, die er nicht ohnehin schon kennt, was eigentlich gar nicht so viele sind.

Erstaunlicherweise finden wir trotzdem immer wieder neue Dinge, die wir uns erzählen können, und so ist es auch jetzt. Ich fühle mich unglaublich wohl in meiner Küche mit diesem Mann. Ein bester Freund, denke ich. Wir kennen uns gute zwei Monate, und das fast rein virtuell, und dennoch.

Irgendwann räumen wir das Geschirr zur Seite und kabbeln uns darum, wer spülen »darf«. Ich finde, ich habe die besseren Argumente, da Alexander gekocht hat, er findet, ich bin heute sein Gast, weshalb er spülen muss. Schließlich teilen wir uns die Arbeit: Er spült, ich trockne ab.

»Hätte ich mal eine Spülmaschine einbauen lassen«, sage ich. »Dann hätten wir das Problem jetzt nicht.«

Mit dem Rest der Weinflasche setzen wir uns im Wohnzimmer auf die Couch. Ich sehe Alexander an, wie er zu einer seiner Storys gestikuliert und lacht, und denke: Dieser Mann hat nicht nur einen fantastischen Humor, eine liebenswürdige Art und wahnsinnige Talente in der Küche, er ist auch noch ziemlich heiß. Der Gedanke lässt mich ein kleines bisschen erschrecken. Ich denke doch nicht ernsthaft über einen anderen Kerl als Marius nach?

Aber dann beruhige ich mich wieder: Das liegt bloß am Wein, Wein ist immer verhängnisvoll. Nüchtern würde ich natürlich keinen anderen Mann außer Marius heiß finden, auch wenn mein Herz aufgeregte kleine Hüpfer macht. Mir ist wohlig warm, und ich fühle mich genau richtig beschwipst. Mir fällt Jana ein.

»Du bist doch Wiener«, sage ich.

»Jaaaaa«, sagt er.

Zufrieden nicke ich.

»Bist du betrunken?«, fragt er mich, wobei er ein bisschen Wein verschüttet. Also nein, denke ich, nicht ich bin betrunken, er ist betrunken.

Ich schüttle den Kopf. »Meine beste Freundin Jana will, dass ich mit einem Wiener flirte. Und ich dachte gerade, das wäre doch jetzt eine gute Gelegenheit.«

Ups. Der Filter zwischen meinem Gehirn und meinem Mund scheint augenblicklich nicht so gut zu funktionieren. Und apropos heiß: Der Blick, mit dem Alexander mich jetzt ansieht … Es kribbelt von Kopf bis Fuß in mir, und dennoch kann ich keinen einzigen Muskel rühren.

»Ich wollte immer schon mal mit einer Schwäbin flirten.« Seine Worte klingen so rau und so verdammt … sexy. Und dann sieht er mich wieder an, und plötzlich ist meine Schockstarre vorbei. Es ist, als ob wir uns zu lange zurückgehalten hätten und nun ein Damm gebrochen wäre. Die Leidenschaft, mit der er mich küsst, mit der er mich berührt – mit der *ich ihn* küsse und berühre, habe ich noch nie gespürt. Der elektrische Schlag, der mich bei unserer ersten Begegnung getroffen hatte, ist nichts gegen das Gefühl, das seine Nähe jetzt in mir auslöst. Wir können nicht aufhören zu küssen, immer mal wieder muss ich keuchend Luft holen, aber es ist einfach zu gut. Ich versuche, ihm das T-Shirt auszuziehen, dafür müssen wir schon wieder aufhören mit Küssen, und ich verfluche allen Stoff, der noch zwischen uns steht. Endlich schaffen wir es, uns gegenseitig auszuziehen (ich glaube, an seinem Poloshirt springt ein Knopf ab, aber wir haben keine Zeit, uns groß darum zu kümmern). Die Kleidung wird heruntergefegt, dann liegen wir ineinander verschlungen nackt auf der Couch. Er küsst mich und fährt mit seiner Hand meinen nackten Bauch entlang, streichelt meine Hüften, meine Schenkel … und schließlich spüre ich ihn zwischen meinen Beinen. Ich stöhne auf und recke mich ihm entgegen. Vielleicht ist es der Wein, vielleicht ist es Alexander, aber ich kann mich nicht erinnern, wann ich das letzte Mal so erregt war.

Als ich eine gute Stunde später völlig erschöpft und zufrieden einschlafe, Alexanders Arme um mich geschlungen, denke ich noch: Meine Couch ist ja gar nicht so unbequem.

*

Ich werde von einem ekelhaft beharrlichen Klingelton geweckt. Für einen Moment habe ich keinerlei Orientierung, wo ich bin und weshalb es so warm ist neben mir. Noch bevor ich die Situation verarbeiten kann – Alexander. Alexander neben mir, Alexander gestern Nacht nicht nur neben mir, Alexander, der …. oh Gott, keine Zeit nachzudenken –, springt der Anrufbeantworter an.

»Alles bereit für die große Versöhnung?«, ruft Natalie.

Ich springe auf. Marius! Oh Himmel hilf, Marius, unser Brunch-Date, unser Beziehungsgespräch, unser … Ob ich bereit bin? Mich überkommt der unwiderstehliche Drang, hysterisch zu kichern. Aber dann denke ich an das Rathow-Projekt. Hey, ich bin gut im Improvisieren. Ich klaube ziemlich wahllos ein paar Sachen vom Boden auf, schlüpfe in Jeans und T-Shirt, schnappe mir meinen Rucksack und flüchte aus der Wohnung.

Zumindest flüchte ich bis zur Wohnzimmertür. Dort drehe ich mich noch einmal um. Alexander schläft. Es ist mir ein Rätsel, wie er sowohl den Klingelton als auch meine Hektik nicht mitbekommen haben kann, aber der Mann hat wohl einen gesunden Schlaf. Ich knabbere auf meiner Unterlippe. Soll ich? Das Smartphone in meiner Hand vibriert, und ich zucke zusammen. Marius, denke ich. Meine Zukunft mit Marius wartet. Das gestern, das war … das war ein One-Night-Stand. Für die Entschuldigung, dass ich einfach zu viel getrunken habe, fühle ich mich nicht schlecht genug. Aber die ganzen Gefühlsverwirrungen der letzten Zeit, es ist so viel passiert in meinem Liebesleben, mit meinem Job … Kein Wunder, dass ich mich nicht mehr auskenne und mit dem erstbesten gutaussehenden Mann im Bett lande, auch wenn besagter erstbester Mann eine Granate in eben diesem Bett ist …. Ich kenne ihn doch gar nicht. Also, ich kenne ihn ja fast nur virtuell, meine ich. Marius kenne ich wirklich. Wir waren ein halbes Jahr zusammen, ich weiß von seinen Ecken und Kanten, seinen kleinen Macken und seinen Vorzügen. Ich schlucke.

Dann schließe ich die Tür hinter mir.

Ein Hoch auf die Selbstständigkeit

Fürs Café Planie um zehn bin ich hoffnungslos zu spät. Mein Shirt riecht noch nach Alexanders Parfüm, und … kann man Sex riechen? Die frische Luft hat etwas geholfen, aber vielleicht sollte ich Vorsichtsmaßnahmen ergreifen. Am Bahnhof gibt es einen Drogeriemarkt. Ich stürze hinein, kaufe mir eine Packung Fisherman's Friend, die starken, die ich eigentlich nicht vertrage, und ein stark duftendes Deo. Bisschen Lippenstift zum Auffrischen, dann haste ich über den Schillerplatz zum Café. Eine halbe Stunde Verspätung habe ich jetzt.

Marius wartet schon an einem Tisch im hinteren Bereich, eine Schale Milchkaffee steht vor ihm. Schnell gehe ich die paar Schritte und bleibe dann abrupt stehen. Was jetzt? Umarmen? Die Hand geben? Gar nichts tun? Die Entscheidung wird mir abgenommen, weil ich mich an diesem vermaledeiten Fisherman's verschlucke – ich sagte ja, ich vertrage die Dinger nicht – und einen Hustenanfall bekomme.

Marius springt auf, um mir auf den Rücken zu klopfen. Als ich mich wieder einigermaßen erholt habe, umarmt er mich zaghaft. Er scheint genauso wenig wie ich zu wissen, wie wir miteinander umgehen sollen. Dann hält er mich, seine Hände an meinen Schultern, ein Stück von sich weg und fragt erstaunt: »Wie siehst du denn aus?«

Tja. Das Wort, das mir auf der Zunge liegt, spreche ich lieber nicht aus. Stattdessen sage ich: »Es war eine harte Woche, das glaubst du gar nicht.«

Er nickt, scheint mit seinen Gedanken aber ganz woanders zu sein, als er sich wieder auf seinen Platz setzt.

Ich lasse meinen Rucksack auf den Boden gleiten und mich selbst auf den Stuhl ihm gegenüber plumpsen. Meine Augen! Wenn ich mich abends nicht abschminke, sehe ich morgens aus wie ein Panda. Unauffällig versuche ich, mir unter den Augen entlangzureiben.

Marius blickt mich vorsichtig lächelnd an. »Du hast jetzt diesen Job in Wien«, beginnt er dann.

»Richtig.« Ich nicke energisch. Dann springe ich auf. »Entschuldige mich kurz.« Auf der Damentoilette schaue ich in den Spiegel. Oh Gott. Schnell spritze ich mir Wasser ins Gesicht.

»Du hast nicht zufällig Make-up-Entferner dabei?«,

frage ich ein junges Mädchen, das sich gerade die Hände wäscht.

Sie kramt in ihrer Tasche, findet aber nur Handcreme.

»Macht nichts.« Ich reibe so gut es geht mit Wasser und einem Papiertuch in meinem Gesicht herum und fahre mir durch die Locken.

»Sieht nach 'ner wilden Nacht aus«, kommentiert das Mädchen. »Einen Kamm hätte ich.«

Wenn du wüsstest, denke ich und nehme den Kamm dankbar an.

So. Auch wenn ich in meinem Aufzug keinen Schönheitswettbewerb gewinnen würde, ich sehe zumindest halbwegs annehmbar aus. Meine Wangen sind gerötet, aber das kommt von der frischen Herbstluft.

Ich hetze zurück zum Tisch.

»Ich hab dir schon mal einen Milchkaffee bestellt.«

Den habe ich jetzt bitter nötig. »Du bist ein Schatz.« Ich beiße mir auf die Zunge. »Das war jetzt nur so dahergesagt, einfach …«

Sein Mundwinkel zuckt. »Wir müssen jetzt nicht auf Zehenspitzen umeinander herumschleichen«, sagt er.

Erleichtert atme ich aus, und dann seufze ich glücklich, als der Milchkaffee kommt. Ich muss mich unter Kontrolle bringen.

»Wie geht's dir denn?«, fragt Marius, nachdem ich den ersten Schluck genommen habe.

Mehr und mehr fühle ich mich wie Lotte. »Wunderbar«, antworte ich, und das entspricht trotz meiner Müdigkeit komplett der Wahrheit. »Wien ist der Hammer.«

Da kann er mitreden, er war schon häufiger in der Metropole, weil irgendeine entfernte Cousine dort lebt. Er erzählt mir von den Museen, ich ihm von den Kaffeehäusern.

»Und der Job ist einfach super.« Nach anfänglichen Schwierigkeiten natürlich. Aber wo gibt es die nicht? Ich erzähle von Silke, von Claire, vom Rathow-Projekt und dem dämlichen Werner und merke erst nach ein paar Minuten, dass Marius seine Augenbrauen unglücklich zusammengezogen hat.

»Was ist los?«, frage ich. Hat er was gemerkt? Rieche ich doch noch nach Männerparfüm? Habe ich einen Knutschfleck? Vor Schreck weiten sich meine Augen, und ich lege mir schnell meinen Schal um. Wie gut, dass es Herbst geworden ist.

»Nichts, ich … ich freu mich ja, dass es dir dort so gut gefällt.« Marius versucht ein Lächeln.

»Aber …?«, frage ich.

»Ich glaube, ich hatte gehofft, dass du mich nicht so schnell vergisst.« Jetzt sieht er mich hoffnungsvoll an, und ich spüre, wie sich mein Herzschlag beschleunigt.

»Das hab ich nicht«, flüstere ich. Überhaupt bin ich doch nur seinetwegen dorthin geflohen.

»Gut.« Er nickt. »Und der Job ... könntest du den wieder aufgeben?«

Ich sehe ihn verwirrt an.

»Ich meine, du warst ja eh nie so die Karrierefrau. Was ich gut finde!«, fügt er schnell hinzu.

Ich will etwas sagen, öffne den Mund, schließe ihn aber wieder. Er hat schon recht. Als ich mich fürs Grafikdesignstudium entschied, wusste ich, dass ich niemals zu den hohen Tieren in einer Firma gehören würde. »Das ist okay«, sage ich also. »Der Job in Wien war ja ursprünglich eh nur temporär gedacht. Ich frag Meyer-Sandvoss einfach, ob ich schon früher in meinen alten Job zurückkehren kann.« Die Müller vermisse ich ohnehin ein bisschen. Mein ökologischer Fußabdruck wird größer und größer, da müsste bald mal wieder jemand mein Gewissen spielen.

»Dann ist das also geklärt«, sagt er.

Ich schaue ihn an. Wie, geklärt? Was ist geklärt? Worum geht's überhaupt? Ein bisschen trotzig werde ich jetzt doch. Erst ignoriert er mich zwei Monate, und nun kommt er mir so nüchtern? Etwas mehr Leidenschaft hätte ich ja schon erwartet. Oh Gott, Leidenschaft. Jetzt nicht an gestern denken. An Alexanders Hände, seine nackte Brust, seine ... Marius. Konzentrier dich auf Marius! Wir sprechen hier gerade über wichtige Dinge. Nur die Art und Weise, wie wir darüber sprechen, gefällt mir nicht so richtig. Meine Stimme kiekst ein bisschen, als ich frage: »Wieso müsste ich denn meinen Job aufgeben?«

»Du kannst ja jetzt nicht mehr in Wien bleiben.«

Gut, es war ohnehin nur eine Flucht gewesen, eben wegen der ganzen Sache mit der Hochzeit. Aber ich will etwas anderes hören. »Was meinst du damit?« Spricht er es jetzt aus oder nicht? Bekomme ich meine Versöhnungsszene oder was?

»Oh Mann, ich glaub, ich geh das alles völlig falsch an.« Frustriert fährt er sich durch die Haare.

Ich will nicht schon wieder fragen, was er nun damit meint, und warte einfach mal ab.

»Lotte Weinheim«, sagt er und fasst nach meiner Hand.

Jetzt breitet sich ein Lächeln auf seinem Gesicht aus, und er wirkt mit seinem frechen Augenzwinkern wieder genau wie der Mann, in den ich mich damals auf den ersten Blick verliebt habe. Schmetterlinge breiten sich in meinem Bauch aus. »Du bist die wunderbarste Frau, die ich je kennengelernt habe«, sagt er, und meine Wangen werden heiß.

»Weißt du, warum?«

Ich schüttle den Kopf, etwas zu sagen traue ich meiner Stimme gerade nicht zu.

Er blickt mich fröhlich an, als er meint: »Du bist die einzige Frau, die meine Mutter total aus der Fassung gebracht hat.« Sein Grinsen wird immer breiter und ist so ansteckend, dass ich ihn unwillkürlich anlächeln muss.

Zur Sicherheit hake ich nach: »Und das ist gut?«

»Das ist sogar sehr gut.« Er fährt sich mit der Zungenspitze über die Lippen, und dann beginnt er zu erzählen. »Weißt du, was ich in den letzten Monaten erkannt habe? Ich muss endlich erwachsen werden. Ich kann nicht für den Rest meines Lebens an Friederike von Aschebecks Rockzipfel hängen. Ich muss lernen, auf eigenen Beinen zu stehen und mich gegen meine Mutter zu behaupten. Und diese Erkenntnis kam auch durch dich.« Mit seiner anderen Hand streicht er mir durchs Haar. »Das Gespräch, das du mit Friederike hattest, neulich, als du zu uns gekommen bist, das hat mich ziemlich beeindruckt. Wie du ihr die Stirn geboten hast. Du hast dich entschuldigt, entschuldigen wollen, weil du einen Fehler gemacht hast, du hattest die Größe, das zuzugeben, aber als sie dann ungerecht dir gegenüber wurde, hast du das nicht zugelassen. Das war …« Jetzt grinst er mich frech an und zwinkert mir zu. »Das war sexy.«

Etwas verlegen muss ich lachen.

»Und deshalb habe ich mir zwei Dinge gedacht: Erstens, die Frau musst du dir zurückholen.«

Ich drücke seine Hand.

»Und zweitens: Du musst endlich anfangen, dein Leben selbst zu bestimmen.«

»Wow.« Ich bin wirklich beeindruckt von seiner Entscheidung. Das kann nicht leicht für ihn gewesen sein. »Das heißt, du stehst jetzt wirklich auf eigenen Beinen? Wie ein ganz normaler Mensch? Ohne die Aschebeck-Asche im Hintergrund?« Ich grinse ihn an.

»Ganz ohne kann ich wahrscheinlich doch nicht, nein.« Er zieht spitzbübisch die Nase kraus. »Mein Vater hat mir zum Glück einiges vermacht, zwei Fonds laufen auf meinen Namen, etwas Cash und natürlich die Häuser in Südfrankreich und Spanien.«

Er beißt sich verlegen auf die Unterlippe, und ich wuschele ihm durch die Haare.

Doch plötzlich wird er von etwas – oder jemandem – hinter mir abgelenkt. »Ist das …« Er kneift die Augen zusammen. »Sind das Jana und Natalie?«

Ich drehe mich um. Tatsache. Jana, die ich eigentlich bei ihren Eltern wähnte, steht mit einer riesigen Sonnenbrille auf der Nase, die beinahe ihr gesamtes Gesicht verdeckt, an der Kuchentheke neben Natalie, deren Hutkrempe um ein Haar die Bestellung der Dame vor ihr vom Tresen fegt.

»Ach, so ein Zufall!«, sage ich schnell.

Die Tatsache, dass beide sich in genau dem Moment, in dem sie sich durch uns entdeckt fühlen, hinter die Theke ducken, straft meine Worte Lügen.

»Wahrscheinlich waren sie es gar nicht.« Auch das klingt nicht sehr glaubwürdig.

Jana scheint durch die Sonnenbrille nicht viel zu sehen, jedenfalls hält sie die Hände nach vorn gerichtet, während sie sich einen Weg nach draußen ertastet, Natalie dicht auf den Fersen, die die breite Hutkrempe wie bei einer Mütze schützend um ihre Wangen zieht.

»Äh …« Marius starrt den beiden irritiert hinterher.

»Sie meinen es gut«, sage ich, auch wenn ich keine Ahnung habe, was genau sie hier wollten.

»Dieser Hut, der kommt mir irgendwie bekannt vor«, sinniert Marius.

Bevor wir uns da verzetteln und ich in weitere Erklärungsnöte aufgrund von Freundinnen komme, die zu stark in mein Liebesleben involviert sind, ziehe ich Marius' Hand zu mir herüber und klimpere mit den Wimpern. »Vielleicht sollten wir zahlen«, schlage ich vor. Wir könnten noch einen romantischen Spaziergang durch den Schlossgarten machen. Durch den Teil, der noch halbwegs für Romantik taugt jedenfalls. Wir werden also auf den paar Quadratmetern vor der Oper bleiben.

Immer noch leicht irritiert winkt Marius dem Kellner, aber als wir anschließend Arm in Arm zum Eckensee schlendern, ist die Stimmung wieder gelöst. Wir setzen uns in der Sonne auf eine Bank.

»Ich hab dich echt vermisst, Lotte.« Er streicht mir über die Wange. »Sag mal, hast du da … du hast einen blauen Fleck am Hals?«

Oh Gott, also doch! »Ausgerutscht, hingefallen, lass uns nicht darüber reden«, sage ich schnell. Und das will ich auch nicht. Allein daran denken löst Gefühle in mir aus, die ich hier und jetzt nicht gebrauchen kann. Herzklopfen, Schmetterlinge und so ein Verlangen, ein Ziehen, das ich …

»Wie geht's denn Rainer?«, wechsle ich das Thema auf ungefährliches Terrain.

»Die Galerie läuft gut«, antwortet Marius. »Viele Aufträge, viel Rotwein.« Er schaut den Enten beim Schwimmen zu, und wir führen unseren Small Talk einige Minuten weiter. Ich sonne mich im Gefühl unserer Versöhnung und lasse mich in seine Arme fallen. Wenn immer mal wieder Erinnerungsfetzen an die letzte Nacht aufblitzen, so dränge ich sie resolut zurück. Ich kenne Alexander doch gar nicht!

Marius riecht so vertraut, seine Hände fühlen sich so vertraut an. Ich seufze glücklich auf. Plötzlich klingelt sein Handy. Er steht zum Telefonieren auf und stellt sich ein paar Meter weiter weg. Was ist das denn jetzt? Ich darf sein Telefonat nicht mitbekommen? Hat er doch noch Kontakt zu dieser Blondine mit der tollen Figur und dem fehlenden Humor? Ich kann nur Wortfetzen verstehen, er scheint aufgebracht zu sein. Aber weshalb guckt er dann so verkniffen?

Irgendwann steckt er das Handy wieder ein und kommt zu mir.

»Entschuldige, Lotte, ich muss los.« Er streicht mir

noch einmal über die Wange und gibt mir einen zärtlichen Kuss. »Aber wir sehen uns ganz bald, ja?« Er muss mir meine Irritation anmerken, denn er fügt hinzu: »Wann fliegst du morgen? Ich schau, dass ich dich zum Flughafen bringe, okay?« Noch einmal küsst er mich.

»Nachmittags«, antworte ich, und er verspricht, sich zu melden.

Während ich ihm nachblicke, frage ich mich, wo er denn so schnell hinmuss. Wobei … nein. Die Blondine ist aus dem Rennen. Die einzige Frau, die Marius so herumkommandieren kann, ist seine Mutter. So leicht gibt sich Friederike nicht geschlagen. Ich seufze. Ob das gut geht?

Kaum ist Marius verschwunden, kriechen Jana und Natalie aus dem Unterholz, oder wo auch immer sie sich versteckt gehalten haben. Natalie gibt mir ein Bussi auf die Wange und klatscht vor Freude in die Hände. »Dann ist es also tatsächlich wahr? Ihr habt euch wieder versöhnt?«

»Wir wollen es noch einmal miteinander probieren«, antworte ich mit einem zögerlichen Lächeln. So ganz kann ich es noch nicht glauben.

Jana umarmt mich von hinten. »Habe ich mir das mit dem Trauzeuginnen-Job verbaut?«, fragt sie reumütig.

»Ach was!« Ich umarme sie ebenfalls. »Und du hast schon recht gehabt, er war ein bisschen ein Shrimp.«

»Solange er sein Rückgrat wiedergefunden hat.« Jana grinst.

»Was heißt hier wieder?« Ich grinse ebenfalls. »Aber ich glaub, jetzt hat er's.«

»Und das ist doch die Hauptsache.« Natalie setzt sich neben mich auf die Bank, nimmt den albernen Hut ab und hält ihr Gesicht in die Sonne.

Wir genießen das wunderbare Herbstwetter, während ich das Treffen mit Marius Wort für Wort wiedergeben muss. Natalie ist begeistert wie eh und je, und Jana scheint zum ersten Mal die Marius-Fankurve zu betreten. Ich schiebe die leisen Zweifel zur Seite. Das wird wieder! So sehr, wie wir uns geliebt haben.

»Wieso bist du eigentlich nicht bei deinen Eltern?«, fällt mir schließlich ein, und ich stupse Jana anklagend den Zeigefinger in den Bauch.

»Natalie meinte, es könnte notwendig sein, euer Treffen im Auge zu behalten.« Sie zuckt mit den Schultern. »Ich wäre dir zuliebe auch schon gestern Abend gekommen, aber da du ja bei Alexander in deiner alten Wohnung schlafen konntest …«

Natalie richtet sich auf. »Ach, richtig. Wie ist es mit dem eigentlich so?«

*

Ich wollte es ihnen nicht erzählen, ich wollte mich jetzt komplett auf Marius konzentrieren, aber wie hätte ich Jana darum bitten können, heute Nacht auf ihrem Sofa zu schlafen, wenn ich ihr keinen Grund liefere?

»Oh, mein Gott.« Natalie hält sich die Hand vor den Mund.

»War's gut?«, fragt Jana.

Es war absolut fantastisch, denke ich, zucke aber nur mit den Schultern. Wahrscheinlich verrät mich mein Grinsen trotzdem.

»Ach, komm!« Jana boxt mir leicht gegen den Arm.

Na ja, was soll ich sagen? Er hat in der ersten Nacht geschafft, was andere nicht einmal in einem halben Jahr können?

»Das darf Marius niemals erfahren«, beschließt Natalie resolut.

»Technisch gesehen haben die beiden sich gerade eben erst wieder versöhnt«, wirft Jana ein. »Gestern Nacht war Lotte noch Single.«

»Danke, Frau Verteidigerin«, sage ich, muss aber Natalie zustimmen. »Das darf er niemals erfahren.«

»Wir schweigen wie ein Grab.« Natalie macht die Reißverschluss-Bewegung vor ihrem Mund.

»Und mit Alexander?«, fragt Jana. »Keine Gefühle?«

Meine Hände schwitzen ein bisschen. Ich schüttle den Kopf. »Keine.«

Jana seufzt. »Dazu war er dann wohl einfach nicht

sexy genug.« Sie schnalzt mit der Zunge. »Komisch eigentlich. Ich fand ihn ziemlich attraktiv.«

Als ich nach diesem ereignisreichen Wochenende am Montag im Büro erscheine, sind alle schon versammelt: Claire, Silke, was mir einen erstaunten Pfiff entlockt, und ein aufgeklappter Laptop auf dem Tisch im Besprechungsraum, in den Claire mich gebeten hat. Offenbar wurde eine Videokonferenz in unser Stuttgarter Büro geschaltet, denn vom Display aus nickt mir Meyer-Sandvoss zu: Er sitzt an seinem Stuttgarter Schreibtisch und hält ein Blatt Papier vor sich in den Händen.

»Ich wusste gar nicht, dass wir sowas können«, flüstere ich.

Silke verdreht stöhnend die Augen.

Meyer-Sandvoss räuspert sich. »Schön, dass wir nun alle da sind«, sagt er und liest wie ein Nachrichtensprecher von seinem Papier ab. Dann lässt er es sinken und blickt uns erwartungsvoll an. Ich blicke erwartungsvoll zurück und fühle mich ein bisschen so, als wäre ich zu einem Impro-Theaterstück geladen, ohne dass man mich darüber informiert hat.

»Das Rathow-Projekt ist ja nun zu einem hervorragenden Abschluss gekommen«, referiert Meyer-Sandvoss und zählt noch einmal auf, welche Leistungen wir für Rathow & Söhne erbracht haben. »Außerdem gibt es diverse neue Projekte in der

Pipeline, und auch der nächste große Fisch zappelt schon am Haken.« Jetzt sieht er Claire an, die sich räuspert.

»Am Freitagnachmittag hat sich der *Halbe Hahn,* eine Restaurantkette mit mittlerweile mehr als zwanzig Filialen in ganz Österreich, bei uns gemeldet.« Sie schaut auf einen Notizblock und liest vor: »Sie hätten gern ein neues Logo, neue Homepage, eine Plakatkampagne und virales Marketing. Das volle Programm.«

Wahnsinn! Wir werden noch richtig erfolgreich!

»Und das ist zu einem großen Teil natürlich Ihr Verdienst, Frau Weinheim.«

Ach, der Meyer-Sandvoss. Manchmal hab ich ihn schon gern. »Ich bin nicht umsonst eine Ihrer besten Grafikerinnen«, sage ich mit einem Augenzwinkern.

»Das schon, ja. Grafikerin. Head of Graphics Department sogar, habe ich gehört«, antwortet er, und Claire muss schmunzeln.

Dann fährt er fort. »Deshalb dachten wir daran, ob Sie nicht vielleicht die Filialleitung übernehmen wollen?«

Filialleitung? Vom Halben Hahn? Es dauert etwas, bis der Groschen fällt. »Von der Wiener Partneragentur?«, hake ich nach, um keinem Missverständnis aufzusitzen.

»Von uns.« Silke grinst mich an.

Claire nickt eifrig. »Wir würden uns sehr freuen, wenn du bei uns bleiben würdest.«

»Dann müsstest du aber richtig arbeiten«, warne ich Silke. »Nagellack und YouTube nur noch in der Freizeit.«

»Virales Marketing?« Sie verzieht den Mund. »Der Job *ist* YouTube.«

So gesehen … »Ich bin echt überwältigt«, sage ich. Das meine ich ernst. So viel Vertrauen, das mir entgegengebracht wird, und das bloß, weil ich … Nein, denke ich und straffe mich. Nicht »bloß«. In den etwas mehr als zwei Monaten, die ich nun hier arbeite, habe ich mehr geschafft als der alte Werner in den letzten drei Jahren. Darauf darf ich schon ein bisschen stolz sein.

»Wahnsinnig gern«, flüstere ich dann und blicke mit einem Lächeln in die Runde, das wahrscheinlich vom einen Ohr zum anderen reicht.

»Yes!« Silke reckt die Faust.

Meyer-Sandvoss gratuliert mir, da schiebt sich die Müller ins Bild. »Klasse hast du das gemacht, Mädle!«, ruft sie. »Herzlichen Glückwunsch auch von der Vanessa!« Meyer-Sandvoss' anderer bester Grafikerin.

Ich bedanke mich artig, dann beendet Meyer-Sandvoss die Telefonkonferenz, und ich drehe mich zu meinen neuen Mitarbeiterinnen um. »Na dann, an die Arbeit!«, sage ich lachend und klatsche in die Hände.

»Moment noch.« Silke setzt sich an den Besprechungstisch, während Claire uns ungefragt Kaffee kocht.

Als sie mit drei Cappuccinos und sechs Keksen zurückkommt, sagt Silke: »Jetzt erzählst du uns erst, wie dein Wochenende mit deinem Exverlobten war.«

*

Ich hab's ihnen nicht erzählt. Ich schäme mich, aber ich hab ihnen nicht gesagt, dass Marius und ich wieder zusammen sind und Zukunftspläne schmieden. Zukunftspläne in Stuttgart. Stattdessen habe ich ihnen gesagt, wir wollen es »langsam angehen lassen«. Langsam angehen lassen! Marius hat mir heute von unterwegs die Nachricht geschrieben, dass es eine Sache gäbe, die Friederike derzeit am meisten ärgern würde, und das wäre unsere Hochzeit. Und Steuern sparen könnten wir, wenn wir noch in diesem Jahr ...

Mist, so ein Mist. Ich bräuchte einen Fiaker oder zwei, um meine Nerven zu beruhigen. Aber da ich nicht will, dass Thomas alles brühwarm Silke berichtet, fällt mein Stammkaffeehaus aus. Es wird also eine Eigenkreation auf dem heimischen Sofa und eine Telefonkonferenz mit Jana und Natalie.

Doch bevor ich die beiden über den Gruppenchat anrufen kann, klingelt mein Telefon. Besagter Exverlobter, der ja nun Neu-Freund ist, ruft mich an.

»Sag mal, Lotte, hast du schon deinen Flug gebucht?«, fragt er.

Welchen Flug?, will ich fragen, aber ich weiß, welchen er meint. »Ich habe schon geschaut«, lüge ich. »Muss aber erst noch hier in der Agentur ein paar Projekte abwickeln.« Soll ich ihm von dem Jobangebot erzählen? Oder bekommt er dann Angst? Ich meine, ich habe in meiner ersten Euphorie zugesagt, aber … Ich denke an unsere Beziehung und weiß, dass ich es natürlich nicht so gemeint haben kann. Ich kehre zurück nach Stuttgart, das ist eine klare Sache.

»Dann dauert es noch ein paar Wochen?«, fragt Marius.

»Höchstens drei Monate. So lange haben wir eben eine Fernbeziehung.«

»Lieber nicht«, sagt er. »Die gehen immer schief.«

Ich seufze. »Es ist ja nicht für lange.« Aber er hat ja recht. Und eigentlich … was will ich denn in Wien? Jana und Natalie sind in Stuttgart, ich habe mein ganzes Leben dort verbracht – bis auf das Auslandssemester in Paris, aber das rechne ich jetzt mal nicht ein. Und alles nur, weil ich jetzt ein Jobangebot habe? Ein absolut fantastisches Jobangebot allerdings, das so schnell nicht wiederkommen wird. Wie oft wird einer Grafikerin die Agenturleitung angeboten, wenn sie sich nicht selbständig macht?

»Ich will dich auch nicht stressen, Lotte. Ich vermiss dich nur einfach so sehr.«

Oh, wie süß ist das denn? In Stuttgart kann ich mich doch auch bewerben. Ich kann auch in Stuttgart eine Agentur leiten. Wenn mich keine haben will, eröffne ich eben eine! »Weißt du was? Ich reiche morgen meine Kündigung ein, und dann bin ich in drei Wochen spätestens zurück in Stuttgart«, verspreche ich.

Er atmet erleichtert auf. »Und dann hört Mama endlich auf, mir irgendwelche Frauen vorzustellen.«

»Zwei Wochen. Maximum.«

Ich atme tief durch. Marius ahnt nichts vom Jobangebot. Silke und Claire ahnen nichts von meinem bevorstehenden Rückzieher. Puh. Ich mach mir noch eine Art Fiaker, lasse dieses Mal aber den Kaffee weg. Dann starte ich einen Anruf in meiner Einsamkeitsgruppe bei WhatsApp.

»Das ist ja der Hammer!«, kreischen Jana und Natalie beinahe gleichzeitig.

Die beiden sind ganz aus dem Häuschen über die Nachricht, dass ich Agenturchefin werden soll, und es dauert etwas, bis sie mir wieder zuhören.

»Ich werde morgen wieder absagen.«

»Was?« Ein Aufschrei der Entrüstung entfährt beiden.

»Was war denn am Wochenende?«, frage ich. »Große Versöhnung mit Marius, ihr erinnert euch?«

Stille.

»Ich habe ihm versprochen, ganz bald zurückzukommen.«

»Ja, aber ob zwei Monate früher oder später, das ist doch auch egal«, sagt Natalie selbst hoffnungsvoll. »Also bleibst du noch ein bisschen und …«

»Da helfen auch zwei Monate nicht«, antworte ich. »Wenn ich die Leitung hier übernehme, verpflichte ich mich auf Jahre, da kann ich nicht so einfach Tschüs sagen. Und eigentlich … also wir planen jetzt, die Hochzeit vielleicht im Winter nachzuholen.« Das Chalet in Zermatt, Champagner, ein Kamin und traute Zweisamkeit.

»Wie romantisch.« Natalie seufzt. »Er verzichtet auf die Zustimmung seiner Mutter, du verzichtest auf deine Karriere.«

»Verdammt, du hättest doch den Wiener nehmen sollen«, meint Jana düster.

In meinem Inneren wird es ganz heiß und schmerzt dann für einige Sekunden. Aber es geht vorbei, ich kann wieder atmen und erwidere: »Ach, die Wiener Männer sind auch nicht besser.«

Wie auf Kommando fängt es in diesem Augenblick im Treppenhaus an zu toben, und ich verkneife mir ein: »Hier ist der Beweis.«

»Geht die Agentur dann pleite?«, fragt Natalie.

»Sei nicht albern.« Ich hoffe zumindest, dass dieser Gedanke albern ist. »Sie werden jemand anderen finden, der sich in die Sache hineinkniet. Und vielleicht ist derjenige noch viel fähiger als ich.«

Natalie scheint beruhigt. »Und du arbeitest wieder bei Meyer-Sandvoss im Vogelsang«, sagt sie.

»Ade, Karriere, ade, Gehaltserhöhung.« Jana ist immer noch in Weltuntergangsstimmung.

»Ach hör schon auf, du bist nur traurig, dass du den Wien-Besuch nicht mehr schaffst in der kurzen Zeit, die ich noch hier bin.«

Das löst ein bisschen die Stimmung, und Jana und Natalie beschließen, einfach nächstes Jahr einmal zu dritt ein Wochenende in Wien zu verbringen.

»Na, und Head of Graphics Department oder Agenturleitung … Du bist bald eine von Aschebeck, wenn das kein cooler Titel ist!«, sagt Natalie schließlich.

»Ich will meinen Namen behalten.«

»Jedenfalls, wenn ihr erst einmal verheiratet seid, dann bist du alle Sorgen und Probleme los!«

»Außer vielleicht das Problem Friederike«, mischt Jana sich ein. »Aber die macht dann euch beiden die Hölle heiß, geteiltes Leid ist halbes Leid.«

Die größte Schwierigkeit ist, wie ich die Nachricht Claire und Silke beibringen soll. Es juckt mich in den Fingern, Alexander um Rat zu fragen, er hat so eine Gabe, mit Witz und Fröhlichkeit alle Schwierigkeiten kleiner erscheinen zu lassen, als sie sind – und dennoch gute Tipps zu geben. Aber seitdem ich am Morgen aus meiner beziehungsweise seiner

Wohnung geschlichen bin, haben wir nicht mehr geschrieben. Was auch? Er wusste ja, aus welchem Grund ich in Stuttgart war. Und dass er mit mir geschlafen hat … Ich ziehe die Beine hoch auf die Couch und nehme noch einen Schluck von meinem Fiaker – ja, den kann man durchaus so nennen, in der Tasse war schließlich vorher mal Kaffee. Wieso hat Alexander mit mir geschlafen? Hat er die gleiche Anziehungskraft gespürt wie ich? Kitschig ausgedrückt war es fast magisch. Ich hatte das Gefühl, ich sterbe, wenn er mich nicht bald berührt, wenn ich ihn nicht bald überall spüre. So eine intensive Leidenschaft habe ich noch nie gefühlt, nicht einmal bei Marius. Ich beiße mir auf die Zunge. Was für ein Gedanke!

Und Alexander seinerseits? Was, wenn es für ihn bloß »okay« war? Wenn ich in der Liste seiner Eroberungen eine Drei plus war? Beinahe werde ich wütend auf meinen imaginären Alexander. Dann frage ich mich, ob er es nicht doch *auch* gespürt hat. Und wenn es so war …. was das nun für mich bedeutet?

Natalie holt mich zurück in die Realität. »Friederike«, greift sie Janas Gedanken auf. »Was sagt die wohl zu eurer neuerlichen Verlobung?«

»Tja«, ich zucke mit den Schultern, obwohl es meine Freundinnen natürlich nicht sehen können, »ich kann es mir so ungefähr vorstellen …«

Die Villa Aschebeck ist in Tiefschwarz getaucht, auch wenn es erst fünf Uhr nachmittags ist. Friederike steht wie vom Donner gerührt in einem dunklen Kostüm im Salon. Die Post, die sie gerade durchgehen wollte, ist ihr aus der Hand gefallen, und die Briefe liegen zerstreut um sie herum. Einer trägt einen schwarzen Trauerrand, wie passend. »Sagen Sie das noch mal«, fordert Friederike kraftlos ihre Haushälterin auf.

»Marius hat sich erneut mit Lotte Weinheim verlobt.« Die Überbringerin der schlechten Nachricht steht mit hängendem Kopf vor ihrer Herrin. Sie macht sich Vorwürfe. Hätte sie sich doch nicht von einer Schachtel Hochland-Pralinen bestechen lassen und der jungen Frau erlaubt, das Haus zu betreten! Ob dann nicht alles anders gekommen wäre?

»Ist mein Junge jetzt von allen guten Geistern verlassen?« Friederike merkt, dass sie etwas Ähnliches schon über diese Person, über Lotte Weinheim gesagt hat. Sie hofft, es ist kein schlechtes Zeichen. Aber ihr wird ebenfalls klar, dass sie langsam ihre Macht über Marius verliert.

Jemand schleicht durch den Flur.

»Rainer!« Wenigstens ihr anderer Sohn hält noch treu zu ihr.

Ein Glas Rotwein in der Hand – Rainer hat es heute nicht in die Galerie geschafft, aber die Galerie sozusagen mit heimgenommen – betritt ihr Ältester den Raum.

»Wusstest du von Marius und seiner Verlobung?«

Rainer zieht die Stirn kraus. »Mit dieser Blondine?«

Friederike entfährt ein angeekeltes Stöhnen. Auch wenn Blondie eine »von« war, irgendein niederer Adel ohne Geld, aber immerhin ein Titel, so hatte sie doch überhaupt keinen Stil und war schrecklich vulgär. »Mit Charlotte Weinheim!«

»Mutter ...«, beginnt Rainer langsam und vorsichtig. Er stellt sein Rotweinglas auf dem Sekretär ab und fasst beinahe zärtlich Friederikes Hand. »Ich glaube, es war in letzter Zeit alles etwas zu viel für dich.« Er führt sie zum Sofa, damit sie sich setzen kann, und hebt zu sprechen an.

»Bist du betrunken?«, fährt Friederike ihm ins Wort und zieht ihre Hand zurück.

»Nein, aber dir täte vielleicht ein Cognac nicht schlecht, um die Lebensgeister wieder zu wecken.« Fürsorglich legt Rainer die Kissen auf der Couch zurecht. Dann schaut er sie liebevoll an. »Lotte hat eine .... Nein, Mutter, darüber müssen wir nicht sprechen. Es ist besser, dass du dich nicht erinnerst. Das Einzige, was du wissen musst, ist: Die Verlobung wurde aufgelöst. Von Charlotte Weinheim droht dir keine Gefahr.«

»Du hast ja keine Ahnung!«, ruft Friederike und legt die Hand an die Stirn.

»Alles wird gut, Mutter, ich kümmere mich um dich«, verspricht Rainer und ruft nach Frau Reinecke, damit sie einen Cognac bringt. Dann fasst er noch einmal nach Friederikes Hand, um sie zu drücken.

»Um mich! Kümmere dich lieber um deinen missratenen Bruder, der nur aus Trotz, aus reiner Boshaftigkeit mir gegenüber diese Weinheim heiraten will!«

»Leg dich ein bisschen hin.« Rainer steht auf, um Frau Reinecke mit dem Cognac Platz zu machen. »Die Post kannst du mir überlassen.« Er hebt die hinuntergefallenen Briefe auf und sammelt sie ein.

Vielleicht sollte sie sich wirklich hinlegen, denkt Friederike. Der Cognac wärmt sie, und ihre Sorgen wirken schon ein winziges bisschen kleiner. Vielleicht sollte sie ein Schläfchen halten. Rainer wird die Geschäfte übernehmen, das hat der gute Junge gerade eben gesagt.

Als er mit dem Telefon am Ohr hinausgeht, registriert sie gerade noch die Worte »beginnende Demenz« und »Bankvollmacht«.

Ein wutentbrannter Schrei erschüttert die Villa von Aschebeck.

*

Es ist mehr ein Hereinschleichen als ein Betreten der Agentur am nächsten Morgen. Wie soll ich Silke und Claire meine Entscheidung beibringen?

Ich hänge meinen Mantel an den Garderobenhaken, es ist mittlerweile schon empfindlich kühl morgens, und fahre meinen Computer hoch. Claire werkelt in der Teeküche, ich kann sie mit Geschirr klappern hören. Einen Kaffee brauche ich ohnehin – oder besser einen Kamillentee? Ich bin ziemlich nervös, also mache ich mich auf den Weg nach unten.

Claire hat den Vollautomaten zum Laufen gebracht und sich selbst eine Tasse Cappuccino gemacht. Auf einem Teller hat sie leckere Haferkekse angerichtet, und ich wundere mich, dass ich in meiner Zeit in Wien nicht merklich zugenommen habe.

»Sag mal, Claire«, beginne ich, während mein eigener Cappuccino läuft. »Wenn ich nicht gekommen wäre, dann …«

Ich kann den Satz nicht zu Ende sprechen, bevor sie mir ins Wort fällt: »Dann weiß ich nicht, wie es mit uns weitergegangen wäre. Wir sind so froh, dass du jetzt bei uns bist!«

»Ja, na ja«, relativiere ich. »Es gibt ja auch noch jede Menge anderer qualifizierter …«

»Gott bewahre! Noch so ein qualifizierter Chef wie der Werner?« Claire zieht die Augenbrauen zusammen.

Bevor sie mit ihrer Kaffeetasse zurück an ihren Arbeitsplatz verschwindet, nickt sie mir noch einmal glücklich zu. »Wenn wir dich nicht hätten, wären wir wirklich am Ende.«

Na, das Gespräch ist nicht ganz so verlaufen, wie ich es mir vorgestellt habe.

Mit schlechtem Gewissen schleiche ich wieder nach oben. Silke ist noch nicht da, was mich nicht wundert. Sie war die letzten Wochen immer überpünktlich und hat wie wir alle einiges an Überstunden angesammelt.

Dann informiere ich als Erstes mal meinen Chef und hoffe, dass er mich früher als geplant zurück nach Stuttgart lässt.

Mit reichlich Herzklopfen, aber nicht der guten Art, greife ich zum Telefonhörer. Beim ersten Klingeln hebt Meyer-Sandvoss ab. »Meyer-Sandvoss und Partner, Meyer-Sandvoss am Apparat.«

Nachdem ich mich gemeldet habe, grüßt er begeistert ins Telefon: »Hallo und Partner! Frau Weinheim, schön von Ihnen zu hören!«

»Ja«, ich lache schwach. »Leider habe ich nicht ganz so gute Neuigkeiten.«

»Kein Problem, kein Problem. Stellen wir sie für den Moment hintenan. Denn ich habe eine Idee, die Ihnen gefallen wird.«

»Herr Meyer-Sandvoss …«

»Ach, nennen Sie mich Waldemar, Frau Weinheim, wir sind doch jetzt Partner.«

Herrje, wie komm ich da wieder raus?

»Also … ähm …« Sein Vorname will mir einfach nicht über die Lippen. Und dann habe ich zu lange gezögert, und er spricht schon weiter.

»Meine Idee: Da Sie ja nun beide Offices kennengelernt haben, dachte ich daran, zukünftig bei Projekten unsere Ressourcen zu bündeln. Wir könnten sozusagen bilateral …«

»Darüber wollte ich mit Ihnen reden. Aus privaten Gründen stehe ich für die Agenturleitung leider nicht mehr zur Verfügung.« Ich halte die Luft an.

Meyer-Sandvoss scheint es die Sprache verschlagen zu haben.

»Damit meine ich …«, will ich weiter ausführen, aber Meyer-Sandvoss unterbricht mich.

»Ich weiß, was Sie meinen.« Meyer-Sandvoss klingt deutlich abgekühlt. »Sie drücken sich vor der Verantwortung.«

»Das ist nicht das, was …«, sage ich, weiß aber nicht, wie ich fortfahren soll. Wenn ich ihm mit meiner abgesagten Hochzeit komme, die jetzt wiederum erneut zur Debatte steht, schmeißt er mich wahrscheinlich ganz raus. Meyer-Sandvoss und Emotionen passen nicht zusammen.

»Ich kann Sie nicht zwingen, Frau Weinheim«, sagt er schließlich. »Es ist Ihre Zukunft.«

»Die liegt in Stuttgart«, antworte ich mit fester Stimme. Bei Marius.

»Und jetzt wollen Sie mich bitten, Ihnen Ihre alte Stelle morgen schon wiederzugeben?«

»Wien war ja ohnehin nur temporär gedacht, und …«

»Ihr Schreibtisch ist aktuell belegt.«

Oh.

»Können wir, ich meine …« Ich habe keine Ahnung, was ich sagen will. Darf er das so einfach?

Im Hintergrund höre ich, wie die Müller ihm etwas zuruft.

»Korrigiere«, blafft er in die Leitung. »Ihr Schreibtisch ist ab morgen nicht mehr belegt.«

Ich kann also zurückkommen? Mit einem Seufzer atme ich die Luft aus, von der ich gar nicht gemerkt hatte, dass ich sie angehalten habe.

»Danke, Herr Meyer-Sandvoss, ich weiß das wirklich zu schätzen und werd…«

»Ja, ja«, fällt er mir unwirsch ins Wort. »Aber Ihrem Team in Wien bringen Sie die News gefälligst selber bei!«

Das tue ich dann schließlich in der Mittagspause. Bei einem Cheeseburger und einem Milchshake hatte ich gehofft, dass Silke sanftmütiger drauf wäre. Entweder ich habe mich verkalkuliert, oder ich möchte nicht wissen, wie »gereizte Stimmung« bei ihr aussieht.

»Du Verräterin.« Sie steht auf, und für einen Augenblick denke ich, sie kippt mir ihren Milchshake ins Gesicht. Doch dann funkelt sie mich nur böse an, schiebt geräuschvoll ihren Stuhl zurück und verlässt mit ihrem Getränk den Laden.

Unglücklich drehe ich mich zu Claire, bei der ich heute jedoch auch keinen Trost finde. »Das hättest du dir echt gleich überlegen können«, sagt sie und verschränkt abweisend die Arme vor der Brust.

»Ich war einfach so überwältigt.« Ich fahre mir mit der Hand über die Stirn. »Und ich wäre auch so gern Agenturleiterin geworden. Es ist nur einfach …«

»Dein Verlobter.« Claire nickt brüsk und zieht ihre Pommes näher zu sich heran. Das Gespräch ist beendet, den Rest des Mittagessens würdigt sie mich keines Blickes mehr. Was im Übrigen auch Silke den kompletten Nachmittag im Büro nicht mehr tut. Mit den beiden habe ich es mir wohl wirklich verscherzt.

*

Marius ruft täglich an. Er fragt mich, wie mein Tag war – bescheiden, meine Bürofreundschaften sind gerade sehr, sehr brüchig –, ich frage ihn, wie seiner war, wir sprechen kurz, dann sagen wir beide gleichzeitig »Ich hab dich lieb« und legen auf. Er ist wirklich rührend engagiert, und ich freue mich immer, seine Stimme zu hören. Mein Herz hüpft jedes Mal ein bisschen, wenn ich seinen Namen auf dem Telefon sehe.

Vor einigen Tagen war ich mal kurz in Alexanders und meinem Chatverlauf, und auf einmal stand dort in Grün *Alexander schreibt*. Mein Herz ist mir bis zum Hals gehüpft, ich bin schnell aus WhatsApp raus und habe keine Nachricht bekommen. Seitdem gebe ich nichts mehr auf Herzhüpf-Höhen.

Leidenschaft, was ist das schon? Wenn ich meine Nachbarn so betrachte, sind die beiden die leidenschaftlichsten Menschen der Welt. Und? Sie machen sich selbst und alle Menschen in ihrem Umfeld wahnsinnig. Außer natürlich Thomas, den haben sie sehr glücklich gemacht mit seinem neuen Job als Hundesitter. Für Silke und mich hat er seitdem nicht mehr so viel Zeit, was vor allem Silke etwas stresst, weil sie ihn in ihrem Marketing-Konzept für den YouTube-Kanal »Beauty im Büro« fest eingeplant hatte. Aber wir freuen uns über sein florierendes Liebesleben mit diversen Hundebesitzern. Vor ein paar Tagen ist allerdings ein Foto, das er eigentlich an eine seiner neuen Bekanntschaften schicken wollte, auf WhatsApp fehlgeleitet worden. Bevor Thomas es bemerken und löschen konnte, hatte Silke es schon gesehen. Seitdem hält sie sich immer die Ohren zu, wenn Thomas von Fritz, Franz oder Volker spricht.

Jedenfalls: Leidenschaft ist ab jetzt aus meinem Lebensplan gestrichen. Wer braucht schon Leidenschaft?

Dass die Gespräche mit Alexander so nett, lustig und aufregend waren und wir bis tief in die Nacht gequatscht haben, ohne ein Ende zu finden? Na, also bitte, so geht's mir mit Jana auch oft, und für Jana hege ich wirklich gar keine romantischen Gefühle.

*

Der Abschied aus meiner Wohnung fällt mir nicht leicht. Über die Zeit haben sich ein paar Pflanzen, Bilder und kleinere hübsche Einrichtungsgegenstände in der ehemals kargen Dienstwohnung angesammelt: Ich fühle mich richtig wohl, und der Balkon ist immer noch ein Traum, auch wenn ich mittlerweile mit der Jacke draußen sitzen muss. Es lohnt sich trotzdem, den Blick über den Gürtel, die äußere Wiener Ringstraße, gleiten zu lassen, die Tram zu beobachten, die Bim vor dem Haus bimmeln zu hören. Ich werde auch die Architektur vermissen. Ich hätte nie gedacht, dass so ein Satz mal über meine Lippen kommt: die Architektur vermissen. Aber das Wiener Stadtbild kann stolz auf sich selbst sein, und das Gefühl bekommt man auch.

Schweren Herzens schließe ich die Tür ein letztes Mal hinter mir. Silke und Claire haben sich gestern so schnell aus dem Büro verabschiedet, ich bin gar nicht dazu gekommen, ihnen für alles zu danken. Meine Abschiedsgeschenke – eine Spätzlepresse für Silke und Premium-Kaffeebohnen für Claire – habe ich in die Teeküche gestellt.

Jetzt hieve ich meinen Koffer die letzte Treppe hinunter, da geht die Haustür auf. Herein spazieren Arm in Arm Herr und Frau Nowak, Inge und Fritz tollen glücklich um sie herum.

»Sie ziehen aus?«, fragt Frau Nowak. »Das ist aber schade.«

»Sie äh … Sie streiten sich nicht?«, entgegne ich. »Das ist aber schön.«

»Ach wissen Sie«, sagt der alte Nowak und schaut seine Begleiterin glücklich an, »manchmal braucht es einfach nur eine Person, die über ihren Schatten springt. Der Rest geht dann von selbst.«

»Wahrscheinlich hätten Sie nicht gedacht, dass bei uns noch Gefühle vorhanden sind«, ergänzt seine Frau. »Wir hatten sie einfach sehr tief vergraben.«

Na ja, so tief nun auch wieder nicht, will ich sagen. Ganz abgesehen davon, dass Trotz, Wut und Hass auch als Gefühle zählen.

»Ich freu mich für Sie!«, sage ich.

Herr Nowak drückt seiner Exfrau beziehungsweise möglicherweise Bald-wieder-Ehefrau einen Kuss auf. Dann gehen sie fest ineinander verschlungen die Treppe hinauf.

Ich starre ihnen noch hinterher, als es von draußen lautstark hupt. Thomas, der mich zum Flughafen fahren will. Ich trete auf die Straße, und tatsächlich, Thomas parkt halb auf der Straße, halb auf dem Gehweg.

Auf dem Beifahrersitz sitzt Silke, hinten im Fond Claire. Für einen Moment muss ich aufsteigende Tränen der Rührung unterdrücken. Haben sie mir meine Kündigung also doch verziehen?

»Glaub ja nicht, dass wir nicht weiterhin böse mit dir sind«, sagt Silke zur Begrüßung, während sie mir dabei hilft, meine Sachen im Kofferraum zu verstauen.

»Natürlich nicht«, antworte ich. »Ihr habt auch allen Grund dazu.«

»Gut, dass du es einsiehst.«

Am Flughafen kommen sie alle drei mit zum Check-in.

Silke zieht eine Schnute.

Als wir vor der Sicherheitskontrolle stehen, durch die nur ich mit meinem Boarding komme, boxt Thomas mir männlich-emotional gegen die Schulter.

»Oida, mit wem soll ich jetzt Make-up-Videos drehen?« Silkes Augen stehen ein bisschen unter Wasser, und ich vermute, bei mir sieht es ähnlich aus.

»Grüß Stuttgart von uns«, sagt Claire.

»Und schick Spätzle«, ergänzt Thomas.

»Wir erwarten eine Einladung zur Hochzeit!«, sagt Silke.

»Auf jeden Fall. Wem habe ich denn den Pizza-Plan zu verdanken?« Ich zwinkere Silke zu.

»Den hast du zwar nicht umgesetzt, aber ich wette, es war mein Lidstrich, der das Herz deines Angebeteten zum Schmelzen gebracht hat.«

»Ganz bestimmt.«

Ich umarme alle drei, auch wenn sie mir auf österreichische Art Küsschen auf die Wangen hauchen.

Als ich die Security passiert habe und ihnen noch einmal auf die Entfernung zuwinke, frage ich mich, ob es für die Ehe ein schlechtes Omen ist, wenn das, worauf ich mich bei der Hochzeit am meisten freue, ein Wiedersehen mit meinen drei Wiener Freunden ist.

Home sweet home

Wenn ich während des Fluges zwei, drei Tränen verdrücke, dann hat es zumindest niemand gesehen.

Marius holt mich vom Flughafen ab. Er trägt einen grauen Mantel, dazu einen weißen Schal, den ihm wahrscheinlich Rainer geliehen hat. Als er mich sieht, kommt er mir entgegen, lässig wie üblich, und ich strahle ihn an.

»Schick siehst du aus«, sage ich und kuschle mich in seinen Kragen.

»Das Kompliment kann ich zurückgeben.«

Silkes Abschieds-Make-up, das *Office-Glamour,* für die Tage, an denen frau zunächst ein Meeting und nach der Arbeit noch ein heißes Date hat. Es ist wirklich gelungen, mit seidig schimmerndem Lippenstift und ganz zartem Puder.

Marius umarmt mich fest, gibt mir einen Kuss und fragt, ob ich hungrig bin.

»Hast du was gekocht?« Ich grinse ihn an.

Erschrocken sieht er mich an. »Um Gottes willen, nein. Ich dachte an ein Steak im Amici.«

Ich verwende meinen alten McDonald's-Trick, der bei Silke auch immer funktioniert hat. »Oh, ich habe gar keinen Hunger.« Auf Schickimicki-Bars kann ich heute verzichten, dazu bin ich zu erschöpft.

»Macht nichts, wir können auch morgen ausgehen.« Marius zieht mich an sich heran. »Das Wochenende ist noch jung.«

Das ist es, und deshalb macht es mir auch nichts aus, dass wir nicht gleich übereinander herfallen, als wir zur Wohnungstür hereinkommen. Marius wohnt im Moment in der Zweitwohnung seines Onkels Edgar, und ich bin froh, so Friederike aus dem Weg gehen zu können. Ich könnte damit leben, sie nie wieder zu sehen. Dass ich ihr früher oder später natürlich begegnen muss, daran führt kein Weg vorbei.

Marius öffnet eine Flasche Rotwein aus Edgars Vorrat, und dann machen wir es uns auf dem Sofa gemütlich. Wir knutschen ein wenig, aber Marius scheint nicht ganz bei der Sache zu sein.

Als ich sein Hemd aus der Hose ziehen will, seufzt er unglücklich.

»Ist alles okay?«, frage ich verwirrt.

Denn unser Sexleben war nie … na ja, ich mein, ich will nicht meckern, direkt schlecht war es nicht. Und so geistesabwesend wie heute war Marius noch nie.

»Ja. Schon.« Marius seufzt erneut. »Es ist nur …«

»Was?«

»Nicht was, sondern wer.« Er fährt sich mit der Hand durchs Gesicht. »Mama.«

Ich dachte, er wollte selbständiger werden? Unabhängiger? Sein Leben allein gestalten?

»Was ist mit ihr?«, frage ich vorsichtig.

»Sie stellt sich total quer. Mit unserer Hochzeit, weißt du? Und … gegen ihren Willen zu heiraten, ist eine Sache. Aber auf Dauer im Krieg mit ihr zu leben, eine andere.«

Ich weiß, was Jana jetzt sagen würde, aber ich verstehe Marius. Meine Familie ist hauptsächlich nervtötend, und wir haben nicht allzu viel Kontakt. Aber wenn es hart auf hart kommt, ist jeder für den anderen da. Ich könnte mir niemals vorstellen, mich mit meiner Mutter so sehr zu verkrachen, dass sie sich weigern würde, zu meiner Hochzeit zu kommen.

»Wir kriegen das hin«, versuche ich, ihn aufzumuntern. »Vielleicht mit noch einer Entschuldigung.«

»Rainer sagt, wir sollen ein Kind bekommen, dann muss sie sich mit uns versöhnen.«

Ich stocke. Ein Kind. Mit Marius? Er ist doch selbst noch eins! Bei dem Gedanken erschrecke ich: Ich bin zweiunddreißig, mein zukünftiger Mann ebenfalls. Eigentlich sollten wir das Thema »Kinder« angehen können. Oder?

»Vielleicht probieren wir es erst einmal mit einem Hund?«

Er lacht.

»Das war kein Witz«, sage ich. Es war auch nicht direkt ernst gemeint, aber ... ich mochte Fritz und Inge.

»Und dann im Regenmatsch raus und morgens früh um acht, wenn man abends vorher feiern war? Nein danke.«

»Ich weiß nicht, ob Kinder pflegeleichter als Hunde sind«, merke ich an.

»Das Gassigehen fällt weg.«

»Dafür muss man öfter füttern. Es muss ja auch nicht gleich sein«, wiegele ich dann die Hundesache ab. Wir wohnen ja noch nicht einmal richtig zusammen. Aber mir fällt auf, dass wir in unserer gesamten Romanze noch nicht über Zukunftsvorstellungen gesprochen haben. Zuerst war da die Verliebtheit. Nachdem wir uns in der Villa der von Aschebecks kennengelernt hatten, waren wir die nächsten Wochen unzertrennlich, machten dort einen Kurzurlaub, gingen hier schick essen ... es war ein wundervoller Traum. Dann kam der Antrag, und ab da waren wir eigentlich nur noch mit Hochzeitsvorbereitungen beschäftigt, bei denen Friederike mich herumkommandierte. Klar, wir wollten im Garten der von Aschebecks heiraten, der beinahe so groß ist wie der ganze Schlossplatz. Aber das Catering musste bestellt, die Dekoration ausgesucht werden. Und alles, wirklich alles hatte damals Friederike bestimmen wollen. Meine zukünftige Schwiegermama hatte mich so mit Beschlag belegt, dass ich schlichtweg für ein ernsthaftes Gespräch mit Marius keine Zeit gehabt hatte. Und jetzt, wo wir uns erst vor Kurzem wieder versöhnt haben, wollte ich noch keine schwerwiegenden Gespräche führen. Aber es scheint wohl notwendig zu sein.

»Wo wollen wir eigentlich wohnen?«, frage ich ihn. »Meine Wohnung ist zwar nicht die größte, aber wenn mein Untermieter« – ich muss kurz schlucken, bevor ich weitersprechen kann – »auszieht, dann könnten wir dort vielleicht für die Übergangszeit hin.«

»Was ist verkehrt an Onkel Edgars Wohnung?«

»Nichts. Außer dass sie eben, nun ja, Onkel Edgars Wohnung ist.«

Marius sieht mich verständnislos an.

»Ich hätte gern meine eigene Wohnung«, erkläre ich.

»Ja, aber in die Villa können wir aktuell nicht. Ich sag doch, Mama …«

»Ich will auch gar nicht in die Villa«, unterbreche ich ihn. Himmel, die Villa? Ich klinge mittlerweile etwas aufgebracht. Wieso versteht er das hier nicht?

»Was willst du denn?« Gereizt hebt er die Hände.

»Ich will …«, beginne ich, weiß dann aber auch nicht genau, was ich eigentlich will. Ich will, dass er einen Hund will? Eine eigene Wohnung? Ich reibe mir über die Augen, es war ein langer Tag.

»Ich glaube, ich will gerade nur ins Bett«, sage ich

müde. Und weil ich mich Marius gerade sehr fern fühle, füge ich hinzu: »Und in deinen Armen einschlafen.«

Wir putzen uns sehr unromantisch und sehr vertraut nebeneinander die Zähne. Im Bett startet Marius einen halbherzigen Versuch, mich auszuziehen, aber als ich mich zur Seite drehe, lässt er schnell seine Arme fallen und schließt die Augen. Immerhin hat er sich an mich gekuschelt, während er mir nun leise ins Ohr schnarcht.

Ich liege wach, was zum einen daran liegt, dass ich Hunger habe, zum anderen an den vielen Gedanken, die mir durch den Kopf wirbeln.

Was war das vorhin für ein Gespräch? Waren unsere Hochzeitspläne doch überstürzt? Wo wollen wir wohnen, wie sieht unsere Zukunftsplanung aus? Und was machen wir mit der Hochzeit? Wenn er nicht ohne Friederikes Zustimmung heiraten will? Natürlich liegt ihm seine Mutter am Herzen. Aber wenn sie sich weigert, mit mir zu sprechen? Ich wälze und wälze mich herum, aber mir kommt keine Idee, was wir tun können. Irgendwann fallen mir dann doch die Augen zu, und ich drifte ins Reich der Träume ab.

Ich schrecke hoch, als ein unglaublich gutaussehender Mann mich in seine starken Arme zieht und mir einen leidenschaftlichen Kuss gibt.

Der wunderschöne Mann ist nicht Marius.

*

»Wir haben dich so vermisst!« Natalie fällt mir um den Hals, als hätten wir uns ein halbes Jahr nicht gesehen.

»Ich war doch andauernd hier«, antworte ich lachend, während ich nun Jana begrüße.

»Aber das ist nicht dasselbe.« Natalie winkt dem Kellner für eine Runde Prosecco.

Wir waren schon viel zu lange nicht mehr brunchen, und mein erstes Wochenende »daheim« rief geradezu nach einem gemütlichen ausgedehnten Brunch am Sonntagvormittag.

»Und?«, fragt Jana, nachdem wir angestoßen haben. »Was überwiegt gerade, der Abschiedsschmerz oder Wolke sieben?«

»Wolke sieben«, antworte ich zögerlich.

Sie zieht die Augenbrauen hoch.

»Ich bin überglücklich, wirklich«, sage ich schnell. »Es ist nur einfach ... es war alles so turbulent in letzter Zeit, da bin ich einfach nicht mehr mitgekommen.«

»Verständlich. Erst Shrimp, dann wieder nicht Shrimp. Dann Alexander, dann wieder nicht Alexander. Karrieresprung, Kündigung, Hochzeit.«

Ihre Zusammenfassung passt nicht ganz, finde ich, aber ich beschäftige mich lieber mit dem Croissant auf meinem Teller.

»Friederike«, ergänzt Natalie bedeutungsschwanger.

Ich stöhne auf. »Oh Gott, da muss ich mir auch

noch was ausdenken!« Ich erzähle ihnen von meinem Gespräch mit Marius.

»Hättest du Friederike mal in die Pizzeria eingeladen«, witzelt Jana.

Das finde ich nicht lustig, aber Natalie kneift die Augen zusammen. »Macht das doch gemeinsam«, schlägt sie vor. »Ein Versöhnungsdinner für die gesamte Familie.«

»Ihr könnt es auch Probedinner für die Hochzeit nennen«, wirft Jana ein. »Dann könnt ihr ja gleich sehen, ob ihr es riskieren könnt oder ob es Tote gibt.«

Immer noch nicht lustig. »Friederike würde sich niemals prügeln, das liegt weit unter ihrer Würde.« Aber ob sie Frau Reinecke beauftragen würde, mir was ins Essen zu mischen, kann ich nicht mit Sicherheit verneinen.

»Friederike hat derzeit mit beiden Söhnen Probleme«, berichtet Natalie.

»Woher weißt du das denn?«, frage ich.

Jana verzieht den Mund und sagt: »*Old habits die hard.* Natalie war so in ihrer Spionage-Tätigkeit drin, da hat sie einfach weitergemacht.«

Verlegen zuckt Natalie mit den Schultern und macht sich auf ihrem Stuhl klein. »Hätte ja sein können, dass Friederike dir Steine in den Weg legt«, nuschelt sie zur Entschuldigung. »Weiß auch nicht genau, was.«

Oh, das tut sie! »Sie wollte Marius mit diversen Unternehmertöchtern verkuppeln.«

»Sag ich ja.« Natalie hat wieder Oberwasser. »Die Probleme mit Rainer kannst du zu deinem Vorteil nutzen. Sie ist einsam, ohne Unterstützung, vielleicht ist sie sogar froh über dein Friedensangebot!«

»Sie hat Frau Reinecke und sehr viel Geld«, gebe ich zu bedenken. Ich glaube kaum, dass Friederike unter diesen Umständen *mich* braucht. Ich seufze. »Aber Marius ist es wichtig«, sage ich dann und fahre mit dem Fingernagel an der Tischdecke entlang. »Ich schlage ihm die Idee eines Versöhnungsdinners mal vor.«

»Sollen wir Rückendeckung geben?«, fragt Jana. »Feuerschutz sozusagen?«

Ich kann es mir vorstellen: Zwei riesig bebrillte und groß behütete Freundinnen fegen Sektgläser von Tabletts, werfen Schirmständer um und stellen dem Kellner ein Bein. »Das ist lieb, aber ich komm schon klar.«

»Hast du eigentlich Alexander noch mal gesehen?«, fragt Natalie plötzlich.

Ich schüttle den Kopf.

»Ist auch besser so«, sagt sie verständnisvoll.

Ich ignoriere die Tatsache, dass der Gedanke, ihn nie wieder zu sehen, verdammt weh tut.

*

Immerhin kann ich die Agentur wieder durch den Vordereingang betreten, anstatt durchs Fenster zur Teeküche zu krabbeln.

Dennoch ist es ein komisches Gefühl, wieder hier im Stuttgarter Büro zu sein.

Vanessa Finke hebt die Hand, als ich hereinkomme. Die Müller hat in der Teeküche statt Kaffee einen Bio-Kräutertee aufgesetzt. »Ihre veganen Haferkekse haben im Wiener Büro übrigens hellen Anklang gefunden«, informiere ich sie.

Meyer-Sandvoss kommt herein. Als er mich sieht, stutzt er. »Ach ja, richtig, richtig.« Wie üblich weiß er nicht, was er sagen soll.

»Sie freuen sich sicher, dass ich wieder da bin«, helfe ich ihm auf die Sprünge.

»Natürlich, natürlich.« Er schaut hilfesuchend zur Müller, die nur mit den Schultern zuckt.

»Ich glaube, Sie haben gleich einen Telefontermin«, sagt sie. »In Wien ist ja jetzt eine Stelle frei, da müsste eine Anzeige aufgegeben werden. Claire Németh möchte sich da mit Ihnen abstimmen.«

Ich schlucke. Mit einer Tasse Tee schlurfe ich zu meinem Schreibtisch, auf dem in völliger Unordnung meine Stifte und Büroutensilien liegen.

»Wir hatten einen Praktikanten da«, erklärt die Müller.

»War der gut?«

»Hat nur YouTube geguckt und wollte Influencer

werden.« Sie schüttelt den Kopf. »Wir haben ihn rausgeschmissen.«

Ich mache mich an die Arbeit: Vanessa hat mir genaueste Projektbeschreibungen hinterlassen, anhand derer ich die neue Homepage für einen Lampenhersteller überarbeite.

In der Mittagspause überlege ich, zum McDonald's zu gehen, dann hole ich mir aber doch lieber einen Salat und verbringe sie vor dem Schreibtisch.

»Was schaust du dir denn da an?«, fragt Vanessa, als sie mir mit einer Tasse Kaffee in der Hand neugierig über die Schulter blickt.

»YouTube. Wir müssen lernen, auch die jungen Leute in unsere Marketing-Kampagnen mit einzubeziehen.«

»Aha.« Vanessa klingt skeptisch. »Und deshalb guckst du Beauty-Kanäle?«

»Das ist Silky Silke, YouTube Queen«, sage ich. »Zweitausendfünfhundert Follower, und es werden täglich mehr. Das wird mal eine richtig große Influencerin.« Und ich bin für jeden weiteren Schminktipp dankbar, falls mir das Versöhnungsdinner mit Friederike blüht.

*

Es ist vertraut, wieder zurück in Stuttgart zu sein. Und dennoch komme ich mir inzwischen hier mehr wie eine Touristin vor als in Wien. Möglicherweise liegt das daran, dass ich keine eigene Wohnung habe: Onkel Edgars Küchenutensilien bestehen aus einer Fritteuse, einem Waffeleisen und einem Fondue-Set. Ansonsten gibt es keinerlei weitere Pfannen oder Töpfe. Gestern habe ich den Fondue-Topf genutzt, um One-Pot-Nudeln zu kochen. Dank Silke bin ich – zumindest was YouTube angeht – mittlerweile fit wie ein Proteinriegel von der Müller. Es gibt Pastagerichte, bei denen man Nudeln und Soße quasi gleichzeitig kochen kann, für Menschen, die keine Lust zu spülen haben oder die, wie ich, nur einen einzigen Topf besitzen.

Marius war nicht sonderlich begeistert von meinen Kochkünsten, vor allem, weil eine perfekt funktionierende Fritteuse gleich neben dem Herd steht. Aber nach den ganzen McDonald's-Besuchen mit Silke kann ich einfach keine Pommes mehr sehen.

Heute muss ich nicht kochen. Leider.

»Lotte, versemmel das jetzt nicht.« Marius sieht mich flehentlich an.

Das habe ich wirklich fest vor. Also, es nicht zu tun, deshalb habe ich mir doch diese blöde Bluse angezogen. Die Kombination mit Omas Perlenkette habe ich mir als kleinen Seitenhieb nicht verkneifen können. Aber ansonsten sehe ich genau so aus, wie eine Friederike von Aschebeck sich ihre Schwiegertochter in spe zeichnen würde.

Marius fand Natalies Idee eines Versöhnungsdinners nämlich ganz hervorragend. Und sein strahlendes Gesicht zu sehen, war es die Sache beinahe wert. Beinahe. Denn das ändert alles nichts daran, dass ich jetzt trotzdem lieber zu einer Wurzelbehandlung bei meinem Zahnarzt aufbrechen würde. Oder alternativ zu einem Spiel des VfB, das elendige Gefühl am Ende wird ähnlich sein.

»Ich kann das«, sage ich entschlossen. Ich kann Frieden schließen mit ihr. Ich kann lernen, sie zu mögen. Für Marius. »Deinetwegen.«

Er lächelt mich erleichtert an und gibt mir einen Kuss. »Dann mal los.«

Der Kursaal in Bad Cannstatt ist innen nicht ganz so mondän wie sein hübsches Äußeres vermuten lässt. Aber er heißt Kursaal, und da ich nicht mehr in Friederikes Gunst stehe und die Sterne-Restaurants deshalb ausfallen für das große Versöhnungsdinner, war diese Location ihrer Meinung nach wohl die beste Alternative. Und natürlich musste Friederike das Restaurant aussuchen. Im Allgemeinen sollte man denken, obliegt die Wahl demjenigen, der das Versöhnungsdinner vorschlägt, aber in der Familie Aschebeck ist die Frage, wer Entscheidungen trifft, ein für alle Mal grundlegend geregelt: Friederike.

Als Marius und ich ankommen, sind sie und Rainer schon da. Rainer steht schüchtern neben seiner Mutter, er trägt ein Pflaster auf der Nase. Was da wohl passiert ist?

Aber dann kommt Friederike auf mich zu, und ich habe keine Zeit mehr, darüber nachzudenken. Ihre Mundwinkel zucken verächtlich, aber sie nimmt die Hand, die ich ihr entgegenstrecke. Die Millisekunde des Zögerns haben wahrscheinlich nur wir gespürt.

»Charlotte.« Sagt sie.

»Friederike.« Sage ich.

Wie zwei Duellantinnen stehen wir voreinander, ich erwarte jeden Moment, dass ein Sekundant nach der Wahl der Waffen fragt.

»Ich gratuliere dir.« Vom Tonfall her könnte es auch ein Fluch sein.

Dennoch: Sie ist – wie ich auch – hier. Ihre Anwesenheit ist ein Zugeständnis an Marius, der das Essen organisiert hat, und damit auch an mich. Sie will keinen Krieg, sie will zumindest Waffenruhe.

»Mal sehen, wie lange die Ehe hält.«

Oder einen Stellungskrieg.

Ich lächle so zuckersüß wie möglich, denn wenn wir ehrlich sind: Ich habe gewonnen, das ist klarer als die Tomaten-Consommé, die Marius als Vorspeise wählen wird.

Onkel Edgar hetzt herein, der ebenfalls eingeladen wurde, weil er sich durch seine großzügige Geste, dass er Marius und nun auch mich in seiner Zweitwohnung wohnen lässt, mehr oder weniger direkt in den Streit eingemischt hat. Er kommt gerade rechtzeitig, um Friederike ihren Mantel abzunehmen. Der Kellner hatte ihre kleine Geste vorhin ignoriert. Ich nehme an, damit ist der Kursaal nun endgültig von der Liste »zur Not noch akzeptabler Etablissements« gerutscht.

Onkel Edgar ist Friederikes jüngerer Bruder und in allem ihr Gegenteil: Wo sie groß und schlank ist, ist er klein und untersetzt und erinnert mich an Danny DeVito. Die gleiche Brille, der gleiche zerzauste, mittlerweile ergraute Haarkranz. Und ebenfalls ein breites verschmitztes Grinsen. Ich sage ja, das Gegenteil von Friederike. Ich möchte wetten, dass sie ihr ganzes Leben lang noch nicht gegrinst hat, geschweige denn verschmitzt. Onkel Edgar boxt seine beiden Neffen leicht gegen die Schulter, ich bekomme einen dicken Schmatzer auf die Wange. Zu seiner Schwester hält er respektvollen Abstand. Unter ihrem Mantel ist übrigens ein knallrotes Kostüm zum Vorschein gekommen, mit tiefem Ausschnitt.

»Na schön, euch alle wiederzusehen, dann mal rein in die gute Stube, was?«, plappert Onkel Edgar los, und das ist noch so eine Sache: Friederike plappert nie. Jedes einzelne Wort von ihr ist fein säuberlich gewählt und spitz wie eine Nadel.

Onkel Edgar war schon immer mein Liebling in der Familie Aschebeck. Also, nach Marius natürlich. Mit ihm lässt sich wunderbar reden, ich mag seinen Humor. Und er ist der Einzige der von Aschebeck'schen Verwandtschaft, der auf meine Brautzilla-Mail nicht mit einer wütenden Antwort reagiert hat. Gut. Er ist auch mit Friederike aufgewachsen, ich nehme an, er weiß am besten, wovon ich gesprochen habe.

Wir setzen uns an den Tisch, zu dem der Kellner uns geleitet. Ein runder Tisch, und natürlich sitze ich Friederike genau gegenüber. Marius rechts von mir, Onkel Edgar links, dann Rainer. So habe ich mit Marius und Edgar immerhin Gesprächspartner.

Zunächst kann ich mich allerdings in der Speisekarte vergraben, während die von Aschebecks Neuigkeiten über ihre Firma austauschen. Immer wieder unterbricht Friederike sich demonstrativ und schaut zu mir herüber, als wäre ich gerade im Begriff, wichtige Interna zu erfahren.

Der Kellner nimmt unsere Bestellung auf, und zum Glück beeilt er sich mit den Getränken, sodass ich mich für den Small Talk an einem Glas Rotwein festhalten kann. Ich habe mich Rainers Bestellung angeschlossen, denn wenn sich Rainer in einem auskennt, dann ist es Rotwein – glauben Sie mir, von Kunst hat er keine Ahnung.

»Junge, was macht die Galerie?«, wendet Onkel Edgar sich in diesem Moment an ihn.

»Rainer arbeitet viel zu viel«, antwortet Friederike an seiner Stelle. »Er möchte auf eigenen Füßen stehen und nicht mehr auf das Geld seiner Mutter zurückgreifen.«

Deshalb die ungesunde Blässe und die eingefallenen Wangen. Scheint ein Trend unter den von Aschebeck-Sprösslingen zu sein, ihr Leben selbst führen zu wollen.

»Viel Erfolg.« Ich hebe mein Glas. »Brauchst du vielleicht noch eine gelungene Werbekampagne?« Eine Homepage, virales Marketing?

Rainer lacht nervös. Was ist mit dem denn los? Das muss ich später unbedingt Marius fragen. Ich schiele zu ihm hinüber. Aber er ignoriert mich und versucht stattdessen, sich bei seiner Mutter beliebt zu machen.

Vielleicht doch ein kleiner Shrimp, schießt es mir durch den Kopf. Aber vielleicht sind Shrimps ja auch ganz niedlich. Schließlich haben sie lange Antennen und eine zarte Schale, Stichwort: emotionale Erreichbarkeit. Das ist bei Männern doch auch wichtig.

Aktuell weist Friederike ihn noch spröde ab, aber wenn er ihr weiterhin so fleißig Wein nachschenkt, wird es nicht lange dauern, bis sie ihm – und in letzter Konsequenz dann auch mir – vergibt. Wobei ich mir noch nicht ganz im Klaren bin, wie ich das eigentlich finde.

Mein Handy vibriert.

Als der Kellner die Suppe bringt, schaue ich schnell nach.

Eine E-Mail.

Eine E-Mail von Alexander.

»Entschuldigt mich bitte.« Abrupt schiebe ich meinen Stuhl nach hinten.

Marius versucht mir mimisch Zeichen zu geben, Friederike schüttelt den Kopf. Dieses Mädchen hat einfach kein Benehmen, soll das heißen.

Ich lege meine Serviette neben den Teller und kann mich gerade noch so zurückhalten, nicht nach draußen zu rennen. Schnelles Gehen kann ich aber nicht vermeiden. Vor der Tür schnappe ich erst einmal nach Luft und versuche, mein Herzklopfen unter Kontrolle zu bringen. Mit zitternden Fingern entsperre ich den Bildschirm.

Liebe Lotte,
ich schreibe Dir, um Dir zu sagen, dass ich eine neue Wohnung gefunden habe. Meine Zeit in Stuttgart war schön, aber nur temporär. Ich gehe zurück nach Wien, morgen ist es so weit.
Und eins noch: Bitte glaub nicht, dass ich Dir böse bin. Ich wusste, weshalb Du in Stuttgart warst, als ich Dir die Tür geöffnet habe. Dein Glück liegt mir wirklich am Herzen. Ich wünsche Dir nur das Beste und bin dankbar, eine Zeit lang Teil Deines Lebens gewesen zu sein.
Dein Alexander

Ich lese die Mail ein Mal, zwei Mal und dann noch ein drittes und viertes Mal. Mein Herz klopft so laut, dass ich denke, man muss es bis drinnen hören, wo Marius auf mich wartet. Marius und Friederike und Rainer und Onkel Edgar. Ich muss wieder rein, zum Versöhnungsdinner.

Erst als mich ein herauskommender Gast fragt, ob mit mir alles in Ordnung ist, realisiere ich, dass mir Tränen die Wangen hinunterlaufen. Was mache ich hier eigentlich? Und wieso weine ich? Ich müsste doch eigentlich glücklich sein – mit Marius. Also weshalb?

Das Smartphone in meiner Hand leuchtet auf, weil ich versehentlich ans Display gekommen bin. *Dein Alexander.* Einer muss über seinen Schatten springen, erinnere ich mich an die Nowaks. Und dann an Natalie: No risk, no fun.

Ich hole tief Luft und nicke dem besorgten Gast zu. »Alles in Ordnung«, sage ich mit fester Stimme. Dann wische ich mir übers Gesicht und lächle. »Es ist wirklich alles in Ordnung.«

Vor dem Kursaal hält ein Taxi, ein alter Mann steigt aus.

»Entschuldigung!« Winkend laufe ich auf das Taxi zu. »Ich müsste dringend nach Heslach!«

Es regnet, als der Fahrer an der Böblinger Straße im Süden Stuttgarts hält. Eine Straßenbahn rauscht in der Mitte zwischen den Fahrbahnen vorbei. Dann ein Auto, und ich muss zur Seite springen, als es durch eine Pfütze fährt. Ich finde es passend: Herbstwetter, rote Blätter und Regen. Die kleinen, schiefen Heslacher Häuschen sehen anheimelnd aus, und ich will gerade die Straße überqueren, da sehe ich jemanden aus meiner Lieblingsbäckerei kommen. Alexander.

Mein Herz macht einen Hüpfer. Wie konnte ich das die ganze Zeit ignorieren?

»Alexander!«, rufe ich, und er bleibt stehen.

Der Regen wird stärker, und so wie wir hier stehen, beide ohne Schirm, die Haare vom Wind zerzaust, die Gesichter nass ... Genauso hätte sich unser Wiedersehen wahrscheinlich in meiner Vorstellung abgespielt.

Er kommt auf mich zu, ich gehe auf ihn zu, wir schauen uns an. Jetzt klopft mein Herz noch stärker.

»Lotte.« Er scheint nicht zu wissen, was er sagen soll.

»Ich wollte mich von dir verabschieden«, sage ich.

»Du hättest nicht extra kommen müssen.«

Jetzt weiß ich nicht, was ich sagen soll, also versuche ich es mit: »Doch.« Himmel, was bin ich wieder wortgewandt!

Wir sehen uns an. Schließlich lache ich, es klingt wahrscheinlich eher wie ein Schluchzen. »Ich bin vom Versöhnungsdinner mit Friederike abgehauen.«

»Die Brautzilla schlägt wieder zu«, murmelt er. »Hast du vorher wenigstens alles in Schutt und Asche gelegt?«

»Emotional gesehen schon. Das ist unverzeihlich«, antworte ich und sehe ihm in die Augen. »Da gibt es kein Zurück mehr.«

»Willst du …« Er räuspert sich. »Willst du denn zurück?« Zu Marius.

Ich schüttle den Kopf.

Der Regen prasselt nun stärker auf uns herunter, ich registriere es nur nebenbei.

Wir sehen uns immer noch an. Jetzt streckt Alexander eine Hand nach mir aus. »Ich hatte schon die Befürchtung, ich müsste eine wirklich fiese Mail an die gesamte Gästeliste schicken, um diese Hochzeit zu verhindern.«

Ich lache. Und wenn mir gleichzeitig die Tränen kommen, ist das auch egal, wer sieht die in dem Regen schon?

»Musst du nicht«, sage ich leise.

»Schade eigentlich«, murmelt er. Und dann – wieso hat das überhaupt so lange gedauert? –, dann küsst er mich endlich.

Epilog

In der Wiener Agentur spielen sich währenddessen traurige Szenen ab:

Claire sitzt zusammengesunken an ihrem Schreibtisch und tippt lustlos eine Mail. Silke hat ihren Schreibtisch im oberen Büro aus lauter Einsamkeit verlassen. Sie sitzt neben Claire und jammert: »Nicht mal auf meinen YouTube-Kanal habe ich Lust! Dreitausend Follower und was? Es macht einfach keinen Spaß ohne Lotte!«

»Sie kann auch so gut mit den Kunden, ich weiß nie, was ich schreiben soll.« Claire seufzt.

Das Wetter draußen ist trübe und grau und spiegelt die melancholische Stimmung im Inneren des Büros wider. Lustlosigkeit und Trauer dominieren in der Agentur.

»Immerhin sehen wir sie bald zur Hochzeit wieder«, versucht Claire, sich selbst und Silke ein bisschen aufzumuntern.

»Glaubst du wirklich, sie heiratet diesen Lackaffen?« Silke wischt auf ihrem Tablet herum. »Irgendwie hatte ich nie so das Gefühl, dass die beiden zueinander passen.«

Claire zuckt mit den Schultern. »Das Schicksal geht manchmal verschlungene Wege.«

»Wie wahr«, stimmt Silke ihr zu.

»Und nun müssen wir uns eben ohne Lotte hier arrangieren. Es wird hart, es wird einsam, es wird schrecklich werden. Aber wir müssen uns zusammenreißen und Meyer-Sandvoss bald Bewerbungen für die Agenturleitung schicken.«

»Hast du die Anzeige schon aufgegeben?«

»Ich habe mich bisher nicht überwinden können.«

Dann klagen beide gleichzeitig: »Ach Lotte, warum hast du uns verlassen?!«

Als das Telefon klingelt, runzelt Claire die Stirn. »Eine deutsche Nummer. Aus ... Stuttgart?« Sie nimmt den Hörer ab und meldet sich. Plötzlich richtet sie sich kerzengerade auf. Nun ist auch Silke interessiert und lässt ihr Smartphone sinken, auf dem sie bisher lustlos herumgetippt hat.

Auf Claires Gesicht spielt sich in Kurzfassung der Inhalt eines Sisi-Films ab: Überraschung, Drama, noch mehr Drama, Romanze und dann ein entspanntes Lächeln. Der Abspann besteht aus einem kleinen, vielleicht nicht ganz so Sisi-haften Hüpfer.

»Lotte? Du kommst zurück?« Claires Stimme überschlägt sich beinahe vor Freude.

Silke starrt zu ihr hinüber. Ihre Augenbrauen schnellen nach oben, und ihre Lippen formen ein unhörbares »Was?«

Claire nickt so heftig, dass ihre Haare fliegen, reckt den Daumen der freien Hand in die Höhe und hüpft ein bisschen mehr. »Natürlich wollen wir dich noch als Agenturleitung!«, brüllt sie jetzt ins Telefon. »Oh Lotte, wir freuen uns so, dass du wieder bei uns bist!«

Nachdem sie kurz darauf den Hörer aufgelegt hat, fallen Claire und Silke sich in die Arme.

Epilog II

»Sei nicht albern, Marius, sie kann dich nicht verlassen haben. Wir haben sie rausgeschmissen.« Friederike von Aschebeck sitzt in ihrem neuesten Kleid, Prada in elegantem Cremeweiß, auf ihrem Biedermeier-Sofa. Ein Glas Cognac steht neben ihr auf einem ebenfalls geschwungenen Holztischchen, ebenfalls Biedermeier, das Sakrileg der Vermischung von Stilrichtungen bleibt dem Bürgertum vorbehalten. Ihre beiden Söhne sowie Onkel Edgar leisten ihr Gesellschaft. Marius und Edgar neben ihr, Rainer, der einen dünnen weißen Schal um seinen Hals geschlungen hat, steht mit dem obligatorischen Glas Rotwein am Fenster.

»Wir haben sie rausgeschmissen?«

»Beim Versöhnungsdinner.« Friederike tippt etwas in ihr Smartphone und blickt auf. »Weißt du nicht mehr? Sie hat sich unmöglich verhalten, also ist es vorbei mit der Familie Aschebeck.«

»*Von* Aschebeck«, wirft Edgar ein.

»Wir laden sie großzügig ein, und was tut dieses

undankbare Frauenzimmer?« Friederike schnalzt mit der Zunge.

»Undank ist der Welten Lohn«, sinniert Rainer leise in seinen Wein, wofür er einen anerkennenden Blick seiner Mutter erhascht, bevor sie sich wieder ihrem Smartphone zuwendet. Mit ihrer Beziehung scheint es aufwärtszugehen.

Die Haushälterin Frau Reinecke klopft an die Tür. »Frau von Aschebeck, Ihr Besuch ist da.«

Erwartungsvoll blicken alle außer Friederike – sie weiß ja, wer dort kommt – zur Tür. Eine umwerfend schöne Rothaarige betritt den Raum.

Augenblicklich leuchten Marius' Augen auf, und er fährt sich lässig durch die Haare. »Darf ich mich vorstellen?« Umgehend bietet er ihr ein Glas von Rainers Rotwein an, der nach einer scharfen Geste seiner Mutter jeglichen weiteren Protest unterdrückt.

Es dauert nicht lange, da verlassen Marius und die Rothaarige den Salon. Rainer besieht sich traurig den letzten Tropfen seines Rotweins, Onkel Edgar blinzelt irritiert. »Was wollte die junge Frau denn eigentlich?«

Genau das, denkt Friederike zufrieden. »Das Lotte-Problem lösen«, sagt sie an ihren Bruder gewandt. Dann tippt sie ein letztes Mal auf ihr Smartphone. Beinahe meint man, sie lächeln zu sehen, als auf dem Stuttgart-Blog ein neuer Eintrag erscheint: »Brautzilla-geplagter Graf endlich im neuen Glück. Nach erneuter Trennung von zickiger Verlobten schwebt er mit neuer Freundin auf Wolke sieben.«

Die Schlacht, die Friederike von Aschebeck verliert, muss erst noch ausgefochten werden.